JN179026

通い猫アルフィーとジョージ

レイチェル・ウェルズ
中西和美 訳

ALFIE AND GEORGE
BY RACHEL WELLS
TRANSLATION BY KAZUMI NAKANISHI

ハーパー
BOOKS

ALFIE AND GEORGE
BY RACHEL WELLS
COPYRIGHT © RACHEL WELLS 2016

Japanese translation rights arranged with
Rachel Wells, care of Diane Banks Associates Ltd
through Japan UNI Agency, Inc., Tokyo

All characters in this book are fictitious.
Any resemblance to actual persons, living or dead,
is purely coincidental.

Published by K.K. HarperCollins Japan, 2017

ジョーへ、愛をこめて。

謝辞

三つめのアルフィーの物語を書く機会に恵まれ、わたしの本を買ってくださった読者の方たちに心から感謝すると同時に、これからも書きつづけられるよう祈ってやみません。アルフィーはわたしの人生や家族の一部と言ってもいい存在になっているので、つづけられたらとても嬉しく思います。

すばらしいエージェントの〈ダイアン・バンクス・アソシエイツ〉とスタッフのみなさん、ケイト、ダイアン、クロエ、ロビン、いつもありがとう。そしてエイボン社のみなさん、特にすばらしい編集者のヘレン・ハスウェイトにも感謝します——あなたと仕事をするのは、やはりとても楽しいです！

どんなときも支えてくれる家族や友人たちは、言葉にできないほど大切な存在です。そして息子のザビエルには、いつも感心するばかりです。

本書に登場する小さなキャラクターのために、ツイッター上でおこなったコンテストに参加してくださったみなさんにお礼を申しあげます。決めるのはとても難しくて、できるものならすべての猫を選びたかった！　晴れて優勝した魅力たっぷりなピンキー、そして飼い主のヴィクトリア・ニキフォルー、わたしの作品に参加してくれてありがとうございます。

モイラとチャールズ・ハスウェイト。いまでも会いたくてたまらず、決して忘れることはないミスター・Bへの感謝のしるしを気に入っていただけたら嬉しく思います。

最後に、またアルフィーに命を吹きこむことができて、これ以上の喜びはありませんでした。それを可能にしてくださったみなさんに心から感謝します。本書を楽しんでいただけたら幸いです。

通い猫アルフィーとジョージ

おもな登場人物

アルフィー――通い猫
ジョナサンとクレア――エドガー・ロードに住む夫婦。アルフィーの本宅住人
サマー――ジョナサンとクレアの娘
マットとポリー――エドガー・ロードに住む夫婦
ヘンリーとマーサ――ポリーたちの息子と娘
フランチェスカとトーマス――元エドガー・ロードの住人
アレクセイとトーマス――フランチェスカたちの息子
スネル一家――エドガー・ロードに住む一家
スノーボール――スネル一家の飼い猫
ターシャ――クレアの友人
エリヤ――ターシャの息子
タイガー――アルフィーの友人猫
ジョージ――仔猫

Chapter 1

「なにあれ？」ぼくはガールフレンドのスノーボールに尋ね、その生き物に視線を移した。泊まっている家の庭を囲う柵の外を、奇妙な生き物がうろついている。丸々太って鋭いくちばしがあり、体はつんつんとがった羽みたいな毛に覆われて、小さな目が意地悪そうだ。ぼくたちを見ておかしな甲高い声をあげ、くちばしを突きだしてくる。ぼくは思わずあとずさった。

「アルフィー、ただのニワトリよ。見たことあるでしょう？」スノーボールが笑った。

笑われてむっとしたけれど、実は生きたニワトリを見るのは初めてだ。それでもガールフレンドの前なので男らしく振る舞おうとした。

「あっちへ行け」これであいつもだれがボスかわかるはずだ。ところがニワトリは羽ばたきながら、小さな頭をひょこひょこさせて駆け寄ってきた。ぼくはうしろに飛びのいた。

スノーボールがまた笑い声をあげ、しっぽでくすぐってきた。「なにもしないわよ、アルフィー。安心して」

とてもそうは見えない。「まあ、ロンドンにはあまりニワトリはいないからね」ぼくはぷりぷりしながらその場を離れた。

この〝田舎〟とかいう場所はとてもいいところだ。町から遠く離れ、家のまわりには畑しかない。ぼくの家族――ジョナサンとクレアとサマー――と、スノーボールの家族のスネル家――カレン、ティム、デイジー、クリストファー――が一週間この家を借り、ぼくたちも連れてきてくれたのだ。普通、猫は旅行に行ったりしないから、ぼくたちは恵まれている。話を聞いた近所の猫たちはすごく驚いていたけれど、こんなに楽しいのだから、猫ももっと旅行するべきだと思う。前の飼い主のマーガレットは、変化はいい静養になるとよく言っていた。本当にそうだ。これこそまさにぼくに必要なものだ。

家自体は大きくて寝室が五つあり、居間にはすてきな暖炉まであるので、夜はスノーボールとその前で丸まって過ごす。すごくロマンチックだけど、たまに火の粉が飛んでくるので気をつけないといけない。一度はスノーボールのきれいな白いしっぽが危うく焦げそうになった。

外に出ても庭から出てはいけないと言われている。迷子になるんじゃないかと心配しているからで、迷子になんかなるわけないけど、とりあえずいまのところ言われたとおり庭を探検するだけに留《とど》めている。快適な庭はちょうどいい広さで、興味をそそる茂みや花壇がある。ロンドンでは狭い裏庭で我慢するしかないけれど、ここははるかに広いから退屈しない。でもニワトリがいる場所は青々とした畑で、心をそそられた。ぼくみたいに好奇心旺盛な猫には、たまらなく魅力的に見えた。

スノーボールはぼくほど感動していない。ロンドンの家があるエドガー・ロードに越してくる前はセレブ猫で、家族が住んでいた田舎の屋敷には広大な庭があったのだ。それを自慢することはもうないけれど、初めて会ったころ（全力でぼくを邪険にしていたころ）はちょっと自慢していた。でもとりあえず、ぼくはスノーボールを口説き落として心を捉え、つきあうようになって二年がたつ。生まれてから最高の二年だった。

人間は初めはぼくたちの関係に驚くみたいだけど、猫だってひと目ぼれすることはある。まあ、人間ほど頻繁じゃないかもしれないけれど。あっけなく恋に落ちる人間は何度も見てきた。

通い猫のぼくには、家族と呼んでいるいろんな種類の人間がいる。複数の家を訪ね、飼い主も大勢いる。クレアとジョナサンのほかに、ポリーとマットとその子どものヘンリーとマーサ、ポーランド人家族のフランチェスカと大きいトーマスとその子どものアレクセイと小さいトーマスを頻繁に訪ねている。忙しい猫なのだ。

ぼくが引き合わせた家族はすっかり仲良くなった。みんなといるあいだに、エドガー・ロードでもほかの場所でもずいぶん変化を見てきた。人間はかなり変わるものらしく、少なくとも暮らしぶりはそうで、ぼくたち猫はしばしば傍観者として変化につきものの問題を解決することになる。人間の家族の面倒を見る、それがぼくの役目だ。人間には好不調の波もあれば、いいときも悪いときもあるし、なかには見るに堪えない場合もあるけれど、家族に気を配るのが自分の務めだと常に心がけている。

「そろそろ戻ろう、おなかが空《す》いてきた」ぼくは舌なめずりした。あんなに狂暴でなければニワトリだって平らげられそうだ。でも狩りはあまり得意じゃないし、それはスノーボールも同じだ。こんなにきれいな子が生き物を手にかけるなんて似合わない。ひと目見たとたん心を奪われてしまった。あれから二年たったいまも、べたぼれのままだ。

「競走よ」スノーボールがいきなり駆けだした。ぼくもあわててあとを追い、同時に裏口に着いたときはどちらも少し息が切れていた。

「ああ、おかえりなさい」キッチンに戻ったぼくたちにクレアが笑みを浮かべた。二歳半になったサマーを腰に抱いたままベビーチェアのテーブルにボウルを置き、慣れた手つきでぐずる娘を座らせている。サマーはぼくの人間の妹で、クレアには〝わがまま姫〟と呼ばれ、ジョナサンには〝おてんば娘〟と呼ばれている。たまにうんざりすることもあるし、しょっちゅうしっぽを引っ張ろうとするのは困ったものだけど、目に入れても痛くない存在だ。それにときどき抱きしめてくれるから、多少の不都合は気にならない。

　サマーがにんまり笑ってスプーンをつかみ、床に投げた。いつものことだが、そろそろもう少しわきまえてもいいんじゃないかとぼくは思っている。

「トースト」舌足らずにサマーが言った。

「ポリッジを食べなさい、そうしたらトーストをあげるわ」クレアがきっぱり告げた。

「いや！」サマーが叫んでポリッジのボウルを床に投げた。懲りずにベビーチェアのそばにいたぼくは、毛についたポリッジを慎重に舐《な》め取った。我ながら学習というものができない。

　ぼくにとっての変化はサマーだ。わがまま姫だろうと、きちんと面倒を見る。父親のジョナサンはおもしろがっていて、意志の強い女性は好きだと言っている。ぼくもそうだから、スノーボールも親友のタイガーも好きだ。クレアはそんなジョナサンにちょっと不満そうだけど、サマーが生まれてからすごく幸せそうだから、あまり心配していない。少なくとも以前ほど心配しなくなった。

　一緒に暮らしはじめたころのクレアは離婚したばかりで、精神的にボロボロだった。あれこれもがいて元気になるまでかなりかかった。でも、最終的にはぼくの通い先だったジョナサンに出会って結婚し、いまはサマーという娘もできて幸せそうだ。

「アルフィー、スノーボール、朝食よ」スノーボールの十代の飼い主のデイジーが、ツナのボウルを床に置いた。

「ミャオ」ぼくはお礼を伝えた。デイジーは美人だ。長身でかわいらしい。毛が――デイジーの場合は髪だけど――白に近いので、スノーボールとよく似ている。十八になってからモデルの仕事を始めた。早くもかなりの売れっ子で、それもあって今回の旅行に参加した。このままうまくいけば家族旅行ができないほど忙しくなるかもしれないから、いまのうちだと思ったのだ。デイジーが仕事で留守のあいだスノーボールは寂しがっているけれど、誇りにも思っていて、そんな姿を見るとホロリとしてしまう。

十六歳になる弟のクリストファーが、サマーに警戒の目を向けながら食べ物がぶつからない距離をあけてテーブルについた。ぼくよりはるかに分別がある。

ぼくは幸福感に包まれながら朝食を堪能した。来られなかった家族もいるけれど、ほぼ完璧と言える。残りの大切な家族はそばにいるし、スノーボールも一緒だ。朝食の席で楽しそうにおしゃべりしたり、今日の予定を立てたりする家族の会話を聞いていると、胸がいっぱいになる。これ以上の幸せがあるだろうか。

朝食のあと太陽がゆっくり昇り、朝を暖かい春の日に変えた。庭のピクニックブランケットの上でテディベアで遊んでいるサマーの横にクレアとカレンが座り、お茶を飲みながらおしゃべりしている。デイジーはジョギングに行き、男性陣は街へ買い物に出かけたが、クレアによると本当はパブを探しに行ったらしい。ぼくはスノーボールと温まった芝生にゆったり寝そべった。

「生きてるって、こういうことだね」ぼくは伸びをして仰向けになり、暖かい日差しを浴びた。

「そうね」スノーボールが答えた。「蝶《ちょう》を探しに行かない？」

訊《き》かれるまでもない。

ここはロンドンとは別世界だ。動物が多いだけでなく、これまで経験したことのないのどかさがある。しかもそれがぼくたちに絶妙に影響を及ぼす。クレアたちはすっかりくつろいでいて、ロンドンではあまりないことだから嬉《うれ》しい。ロンドンではみんな仕事やいろんなストレスで頭がいっぱいになっている。ここ数年は、だれにとっても試練の時で、人間の家族もさまざまな困難に直面した。外国での暮らしに馴染《なじ》もうとした者、子どもを持とうとした者、産後鬱、学校でのいじめ、秘密、心痛――数えあげたら切りがないほど苦労があった。そのあいだぼくはずっとみんなのそばにいて、自分で言うのもなんだけど、解決の手助けをした。困難は家族の絆《きずな》を強め、ようやく仲睦《むつ》まじい段階に入って本当によかったと思う。どうかこの状態がずっとつづきますように。

スノーボールと向かった花壇は、蝶を見つけるには格好の場所だった。ぼくたちは並んでじっと待ちつづけた。一緒にいられるだけで嬉しくて、会話は必要なかった。しゃべらなくてもスノーボールが考えていることはわかったし、それはスノーボールも同じだ。結局蝶はいなかったが、やかましい羽音をたてて蜂が現れたのでそろって花壇に飛びこんだ。そして蜂が花にとまっているあいだ姿勢を低くしていた。蜂が役に立つ虫だということは人間の会話で知っているけれど、近づきすぎると刺されてひどい目に遭いかねない。蜂が飛び去るとまた寝転び、日差しと花の香りを満喫した。すごくロマンチックな時間だった。

「アルフィー、あなたと旅行に来られて、最高に幸せよ」スノーボールが喉を鳴らし、前足を重ねてきた。ぼくは胸がいっぱいになりながら愛する相手を見つめた。

「ぼくも最高に幸せだよ」心の底からそう思った。

Chapter 2

クリストファーがサマーとボールで遊んでやっている。食事中のサマーには警戒しているが、ほかのときはやさしいのだ。

「投げてごらん」クリストファーに言われたサマーがボールを胸に抱え、首を振った。そしてボールを地面に置き、その上に座ってしまった。クリストファーが笑っている。ぼくはそばに行って前足でボールをつついた。笑い声をあげたサマーがよろめき、地面に転げ落ちた。隣に横たわってしっぽでくすぐってやると、キャッキャとはしゃいだ。視界の隅でジョナサンがやってくるのがわかった。

「そんなんじゃサッカー選手にはなれそうにないな」ジョナサンが笑いながら娘を抱きあげ、振りまわした。

「ジョナサン、朝食を食べたばかりなのよ。もどしてしまうわ」クレアもやってきた。ぼくは立ちあがって伸びをし、毛についた草を舐めとった。

「ごめん」やれやれと言いたげな顔をしているジョナサンに、ぼくは同情の目を向けた。

クレアは些細《ささい》なことに目くじらを立てがちなのだ。

「じゃあ、出かけましょうか」

ジョナサンがうなずいた。「ああ。アルフィー、スノーボール、ドライブに行ってくるから、いい子で留守番して面倒を起こすなよ」最後のひとことはぼくに向かって言っている。

「ミャオ」ぼくはムッとしながら答えた。

「裏口の鍵をしめなくても大丈夫かな」車に荷物を積んでいるティムが尋ねた。

「大丈夫だろ、野中の一軒家だ」とジョナサン。

「夢みたいね。エドガー・ロードじゃ考えられないわ」カレンがティムと目を見合わせた。

以前住んでいた家を思いだしているのかもしれない。たまにスノーボールも遠い目になり、いまがどんなに幸せだろうと昔の家を懐かしがっているのが伝わってくる。気持ちはわかる。ぼくもいまの家や家族を愛しているけれど、たまに昔の家が懐かしくなる。忘れることはぜったいないだろう。なにかを懐かしむのは悪いことじゃない。懐かしく思うのはなにかやだれかを失ったからだけど、同時にそれをとても大切に思っていたからでもある。辛《つら》いけれど、生きていくとはそういうことだ。

スノーボールと裏口の石の階段に座り、出かけていくみんなを見送った。今日は一日、人間の心配をせずにぼくたちだけで遊べると思うとわくわくした。

「ちょっと探検に行ってみない？」スノーボールが言った。

「でも、迷子になるといけないから遠くへ行っちゃだめだと言われてるよ」無鉄砲な行動に出ることもあるけれど、田舎で迷子になるのだけはごめんだ。二度と帰ってこられないかもしれない。

「なに言ってるの、少し楽しみましょうよ。それにわたしは方向感覚がいいの」スノーボールが鼻をこすりつけてきた。こうするとぼくが折れるのを知っているのだ。でもスノーボールだって迷子になったことがあり、あのときはぼくが捜索に乗りだすはめになった。とはいえその話を出すのはやめておいた。喧嘩《けんか》はしたくないし、スノーボールはへそを曲げると扱いにくくなる。

「わかった、行こう」まあいい、なにも起きるはずがない。

　初めて庭を出て隣の畑に入った。スノーボールと並んで畑を走っていくと、足をこする背の高い草がくすぐったくて気持ちよかった。そこらじゅうで虫の羽音が聞こえ、さらに進むとニワトリがいた。庭で見かけたニワトリと違って友好的で、そばを通りすぎてもコッコッと鳴きながら地面をつついていた。勇気を見せようと一羽にかなり近づいてみたけれど、内心ビクビクだった。

　別の畑を突っ切って、柵に飛び乗った。

「足は大丈夫？」顔をゆがめたぼくにスノーボールが訊いた。怪我《けが》をした後ろ足が痛むことがあるが、たまにうずくだけでそれほどひどくない。

「うん、大丈夫だよ」嘘じゃない証拠にひらりと地面に飛びおりた。それで自信がつき、また走りだした。楽しかった。毛並みに風を感じ、暖かい日差しが降り注いでいる。田舎暮らしも悪くなさそうだ。そのときは、まさか不意打ちを喰《く》らうなんて思ってもいなかった。

「モー」不機嫌な声が聞こえた。

「うわっ！」ぼくは凍りついた。目の前に足があり、視線をあげたとたん体が震えだした。怪物だ。ぼくに会えて喜んでいるようには見えない。怪物が大きな黒い瞳で見おろし、鼻から息を吐きだした。「うわっ！」思わずまた悲鳴をあげてしまった。

「フーッ」苛立《いらだ》った鼻息。自分の畑にぼくたちがいるのが気に入らないのだ。怪物が足を踏み鳴らした。平らになった草を見たぼくの脳裏に、大きな蹄《ひづめ》でぺちゃんこにされた自分の姿が浮かんだ。怪物が荒々しく首を振り、ぎろりとにらんできた。襲いかかるつもりだ。あわてて飛びのいたが、スノーボールにぶつかって怪物の前に跳ね返ってしまった。

怪物が頭をあげ、また大きく鼻息を吐いてしっぽをぶんぶん左右に振った。

「大丈夫よ、アルフィー」隣でスノーボールが言った。スノーボールを見た怪物が少し態度を和らげている。ぼくはスノーボールと安全な距離まで離れた。「ただの牛よ。大きくて怖そうに見えるけれど、実際はとても穏やかなの」

こんなに近くで牛を見るのは初めてだが、とうてい穏やかな性格とは思えない。

「で、でも、すごく大きいよ」白黒のまだらの生き物から目を離せなかった。怖くて後ろ足が震えたが、牛はこちらに背を向け、ぼくたちがいないかのように草を食べている。一気に緊張が解けた。

「人畜無害な動物よ」スノーボールが言った。家畜についてはは学ぶことがたくさんありそうだ。

ぼくは嬉々《きき》としてスノーボールのあとを追い、巨大な牛から離れた。人畜無害には程遠い気がした。

そのあとの遠出は何事もなく過ぎたが、出発したときより用心深くなった。それでも最高の一日であることに変わりはなかった。いくつもの畑ではしゃぎまわり、ほれぼれするような木に出会い、もう家畜に襲われることもなかったものの、羊の一匹はスノーボールが気に入ったようだった。色が同じだから子羊だと思ったのかもしれない。いずれにせよ、スノーボールによると羊は頭のよさで有名な動物ではないらしい。猫と違って。

その日の夜、暖炉の前で丸まっているうちに眠ってしまった。遠出したので体を休める必要があった。いつもは活動的な猫だけれど、今日はへとへとだ。たぶん田舎の空気のせいだろう。それがなにかわからないけれど、クレアがしょっちゅう言っているのでなんらかの影響があるに違いない。ジョナサンはこんなに暖かいのに暖炉を使うなんてばかげてると言ってるけど、ロンドンの家には暖炉がないからクレアとカレンが使いたがったのだ。ぼくに不満はない。ぬくぬく暖かいのは大歓迎だ。スノーボールはデイジーの部屋にいるようで、うとうとしていたぼくはひそひそ声でゆっくり目を覚ました。

「間違いないの？」カレンの声だ。目をあけると、ソファでカレンとクレアが話していた。

「たぶん。残念だけど、間違いないみたい」残念？　なにが？　ぼくが知る限り、家族に問題はないはずだ。

「そう、どう言えばいいかわからないわ」カレンの声に同情があふれている。

「わたしたちにはサマーがいるし、わがまま姫だろうと、あの子は最高よ。でももうひとり子どもがほしかったし、ジョナサンも同じ気持ちだったけれど、そうはならなかった。だから検査をしたら、どうやら子どもはひとりしか恵まれないみたいなの」クレアはちょっと悲しそうだが、泣いてはいない。どうかこれをきっかけになにか起きたりしませんように。家族全員を気にかけているけれど、いちばん心配なのはクレアだ。昔の惨憺《さんたん》たる状態を知っているから、鬱状態になりやすいのはわかっている。

「でもサマーのときはなにも問題はなかったじゃない」カレンが言った。

「ええ、いつのまにか妊娠してた。自分でも不思議なんだけど、サマーのときは子どもがほしくてたまらなかったから、妊娠するまで情緒不安定だったのに、いまは子どもをつくろうとして一年半以上たっても落ち着いてるの。自慢の娘がいて幸せだわ。もちろんジョナサンもいるしね。手に入らないものを思ってくよくよするより、いまある天の恵みに感謝しないと」

「体外受精は考えてみたの？」

「少し調べてみたけれど、わたしは精神的に安定してるタイプじゃないから、ホルモン治療や注射なんかのことを考えると、きっと冷静ではいられないと思うの。そもそも結果が出ないかもしれないし、お金もかなりかかる。いいの、サマーのいい母親でいることが大事だもの。それにいまはパートタイムで働いているから、心穏やかでいたいの。実は養子をもらいたいんだけど、ジョナサンは消極的なのよ」

「養子？」

「ええ、父がソーシャルワーカーをしている関係で、子どもに家庭を与えるのはすばらしいことだって昔から思ってたの。だから自然に妊娠するのが無理だとわかったとき、養子のアイデアが頭に浮かんだのよ。でもあいにくジョナサンは同じようには考えられないみたい」

　ぼくはぴくりともせずに耳を澄ましていた。ふたりがもうひとり子どもをほしがっているのも、何度もこそこそ話しているのも知っていたけれど、万事順調だったから、ふたりの葛藤を見て見ぬふりをしていたのだろう。あるいは自分で思っているよりスノーボールに夢中だったのかもしれない。

「男はみんなそうよ。我が子の血には自分の遺伝子が流れていてほしいの」

「そうね。でもきっと気が変わると思うわ。わたしたちには子どもに与えられるものがたくさんあるんだもの。いいアイデアだとジョナサンがわかってくれさえすれば」

「男がどういうものかわかってるでしょ、自分のアイデアだと思わせなきゃだめよ」ふたりで笑っている。

「ワインはどう?」クレアが言った。

「もちろんいただくわ。せっかくの旅行中だもの」

ワインを飲みはじめたふたりのそばで、ぼくはクレアの変化に驚いていた。出会ったころのクレアは手のつけられない状態だった。離婚したばかりで悲嘆に暮れ、お酒ばかり飲んで打ちひしがれていた。でもいまはとても幸せそうで、以前ならくじけてしまってもおかしくない挫折を味わってもへこたれずにいる。強くなったのが嬉しくて、ぼくはクレアの膝に飛び乗って手に鼻を押しつけた。どれほどクレアを誇りに思っているか、伝えたかった。

「まあ、アルフィー。いい子ね」クレアが頭のてっぺんにキスしてくれた。ぼくはクレアにすり寄り、今回の旅行もやっぱり悪くないと思った。たとえ、ばかでかい牛に出会ったとしても。

Chapter 3

今回の旅行でますますスノーボールを好きになった。キャリーに入れられて荷物でいっぱいの車でエドガー・ロードを出発するときは、もう一台の車にいるスノーボールをいまよりもっと好きになるなんて思ってもいなかった。でも間違っていた。なにかとストレスの多いエドガー・ロードから離れて一緒に過ごしたせいで、これまで以上に絆が深まった。

猫も人間みたいに結婚できるなら、いますぐしている。無理なのはわかってるけど、暖炉の前で寝そべっていたとき気持ちを伝えたら、そんなにロマンチックなせりふを聞いたのは初めてだと言われた。それを聞いてアイデアが浮かんだ。手際の良さを自認するぼくは計画を立てるのが大好きなので、猫にとってこれ以上望めないほどすばらしい初めての旅行を忘れられないものにするために、計画を練ることにした。

みんなは今日、海に行く予定だ。数時間ではなく数日留守にするんじゃないかと思うほど大量の食べ物を車に積みこみ、大騒ぎしている。それでもいずれ出かけてしまえば、スノーボールとぼくだけになる。一緒にすてきな一日を過ごしたければ、勇気を出して危険を冒さないと。その覚悟はできていた。スノーボールを笑顔にし、この旅行を忘れられないものにしたい。もちろん、今日がどんな日になるかまだわからない。このあいだはあまり遠くまで行かなかった。近所にはまだ詳しくないけれど、広い農場のほうへ行けば楽しいことがあるはずだ。ぼくはスノーボールにおおまかな計画を説明した。庭を出て、ばかでかい牛に出会わないよう祈りつつ甘い香りのする畑を抜けて大きな丘へ向かうのだ。丘のてっぺんに登れば、みんなが話していたすばらしい景色が見えるだろう。一方向にしか進まなければ、道に迷いようがない。大胆なことをする気分で、すごくわくわくした。

「すてきな計画ね、アルフィー。てっきりまだ牛や迷子になるのを心配してるんだと思ってたわ」

「まさか」ぼくは虚勢を張った。牛が近くへ来ないように祈るばかりだ。

ようやくみんなが乗りこんだ車が出発すると、ぼくたちは毛並みをきれいに舐めて冒険の準備を整えた。わくわくして足が震えそうだった。今日はきっと最高の一日になる。

農場を目指し、昔からの友だちみたいにニワトリに挨拶した。ニワトリたちは頭をひょこひょこさせながらコッコッと鳴いていたが、ぼくたちにはあまり関心がなさそうだった。実際は感じのいい連中なのに、どうして怖いと思ったんだろう。しばらくニワトリを眺めてからまた歩きだした。間もなく、すごく長い青草が茂る畑に出た。ぼくたちより背が高い。畑に踏みこむと、いつのまにかスノーボールの姿が見えなくなった。

「わっ！」いきなりスノーボールが飛びだしてきたので、危うく転びそうになった。

「悪くなかったよ。でもロマンチックな日にしようと思ってるんだ、怖い日じゃなく」毛並みを整えながら釘《くぎ》を刺した。

「ごめんなさい、我慢できなかったの。こんなに長い草を見るのは初めてなんだもの。楽しくてたまらないわ！　行きましょう」駆けだしたスノーボールをぼくは追いかけた。くすぐったい草を抜けて走りつづけ、畑のはずれに出た。爽快な気分であたりを見渡し、次の目的地を決めた。

「あっちはやめましょうよ。羊を覚えてるでしょう？　さらわれるかと思ったわ」スノーボールがちょっと不安そうにしている。

「ぼくがそんなことさせないよ」ぼくは髭《ひげ》を立てて答えた。

「いつか田舎に住んでみたいと思う？」別の畑をゆっくり横切りながらスノーボールが尋ねた。

「さあ。たしかにいいところだけど、単調だよね。それに妙な動物がわんさかいるし。正直言って、ぼくに合ってるかわからないな。骨の髄までロンドンっ子だから」

「以前住んでた家は、田舎にあったの。でもここほどじゃなかったわ。もっと建物が多かった。きっといい具合に田舎と都会の中間だったのね」

「昔の家が懐かしいんだね」ぼくは理解を示して傷ついていないふりをした。だって、出会う前のスノーボールのことは考えたくない。ばかげてるけど、ぼくのいない日々に嫉妬を覚えてしまう。

「ちょっと懐かしいけど、戻りたいとは思わないわ。あなたがいないもの、アルフィー」スノーボールのきれいな瞳を見つめるぼくの心がとろけていった。

　真っ黒な雲が迫り、ロマンチックな時間に水を差した。

「大変だ」鼻先に雨粒があたった。あんな雲、どこから湧いてきたんだろう。さっきまで日差しが降り注いでいたのに。

「走ったほうがいいかも」そこらじゅうにパラパラ雨粒が落ちてくるなか、スノーボールが叫んだ。どちらも濡《ぬ》れるのは好きじゃない。スノーボールが走りだしたので、ぼくもとにかくあとを追った。少し走ると建物があったので、なかに駆けこんだ。床にわらがあってちょっとちくちくしたけれど、とりあえず濡れてはいない。

「よかった。まさににわか雨ね」

「ここはなに？」

「納屋よ」

「ブー」そろって顔をあげたぼくたちのほうへ、ピンク色の豚が近づいてきた。鼻を鳴らしながらのろのろ歩く姿はあまり友好的には見えない。近づいてくる五頭はみんな肌がピンク色で、おなかがまん丸だ。動きはすばやくないものの、集まってくるのを見てまずいことになったのがわかった。

「大変だ」ぼくはスノーボールとあとずさり、納屋の隅で縮こまった。

「豚はすごく意地悪らしいわ」スノーボールの言葉はなんの慰めにもならなかった。「こんなに近づいたことはないけど、いろんな噂《うわさ》は聞いてる。なんでも食べるんですって」

「それって、ぼくたちもってこと？」ぼくたちは壁際に追い詰められていた。近づいてくる豚たちが頭を軽く振りながら、巨体の下で足を踏み鳴らした。飢えた目でこちらを見ている。スノーボールはぼくのうしろで縮みあがっていた。このままだと豚の餌になってしまう。ここはぼくがなんとかしないと。男なんだから。豚はすぐそこまで来ていたが、何度か深呼吸して落ち着こうとした。

「よし、こいつらは牛ほど大きくない。足のあいだをすり抜けて逃げたらどうかな」怖いけど、ほかに思いつかない。

「やってもいいけど、あの足を見て。それにあの体。踏みつぶされるのはいやよ」スノーボールが震えている。どちらも寒くて怯《おび》えていた。ロマンチックな一日が、期待とはかけ離れたものになりつつある。

「わかるよ。でもほかに方法はない。ぼくたちを食べたそうにしてるもの」ぼくは精一杯男らしく振る舞った。豚たちはもう目の前だ。行動するしかないので、スノーボールを軽く押してから一気に目の前の豚の足のあいだを駆け抜け、振り向いてスノーボールも来ているか確かめた。「来るんだ。大丈夫」ぼくは励ました。一頭の豚が怒って鼻を鳴らしている。

スノーボールは迷わなかった。一目散にぼくのところへ駆けてきた。豚たちは少し戸惑っていたが、ありがたいことに大きなおなかが邪魔をしてすばやく追ってこられずにいる。はるかに足の速いぼくたちはさらに二頭の豚を上手にかわし、晴れて無事に安全な外に出た。雨は弱まり、霧雨になっていた。

「濡れるけど、このまま帰ろう」

「ええ。また豚を出し抜けるとは思えないわ」

「これまでは、家畜がそばにいても平気だったじゃないか」スノーボールはぼくより怯えている。

「ええ、でも豚は別よ。あまりよく知らないけど、さっきも言ったように噂はいろいろ聞いてるの」瞳に恐怖が浮かんでいる。

「たしかにぼくたちを食べたくてたまらないみたいだったよね」家のほうへ歩きだそうとあたりを見渡したとたん、気持ちが落ちこんだ。「スノーボール？」

「なに？」毛についたわらを取ろうとしている。

「どっちかな？」スノーボールが毛を舐めるのをやめてぼくを見た。ぼくは浮かない顔で見つめ返した。ここがどこか見当もつかない。

「大変。濡れたくなくて急いでたから、どっちへ走るかも考えてなかったわ」

今日がこれ以上ひどい日になるなんて信じられない。改めて周囲を見渡したが、あるのは畑だけだ。どっちを見ても畑で、みんな同じに見える。完全に迷子になってしまった。

せめてあれこれ揉《も》めるあいだ雨に濡れずにすむように、近くの生垣へ向かった。

「とりあえず出発して、うまくいくよう祈ったらどうかな」

「いい考えね、アルフィー。あなたにはいつだって名案があって、今度はあてもなく歩きだそうって言うのね」怒っているのはわかるが、そんなのあんまりだ。迷った原因はぼくだけにあるわけじゃない。そう思って生垣の奥へもぐりこんだとき、なにかに――というかだれかに――ぶつかり、次の瞬間みすぼらしい大きなトラ猫と向かい合っていた。

「シャーッ」トラ猫が言った。

「やあ」ぼくは気さくな態度を保った。なにしろ相手はこっちよりずっと大きいのだ。ただ、ぼくはいつも身ぎれいにしてるのを誇りにしているし、見た目に気をつけているが、相手は違うようだ。

「だれだ?」トラ猫が訊いた。

「ぼくはアルフィー、こっちはスノーボール。家族と旅行に来てるんだ」

「ふざけるな。猫は旅行なんてしない」トラ猫が顔をしかめて鋭い歯を見せたので、一瞬襲われるのかと思った。必死で冷静を保ったものの、不安で耳が倒れてしっぽが揺れてしまった。喧嘩はしたくないけれど、スノーボールを守らないと。

「たしかに嘘みたいな話だけど、ほんとなの」スノーボールが前に出てきた。青い瞳と白い毛を見たとたん、トラ猫が舌で毛並みを整え、背筋を伸ばして愛想よくしっぽを振った。言わせてもらえば、ちょっと愛想がよすぎる。

「よろしく」にやにや笑っている。「自己紹介するよ、おれはロビー。近所に住んでる。失礼なやつだと思ったかもしれないが、よそものは珍しいんだ」スノーボールに向かってぱちぱちまばたきしている。猫の投げキッスだ。ロビーかだれか知らないけど、どういうつもりだ?

「ぼくたちはロンドンに住んでるんだ」ぼくは横柄に応えた。猫は色目を使ったりしないと思ってる人は、前足をぴんと伸ばしてしっぽをきれいに体に巻きつけているロビーを見るべきだ。ハンサムと呼ぶには大きすぎてみすぼらしいのが救いだった。いずれにしても、自分の青みがかったグレーの毛並みや都会的な姿には自信があるし、スノーボールが一途《いちず》なのはわかっているから、少し肩の力を抜こう。

「ロンドン?　ロンドンのことはなにも知らないな」まっすぐスノーボールを見ている。

「実はね」ちょっと媚《こ》びすぎな感じでスノーボールが言った。「道に迷ったみたいなの。雨宿りしようとしたら、不愛想な豚がいる納屋で身動きがとれなくなって、泊まっている家の方向がわからなくなってしまったの」首をかしげる姿に、早くもロビーはメロメロになっている。

「どこに泊まってるんだ?」ロビーが胸を張った。「この辺にはちょっとばかり詳しいんだ」

「大きな家だよ」ぼくは答えた。こんなやりとりは気に入らないけど、ロビーに望みをかけるしかない。

「おかげでかなり絞りこめたよ」皮肉たっぷりにロビーが言った。

「あのね」スノーボールが喉を鳴らして前足を伸ばした。「農場の近くで、庭の外にニワトリがいて、向かいの畑に牛がいるわ」

「ああ、それなら知ってる。よし、都会っ子、ついてこい。案内してやるよ」


ちょっと濡れたし、スリルに満ちた体験で少し神経がすり減っていたものの、ロビーのおかげで無事家に帰りつき、スノーボールに色目を使ったことにはまだいささか腹が立っていたけれど、丁重にお礼を言った。ほっとしていた。戸口で別れたとき、ロビーはまだ猫が旅行するなんて変わってると不思議がっていた。

だれもいないので暖炉はついていなかったが、ぬくもりが残る暖炉の前に寝そべって毛を乾かした。ロマンチックな遠出をするのはぼくのアイデアだったんだから、寛大でいようと思った。

「せっかくの一日が台無しになってごめん」ぼくはスノーボールの首に鼻を押しつけた。

「わたしこそきつい言い方をしてごめんなさい。怖かったの。でも、今度もあなたのおかげで助かったわ」お返しに鼻を押しつけてくる。

「まあ、助かったのはロビーのおかげだけどね」

「でも、わたしのヒーローはあなたよ、ロビーじゃないわ」そのひとことで、ぼくは有頂天になった。

ドアが開き、びしょびしょになったみんなが居間に入ってきた。

「肺炎にならないうちに、暖炉をつけて濡れた服を脱ぎましょう」カレンが言った。

「あの子たちを見ろよ。ぼくたちがビーチで溺れかけてるあいだ、暖炉の前でぬくぬくしてたんだ」暖炉に火をつけながらジョナサンが言った。半分目を閉じたまま、ぼくたちはにやりとし合った。人間ってほんとに何もわかってない。

Chapter 4

「若い子には退屈じゃなかったか？」最終日の朝食の席でジョナサンが尋ねた。

「ううん」クリストファーが答えた。「楽しかったよ」ちょっとおどおどしているが、ティーンエイジャーだし、この年頃の子はそっけないものらしい。

「わたしはなにもしない時間を満喫したわ」デイジーが言った。「予定どおりにいけば、帰ったら忙しくなるもの」

「ポリーに聞いたわよ。ケイト・モスみたいな有名モデルになれそうなんでしょう？」とクレア。

「彼女の足元にでも近づけたら、小躍りしちゃうわ」笑っている。どれほど美人か自分でわかっていないのだ。スノーボールにちょっと似ている。出会ったころのスノーボールはお高くとまっていたが、それは自分がきれいだと思っていたからじゃないし、いまでもほかの猫や人間に及ぼす影響を自覚していない。ロビーのように、初めてスノーボールを見た雄猫はたいていてい犬みたいによだれを垂らす。たしかにぼくもそうだった。

「今日はなにをしましょうか」トーストにバターを塗りながらカレンが訊いた。

「このままのんびりしてから散歩にでも出かけて、そのあとここでランチにするのはどうだ？」とティム。

「そうね」クレアは唇を引き結ぶサマーにスプーンでシリアルを食べさせようとしたが、失敗に終わった。

「トースト！」サマーが叫んだ。クレアはうんざりしているが、ジョナサンは寛大な笑みを浮かべている。

「せめて果物かポリッジと言えるようになってほしいわ」

「ぼくの娘は意志が強いんだ」ジョナサンが言った。「父親にそっくりだな」クレアが腕でジョナサンを叩《たた》いた。

「前途多難だわ」

「ぼくはパソコンをやるよ」恥ずかしそうにクリストファーが切りだした。最近、クリストファーも父親そっくりだとわかってきた。パソコンか、それに関する才能を父親から受け継いでいる。

「なあ、クレア、読めずにいる本があるんだろう？　今日はぼくがサマーを農場に連れていくよ。サマーは動物が大好きだから喜ぶし、きみは小説に集中できる」ジョナサンが妻の頬にキスした。

「あら、あなたと結婚した理由を思いだしたわ」

「わたしも行くわ」カレンが言い、ティムがうなずいた。

ぼくはスノーボールを見た。またぼくたちだけになれそうだから、庭でロマンチックな散歩ができるかもしれない。スリル満点だった遠出のあとは家から離れずにいるし、探検するのは気が進まない。

しばらくはスノーボールと庭に留まり、ローンチェアで読書をするクレアのそばにいた。クリストファーは家のなかで、デイジーはジョギングに出かけ、残りは散歩に行っている。お昼が近づいたころ、ニワトリに会いに行くことにした。軽く会釈すると——もう怖くない——ニワトリたちも頭を揺らして挨拶してきた。怖がる必要はないといまはわかっている。田舎にいると、ロンドンではあまり出会えないほかの動物について学ぶことができる。

「元気にしてるか、都会っ子」ニワトリがいる囲いの向こうに、突然ロビーが現れた。

「ええ、ロビー」スノーボールが応えた。

「このあいだのこと、改めてお礼を言うよ」ぼくは礼儀を忘れない猫だ。

「気にすんな。そんなことより、なにをしてるんだ？」

「今日はここで過ごす最後の日なんだ」冷静に愛想よく答えた。たしかに田舎は楽しかったけれど、ロンドンのあれこれが恋しくなってきて、タイガーを始めとする仲間やほかの家族に会いたかった。喧噪《けんそう》やひっきりなしに聞こえる物音も懐かしい。ロンドンの家では車の音や話し声や奇妙なサイレンが聞こえるが、田舎の夜は薄気味悪いほど静まり返っている。静けさにはなかなか慣れない。

「それなら、おれのお気に入りの場所に連れてってやろうか？」ロビーが持ちかけた。

「どんなところ？」とスノーボール。

「それは行ってからのお楽しみだ。来いよ、案内する」ロビーが走りだしたので、ぼくたちもあわてて追いかけた。ありがたいことに牛のいないほかの草地を横切るあいだに、田舎がどれほどいい香りがするか気づかされた。ぼくはすがすがしい香りを胸いっぱいに吸いこんだ。最後の冒険ができることも、ロビーが一緒なら危険がないことも嬉しかった。とりあえず、ないように祈った。

見覚えのある場所に出て、巨大な牛に遭遇した草地の縁を進んだ。草地には牛が何頭かいたけれど、反対側で草を食べていて、ぼくたちにはあまり興味を見せなかった。残念とは思わない。

「頑張れ、このまま進むぞ」追いついたぼくたちにロビーが言った。

小川に出たところで、ぼくとスノーボールはちらりと目を見合わせた。

「水は苦手なんだ」ぼくは言った。

「おれだってそうさ。でもほら、あっちに橋がある。行くぞ」小さな木の橋を渡ったロビーが、ぴたりと足を止めた。周囲を見渡したぼくは息が止まりそうになった。木立の端にある空き地を、鬱蒼《うっそう》とした木々が取り囲んでいた。枝のあいだから差しこむ木漏れ日が葉を照らしている。きれいだ。

「森だわ」スノーボールがつぶやいた。

「ああ、おれの森だ」ロビーはそう言ったが、ぜったい違うと思う。

「うわあ、きれいだね」ぼくは言った。「きみと同じぐらいきれいだ」スノーボールに鼻を押しつけると、スノーボールが恥ずかしそうにほほえんで髭を立てた。

「前の家を思いだすわ」スノーボールがつぶやいた。「庭の外に広い森があって、よくリスを追いかけたの。でもリスには意地悪なところがあるのよ。特に木の実には執着心が強かったわ」

「懐かしがるのも無理はないね」本当にそう思う。エドガー・ロードやロンドンは大好きだけど、ここがきれいなのは認めざるをえない。

目の前に大きな木があり、登るとすごく眺めがいいとロビーが言った。目で問いかけてきたスノーボールに、ぼくは首を振った。登るつもりはない。木に登っておりられなくなったことが二度もあり、どちらも楽しい経験じゃなかった。だから地面に留まり、上へ上へと登っていくロビーとスノーボールを見つめながら、軽い嫉妬を覚えつつ自分も一緒に登れたらいいのにと思わないでもなかった。でも結局は固い地面にいられることに感謝して、落ち葉にじゃれていた。

しばらくすると、スノーボールが戻ってきた。事もなげに上手におりてくるのを見てほっとした。

「よし、人間が心配しないうちに戻ろう」ロビーが弾むような足取りで歩きだした。

行きとは違うルートで帰る途中で、毛並みに受ける風や暖かい日差しや足をくすぐる青草で気分が高揚し、ちょっとふざけることにした。行く手に背を向け、後ろ向きに歩いてみた。

「なにしてるの？」スノーボールが髭を立てた。

「後ろ向きに歩けるんだよ、見て」調子に乗って後ろ向きに走ろうとしたが、思ったほど簡単ではなかった。実をいうと、やるのは初めてだ。足がもつれて体の向きを変えようとしたら、尻もちをついてしまった。幸い、着地した場所は柔らかかった。

「おっと！」でも、このにおいはなんだ？　立ちあがってにおいから離れようとしたら、その場でぐるぐるまわるはめになった。どれだけ逃げてもにおいが追いかけてくる。ロビーの笑い声が聞こえ、スノーボールは前足で顔を隠している。

「なに？」

「牛のフンの上に転んだのよ！」スノーボールに言われて見おろすと、着地を受けとめてくれた柔らかいものが、まさにひどいにおいの元だとわかった。あの怪物みたいな牛たちが怪物並みの落とし物を残していて、それが体じゅうについている！　すっかりしょげきって帰るあいだに、さっきまでの元気も消えうせた。このあと待っているのはあれだけだ――お風呂。お風呂なんか大嫌いだ。そもそも濡れるのは嫌いだから、雨でもうろたえてしまうし、水たまりだって歩きたくない。でも避けられないのはわかっていた。

家に戻り、ロビーに丁重に別れの挨拶をした。

「運のいいやつだな」スノーボールを示しながらロビーが言った。スノーボールは喉を鳴らして恥ずかしそうにしている。

「わかってる。彼女は最高だ。いろいろありがとう」ぼくは心をこめて別れを告げた。どろどろのまま家に入るわけにはいかない。「きみだけなかに入って、大声で鳴いてだれかの気を引いてくれないかな」スノーボールに頼んだ。お風呂はいやだけど、一刻も早くきれいになりたい。

スノーボールが家に入り、何年もたったような気がしたころクレアを連れて戻ってきた。ぼくはひどいにおいに本格的に耐えられなくなっていた。避けるべき相手のリストに牛を加える理由が増えた。

「どうしたの？　スノーボールが大騒ぎするから、なにかあったかと思ったのよ」クレアがまじまじぼくを見ている。「いやだ、アルフィー。なんでそんなものの上で転がったりしたの！」ぼくはミャオと鳴いて抗議した。わざとやったんじゃない！

クレアがぼくをタオルでくるんで家のなかへ運び、腕を目いっぱい伸ばしたままバスルームへ直行した。スノーボールはすっかりおもしろがっている。あとでひとこと言ってやらないと。クレアがにおいについてぶつぶつ言いながらバスタブに浅くお湯を張るあいだ、ぼくはひたすらじっとしていた。そっとバスタブに入れられたときも暴れないように我慢したが、体が温かいお湯につかるにつれて不安になってちょっともがいてしまった。お風呂とにおいのどっちがいやなのかわからなかった。実際には、確実ににおいのほうだ。

「じっとして、アルフィー」もがくぼくをクレアが叱った。でもじっとしてなんかいられない。やがて永遠につづくような時間が終わり、バスタブから出されて体を拭かれた。

「暖炉の前で寝てなさい。すぐ乾いて体も温まるわ」言われるまでもなく、ぼくはバスルームから逃げだした。

暖炉の前で丸まっていると、スノーボールがやってきた。

「よかった。ずいぶんにおいがましになったわ」首筋に鼻を押しつけてくる。

「今回の旅行で懐かしく思うことはいくつかありそうだけど、間違いなく暖炉はいちばん懐かしいもののひとつになるな」あくびが出た。今日はほんとにいろいろあった。ぼくは目をつぶり、あっという間にイワシの夢を見ていた。

しばらくして話し声で眠りから覚めると、みんなが居間に集まっているのがわかった。

「朝には帰らなきゃいけないなんて、考えたくないな」ジョナサンが話している。ぼくは目をつぶったままぬくぬくしたぬくもりを堪能しながら耳を澄ました。ソファにゆったり横たわるジョナサンの姿が目に浮かぶ。すっかりくつろいでいるのだろう。ぴりぴりしていることが多いから、この旅行がいい薬になったに違いない。

「楽しかったからね」ティムが言った。

「わたしはとにかくアルフィーが心配だわ、だって……」クレアの声が聞こえ、ぼくは耳を立てた。スノーボールは隣でまだ眠っている。寝ているときは、本当にかわいい音をたてる。いびきと言われるかもしれないけど、ぼくには心地いい音色に聞こえる。

「スノーボールもよ」カレンが言った。「不思議よね、猫がこんな生き物だなんて思ってもいなかった。孤独を好む生き物で、一生の伴侶を持つことはないと信じこまされていたわ」

「あの子たちを見て」クレアの声が悲しげだ。「ぴったり寄り添ってる。愛し合ってるのよ」

「早くも気が咎《とが》めてきたよ」ティムの声。「でも今回がっかりさせそうなのは、妻や子供じゃなくて猫だ」

「そうならない可能性もあるわ」カレンが言った。

ぼくはそっとスノーボールをつついたが、ぐっすり眠っていて目を覚まさなかった。みんなの話をまったく理解できず、ふいに毛が凍りついた気がした。

「もしそうなったら、本当に残念だわ」クレアが言った。

「とにかく、そうならない可能性もあるわ」カレンがくり返し、この話はこれで終わりだと示した。

いったいなんの話をしてるんだろう？　ぼくとスノーボールにとって悪い話みたいな口ぶりだった。忘れようとしたが、できなかった。

その夜、みんなが夕食の片づけをしに行ってジョナサンがサマーを寝かしつけに行ったあと、ようやくスノーボールとぼくだけになった。

「きみが寝てるとき、変なことを聞いたんだ。きみの家族が妙な話をしてたけど、意味がわからなかった。なんだかぼくたちになにかあるような口ぶりだったよ。なにか知ってる？」

スノーボールが澄んだ青い瞳でぼくを見た。「なんのこと？」驚いている。なにも知らないのだ。

「ティムが、きみをがっかりさせることが起きるかもしれないって話してたんだ。カレンはそうならないかもしれないと言ってたけど、なにが起きるのかわからない。でも、みんなの口調が変だった」

「アルフィー、ぜんぜん話が読めないわ！　なにを言ってるのか見当もつかない。あなたって、相変わらず事件を探さずにいられないのね」スノーボールがあくびして伸びをした。

なにも心配していないようだが、ぼくはいやな予感を振り払えなかった。

「わかったよ、きみがそう言うなら、そういうことにしよう。でもみんなの会話に気をつけていよう」

「ええ。アルフィー、あなたのことは大好きだし、心配性なところも大好きだけど、一緒にすてきな旅行をしたんだもの。いまはそのことだけ考えましょうよ」

ぼくに異存はなかった。

Chapter 5

ぼくは旅行明けのふさぎこみというものに見舞われていた。帰ってきた当初はご機嫌だった。タイガーや仲間やエドガー・ロードのほかの家族に再会できて嬉しかった。でも、そんな気持ちも長くはつづかなかった。ずっとスノーボールといられないのが物足りない。いまも会ってはいるけれど、ずっとではない。田舎の散歩やすがすがしい空気、ロマンチックな時間や暖炉の前で一緒に寝たのが無性に懐かしかった――ニワトリさえ懐かしい。それに、ロンドンに戻ってからずっと雨が降っているので、帰宅後間もなく仲間に会ったあとは、ほとんど家にこもりきりだ。天気みたいにどんよりした気分だった。すっかり退屈して気が抜けている。

それに気になることがある。旅行の最終日に聞いた意味不明の話が、まだ心に引っかかっていた。あれからだれもあの話をしていないので、いまだになにを話していたのかわからない。スノーボールもぼくもさらなる手がかりを求めて耳をそばだてているが、人間がよくやるひそひそ話を別にすれば、おかしなことは起きていない。たぶんスノーボールが正しくて、心配せずに忘れるべきなんだろう。きっとなんでもないんだ。でも、それならどうしてまだ落ち着かないんだろう。こんなに心がざわざわするのはあくまで旅行明けのふさぎこみのせいだと、ぼくは懸命に自分に言い聞かせていた。

居間の出窓に座っていると、近くの街灯の柱に男の人がなにか貼っているのが見えた。それから間もなく、タイガーが門へ近づいてきた。ぼくはキッチンへ走って猫ドアから飛びだし、家の前へまわりこんだ。友だちの姿を見たとたん、ふさいだ気分が晴れた。

「こんにちは、アルフィー」タイガーは少し息を切らしていた。

「どうしたの？」タイガーが示したほうへ目をやると、街灯にトラ猫の写真が貼ってあった。字も書いてあるが、猫のぼくには読めない。「なにあれ？」

「よくわからないの。あなたたちが留守のあいだに、ほかにも二枚街灯に貼られたのよ。だれも意味がわからないの」

「ぼくにもさっぱりだよ」どういうことだろう。「みんなに会いに行こう」心に引っかかるものがあるのに、その正体がわからない。通りの先まで行くあいだに同じ写真を二枚見かけたが、どちらも知らない猫だった。

「ほかに貼られたのは、あの二枚だけなの？」

「そうよ。変でしょ？」

いつものたまり場にエルビスとネリーがいた。濡れた草むらを避け、比較的乾いたコンクリートに座っている。

「ニュースよ」タイガーが言った。

「なになに？」事件が大好きなネリーが勢いこんだ。

「街灯に猫の写真が貼りだされたの」

「また？　なんて書いてあるんだ？」とエルビス。

「わからない」ぼくは答えた。「でも、なんとなく気になる」

「みんなで気をつけていましょうよ。すごく奇妙だもの」タイガーが言った。黙りこんだぼくたちのほうへ、仇敵《きゆうてき》のサーモンがやってきた。

「あいつなら知ってるかも」ネリーがささやいたが、だれも尋ねる気になれなかった。

「なにしてる？」サーモンが目を細め、喧嘩腰にしっぽをぶんぶん振った。底意地の悪い猫で、チャンスがあれば凄《すご》みを効かせてくる。

「みんなでたむろしてただけよ。あなたには縁のないことでしょうけど」タイガーが言った。サーモンを怖がらないのはタイガーだけだ。

「笑わせてくれるじゃないか、タイガー」

「サーモン」エルビスがすかさず口をはさんだ。「また猫の写真が街灯に貼られたんだ。なにが書いてあるか知ってるか？」

サーモンがまたしっぽを振った。「知ってるに決まってるだろ。でも教えるつもりはない」

「ほんとは知らないんだろ」ぼくは言った。

「知ってると言ってるだろ！　おれはおまえたちが知らないことをいろいろ知ってるんだ」サーモンが語気を荒らげた。「大事な彼女に訊いてみればいい」

「なんの話だ？」腹が立ってきた。なんでスノーボールが関係あるんだ。

「さっき、あの白猫の飼い主がおれの飼い主と話してるのを聞いたんだ。おまえにとっていい話じゃなかったとだけ言っておく」嬉しそうに舌なめずりしている。

「サーモン、いまここで話せ。さもないと、さもないと……」

「なんだ？　彼女におれを襲わせるのか？」サーモンがげらげら笑い、ぼくがなにも言えないうちに去っていった。

「さっきのは、どういう意味？」ネリーがつぶやいた。でも心配顔を向けてくるみんなを見ているあいだにも、悪い知らせに決まってるのはわかっていた。スノーボールに会わないと。

スノーボールはうちの門のところで待っていた。ひと目でまずいことが起きたとわかった。

「大変なことになったわ、アルフィー」

「ぼくたち、なにかしたかな」たしかにぼくは少し厄介ごとを起こす傾向があるが、最近はなにもしていないはずだ。

「違うの」スノーボールが茂みの奥にもぐった。茂みはまだ雨で濡れていたが、真剣な顔をしているので文句を言うのは控えた。「そういう問題じゃないの。旅行中にあなたが聞いた話。どうやらなんでもない話どころじゃなかったみたい」

「スノーボール、落ち着いて、意味がわからないよ」

「ごめんなさい、ちゃんと話すわ。ゆうべ、ティムとカレンが子どもたちに話してたの。どうやら引っ越すみたい。ティムにいい仕事のオファーがあったのよ」

「引っ越す?」心臓が足元まで沈みこんだ。エドガー・ロードに越してきた当初、スネル家は辛い日々を過ごしていた。一家と仲良くなるにはいくつもの策と長い時間を要したが、最終的にはやり遂げた。それなのに、引っ越すはずがない。

「新しい勤務先は、よりによってチェシャ州なのよ」落ちこんでいる。

「チェシャ州? どこ? 遠いの?」返事を聞くのが怖い。

「ええ。ここから何時間もかかるわ。クリストファーは転校するしかないけど、本人は気にしてないし、デイジーはどうせ仕事であちこち移動することになるから問題ないんですって。それにロンドンの友だちのところに泊まれるし。だれもわたしの気持ちなんて訊いてくれなかった」

「しょうがないよ。人間は自分勝手なものだからね。ちょっと待って、だとすると、きみもエドガー・ロードを出ていくの？　ぼくやみんなを残して？」目がまん丸になって、顔からポンと飛びだすんじゃないかと思った。サーモンは正しかった。

「いつ引っ越すかわからないけど、そうみたい」悲しそうな顔を見てパニックが押し寄せた。引っ越すなんてだめだ。こんなに愛し合ってるのに。あんなにすてきな旅行をしたばかりなのに。人間と猫の生き方に大きな違いがあるのは重々承知しているけれど、ここまで残酷なことをするはずがない。なにかの間違いだ。そうに決まってる。

その日はずっと、スノーボールとふさぎこんでいた。

「うちに帰りたくないわ」スノーボールは怒りと戸惑いを感じていて、それはぼくも同じだ。前向きになろうとしても、こんな悲惨な状況では限界があるし、もともとふさぎこんでいたんだからなおさらだ。スノーボールを連れてうちに帰り、居間のバスケットで丸まった。どちらも不安で動揺していたので、慰めを求めていた。いつのまにか眠ってしまったらしく、目を覚ますとみんなに見られていた。クレア、ジョナサン、サマー、ティム、カレン。

「なんだか離れ離れになるのを知ってるみたい」クレアが言った。

「アルフィーは頭がいいからな」ジョナサンがつけくわえた。

「でも、猫にわかるはずがない」ティムが言った。

「ミャオ」ぼくは抗議した。

「やっぱり」とジョナサン。「わかってるんだ」

目を覚ましたスノーボールが飼い主をにらみつけ、ぼくと並んで座った。

「きっと……」カレンがためらいがちに口を開いた。「きっと、この子たちにきちんと説明するべきなのよ。直接」

「え？　猫に説明しろって言うのか？」とティム。

「そうしたほうがいいと思うわ」クレアがうなずいている。

「そうだよ。やれよ、ティム」ジョナサンが促したが、顔がにやけていておもしろがっているのがわかる。ぎろりとにらんでやると、少なくとも恥じ入った表情を浮かべるたしなみは備えていた。

ティムが咳払《せきばら》いした。笑いごとじゃない。

「ぼくたちはここが気に入っている」スノーボールとぼくはティムに目で問いかけた。「ぼくたちはここが気に入っている。エドガー・ロードが。すばらしい友人もできた」かなり気まずそうだ。「でもここに越してきたのが家族にとって大きな決断で、当時の理想とはかけ離れたものだったように、また難しい決断を迫られたんだ。スノーボール、アルフィー、実は、願ってもない仕事のオファーが来た。まさに思いがけないチャンスなんだ。また家を買えるから、家族に安らぎを与えてやれる」少し赤くなっている。スノーボールを見ると、目が合った。ぼくはどうしても信じられなかった。引っ越すのは知っていたけれど、ティムからはっきり告げられたからって、すんなり納得なんかできない。引っ越すなんて嘘だという希望にすがっていたのに。

「ぼくたちも引っ越すのはいやだが」ティムがつづけた。「家族と相談して、このチャンスに賭けることにした。数週間後に引っ越す。急に決まったんだ」期待をこめてこちらを見ているが、ぼくたちには無言で見つめ返すことしかできなかった。「おまえたちを離れ離れにするような真似《まね》はしたくなかった」

「アルフィー、なんとかなるわよ」クレアがぼくを抱きあげた。でもなんとかならないのはわかっていた。ぼくのバスケットにいるスノーボールを見おろすと、表情が悲しみから怒りに変わっていて、なんとかなる日は来ないと確信した。ふつふつと怒りがこみあげた。なんでぼくたちをこんな目に遭わせるんだ？

駆け落ちしようか。スノーボールと田舎へ逃げる手もある。楽しかった田舎へ。でも無理なのはわかっていた。どれほどスノーボールと一緒にいたくても宿無しには戻れないし、いまは家族に腹を立てていても、スノーボールもぼくも彼らを心から愛している。手の打ちようがない、抜き差しならない状況だ。

みんなはぼくたちを慰めようとしていたが、ぼくの耳には自分の心が砕け散る音しか聞こえなかった。

Chapter 6

今日はスネル家が引っ越す前日だ。心から愛したスノーボールと引き離される前日。ティムの話を聞いてから、この数週間ずっと生きた心地がしなかった。できるだけスノーボールと過ごすようにしていたが、以前とはなにかが変わってしまった。どこかぎくしゃくしている。なにしろ終わりが来るとわかっているのだ。一緒にいると辛くてたまらない。お互いに悲しすぎて、一緒に楽しく過ごす時間は終わったも同然だった。ぼくはまた大切な存在を失おうとしている。猫の心はどこまで耐えられるんだろう？

沈んだ顔をしたクレアがぼくを抱きあげ、頭のてっぺんにキスした。ジョナサンの表情が暗い。さっきふたりの会話を聞いていたから、ぼくとスノーボールを不憫《ふびん》に思うのと同時に、ふたりもエドガー・ロードで仲良くなった友だちがいなくなるのを寂しく思っているのはわかっていた。でも同情する気力がなかった。鳴く気力もない。ひたすらベッドで丸まって声をひそめて泣きたかった。

別れを告げるのは生きていくうえで一、二を争う辛いことで、短い生涯のあいだにぼくは何度も経験してきた。決して楽にならないどころか、今回は最悪なものになりそうだ。スネル家とスノーボールにお別れを言うために、クレアが隣へ連れていってくれた。ティムが玄関をあけ、なかへ通されたクレアとジョナサンが家族ひとりひとりとぎこちなく抱き合った。引っ越し準備はほぼ終わっていて、箱の山を見ると大声で泣きたくなった。クレアがぼくをそっと床におろした。

「スノーボールは庭にいるわ、すっかり落ちこんでる」カレンが庭へ案内してくれた。ぼくは庭に出てスノーボールの隣に腰をおろした。家のなかにいるみんなの視線を感じた。しばらく、どちらもしゃべらなかった。

「ついにこの日が来たのね」スノーボールが言った。髭を立てているが、意気消沈しているのは態度でわかる。

「なんて言っていいかわからないよ」ぼくは応えた。「阻止できると言いたいけど、問題を解決するのが得意なぼくでも打つ手がない」スノーボールがもうすぐいなくなってしまうと思うと、毛の一本一本まで辛くてたまらない。

「初めて会ったころ、あなたにひどい態度を取ったのを覚えてる?」

「うん、あまり感じがよくなかった。うっかり迷子になったきみを助けてあげたあとも。でも、ぼくはあきらめなかった」

「そして、あなたにはいろんなことを教わった。引っ越したくないわ、アルフィー。あなたと別れたくないけれど、あなたからいろいろ学んだことだけはたしかよ」

「きみがいなくなったらどんなに寂しいか、想像もつかないよ」スノーボールがもたれてきた。ぼくはもう息が止まりそうだった。

「アルフィー、明日は来ないで。冷静でいられる自信がないの」ぼくも同じ気持ちだったので、スノーボールの辛さが手に取るようにわかった。

「ぼくもだよ。でもこれだけは覚えておいて。きみへの気持ちはこれからも変わらないし、きみのことは決して忘れない」

「わたしもよ」スノーボールが涙声になり、そのあとぼくたちは耐えられる限界まで一緒にいてから、後ろ髪を引かれる思いでその場を離れた。

猫は涙を流さない生き物かもしれないけど、ぜったいどちらも泣いていた。重い足取りで家に入ると、ジョナサンたちの目にも涙が浮かんでいた。

ぼくたちのこれっぽっちも混じりけのない愛に心を動かされたのだ。あまり苦しまないように祈るばかりだった。

ぼくは前庭に座り、大きな引っ越しトラックを眺めた。引っ越しトラックは新たな住民が来る前触れで、ぼくみたいな通い猫にとっては興味をそそられる対象だから普段は大歓迎なのに、今日は毛づくろいをしながら苦々しく眺めていた。あの車が家具を運び去ったら、スネル家のみんなと愛するスノーボールもいなくなる。旅行中に感じたいやな予感が現実になるのだ。

トラックを見ながら胸に広がっていく絶望に、どう対処すればいいのかわからなかった。視線をひきはがして家のなかに駆け戻ってしまいたいのに、目を離せない。恐怖のどん底で催眠術にかかっている。

物音が聞こえてそちらへ目をやると、親友のタイガーが門の下をくぐり抜けてきた。タイガーには短気なところがあるし、出会ったころはスノーボールの大ファンというわけじゃなかったけれど、態度を和らげたあと、ぼくにとって大切なふたりは信頼関係を築き、友だちになりつつあった。

「なんて顔してるのよ」タイガーが言った。タイガーはうわべを取り繕うタイプじゃない。「トラックに荷物を積みこんでる。夕方にはみんな行ってしまう」辛くて泣き叫びたい気分だった。

「辛いでしょうね、アルフィー。かける言葉が見つからない。スノーボールにお別れを言ったのは知ってるけど、最後にもう一度会わなくていいの？」

「引っ越しのことを聞いてから、毎日さよならを言うときに備えてるみたいで胸が張り裂けそうだったんだ。またあんな思いをするくらいなら、犬に追いかけられて木からおりられなくなるほうがましだよ。それに、お別れは昨日きちんとすませた。今日は家から出ないってスノーボールと約束したんだ――でも、我慢できなかった」

「ねえ、公園へ行って鳥でも追いかけない？　犬をからかってもいいわよ」タイガーが前足でぽんぽんとぼくを叩いた。「木からおりられなくなるようなことにはさせないから」元気づけようとしてくれているのはわかったが、いまは二度とスノーボールに会えないことを嘆き悲しむことしかできない。

「いいよ、でも楽しい遊び相手になると約束はできない。それどころか最悪の相手になると思う」

「別にかまわないわ。慣れてるもの」言葉とは裏腹に、タイガーの表情には思いやりがこもっていた。


スノーボールのことは考えないように努力したし、タイガーも精一杯のことはしてくれたけど、心の傷は生々しいままだった。ぼくを元気にするために、タイガーはありとあらゆることをしてくれた。ぼくが追いかける蝶を見つけ、ネリーがなにかにつまずいて――ネリーはちょっとドジなのだ――、ロッキーの上に乗ってしまったときのことを話した。その場にいたら大笑いしそうな話だった。街灯に貼られた写真の謎に関心を持たせようとさえしてきたけれど、いずれも興味を持てなかった。

二度と心が晴れることはない気がしたが、いつか少しずつ楽になる日が来るという希望にすがりついた。そうなるのはわかっていた。悲しみが完全に消えることはなくても、徐々に薄れていくのは経験から学んだ。時間が解決してくれるのを待てばいいだけだ。八年生きたあいだにいろんな経験を積んだおかげで、かなり賢くなった。スノーボールへの愛は変わらないし、会いたいと思いつづけるだろうけれど、いまの気持ちもいずれ楽になる。愛する相手を失った辛さは決して消えないが、その辛さを抱えて生きていくことにもいずれ慣れる。ぼくはそう思っている。

「ごめん、タイガー。切なくてたまらないんだ。一緒にいても楽しくないだろ？」ぼくはお気に入りの花壇の横に寝そべった。葉っぱが一枚頭に落ちてきたので、ぼんやり払い落とした。

「いいのよ、気持ちはわかるもの。トムがいなくなったときのこと、覚えてる？」トムは以前同じ通りに住んでいた気難しい猫だ。タイガーの彼氏みたいなものだったのに、タイガーはあまり気がなさそうにしていた。トムの飼い主が亡くなったときは仲間で力を合わせて住む場所を見つけてあげようとしたが、親戚に引き取られることになって、トムは喜んで去っていった。タイガーはちょっと寂しそうだったけど、ぼくがスノーボールを想《おも》っているようにはトムを想っていなかった。それでも二、三日は機嫌が悪かった。

「うん、きみはかなりいらいらしてた」

「ええ、そうね、あなたは切なくてたまらなくて、わたしはいらいらしてたけど、本質は同じよ。わたしとあなたは友だちで、友だちはなにがあっても一緒にいるの。たとえ一緒にいて楽しくないときも。だから、もがき苦しむとかふてくされるとか泣くとかしたければ、そばにいてあげる。怒ってもいいわ。なんでもやりたいことをやりなさいよ、アルフィー。わたしがそばにいてあげるから」

「タイガー、きみは本当にいい友だちだ。すごく感謝してるよ。伝わってるといいんだけど」

「ありがと。それに、幸いわたしはどこにも行かないわ」

「頼むよ、きみまで失ったら耐えられない」ぼくの顔がくしゃくしゃになった。残り少ない威厳を保つために近くの茂みにもぐりこみ、大声で泣いた。口からあふれるひと声ひと声に悲嘆がこもっていた。そのうち疲れきって声も嗄《か》れ、茂みから這《は》いだしたときは自分の一部を失った気がした。我慢強く待っていたタイガーが、前足を重ねてきた。

「さあ、アルフィー。家まで送るわ」

家に戻ったときには引っ越しトラックの姿はなく、スネル家の車もなくなっていた。行ってしまったのだ。裏口まで送ってくれたタイガーが、猫ドアの前でまたねと言った。気力を振り絞らないと猫ドアすらくぐれない気がした。とぼとぼキッチンへ行くと、クレアとジョナサンとサマーのほかに、ポリーとマットと子どもたち——ヘンリーとマーサ——

もいた。ぼくに向けられたみんなの瞳に同情が浮かんでいた。まあ、子どもたちは違う。ぼくの悲しみも知らずに床で遊んでいる。ボウルに大好物のイワシがよそってあったが、食欲がなかった。

「アルフィー」クレアが声をかけてきた。ぼくは無言でしょんぼりとひとりひとりに目をやり、イワシには見向きもせずにキッチンを出て階段の踊り場にあるベッドへ向かった。そしてベッドで体を丸め、眠りが訪れるように祈った。

Chapter 7

ぼくはソファで窓から差しこむ日差しをぼんやり眺めていた。スノーボールがいなくなってから一週間がたち、彼女の姿を見たい、話したい、声を聞きたい、という切ない思いに身を焦がしていた。ろくに外出もせず、仲間に会いたいとも思わない。ぼろぼろになったうずく心を抱えたまま、とにかくひとりでいたかった。サマーの愛くるしい笑顔を見ても心は晴れず、きつく抱きしめられたりしっぽを引っ張られたりしても平気な顔でいるには全力を振り絞る必要があった。

今夜はポーランド人の家族——フランチェスカ、大きいトーマス、アレクセイ、小さいトーマス——が、ぼくを元気づけるためにまた来ることになっている。クレアのアイデアだ。せめてぼくを慰めようと一生懸命やさしくしてくれるみんなのために、少しでも以前の自分に戻りたいけれど、その気力もない。まるで心の病にかかったようだ。

「アルフィー?」隣に座ったジョナサンに物思いを破られた。ぼくはジョナサンの腕にけだるく頭を押しつけた。いまはこれが精一杯だ。

「よしよし」ジョナサンは仕事に行くしゃれた服を着ていて、いつもはちょっとでもぼくの毛がつかないように離れているのに、今日はビールまで持っている。一張羅を危険にさらしているなら本気に違いない。ぼくはスーツの袖に頭をこすりつけずにいられなかった。切なすぎて我慢できなかったせいもあるが、ジョナサンも離れろと言わなかった。ビールをひと口飲むと、まじめな顔でテーブルに置いた。

「気持ちはわかる」少しきまりが悪そうだ。「スノーボールが引っ越したのは、みんな残念に思ってる。おまえたちの仲がいいのはわかってたからね。でも人間にはいろいろあるんだ。仕事、家、学校。あれやこれやでスネル家は引っ越さざるをえなくなって、不幸にもおまえはその犠牲になった」前屈《まえかが》みになって、ビールに口をつけている。ぼくはわけがわからずジョナサンを見た。なにが言いたいんだろう。「要するに、女っていうのはだな、なんていうか、男は女を愛し、失うこともあるが……ぼくがクレアを見つけたみたいに、おまえにも見つかるかもしれないってことだよ」これで問題解決だとでも言いたげに、にっこりしている。

「ミャオ」ジョナサンがクレアを見つけただって？　ぼくがクレアをお皿に載せて差しだしてあげたのに！　ぼくはあきれて天井を見あげた。エドガー・ロードに来たころ、周到にふたりをくっつけたのはぼくだ。

「クレアはすばらしいよ、心から愛してる。たまに機嫌が悪いこともあるけど、昔つきあった女たちは……いまだに思いだすとぞっとする」

依然としてなにが言いたいのか見当もつかない。

「だから、とにかくおまえもいつまでも落ちこんでないで、出かけたほうがいい。わかるだろ？　楽しいことを再開するんだよ。人間がバーに行くように、路地をうろついて新しい相手を探すんだ」

本気なんだろうか。そんなことのために路地をうろつけというの？

「なんといっても」ジョナサンがつづけた。「失恋から立ち直るには新しい恋がいちばんだ。たとえちょっと楽しむためだけでも。実際すごく健全な立ち直り方だし、女の子の猫と出会う方法は心得てるだろ？　通りの先に住んでるタイガーって名前のトラ猫はすごくかわいいじゃないか。とにかく、よく言うように、くじけずにまた挑戦するんだ」

ジョナサンが満足顔でビールを飲み干し、立ちあがった。ぼくはジョナサンを見あげた。頭がどうかしたんだろうか。楽しむ？　タイガー？　ジョナサンの話はめちゃくちゃだ。人間と話せたらいろいろ訊きたいところだが、うつむくしかなかった。さっきより疲れが増していた。

クレアがやってきた。

「ああ、ここにいたのね」ジョナサンにキスしている。「うまくいった？」

「うん、言いたいことは伝わったと思うよ」ジョナサンの返事を聞きながら、ぼくはソフアに寝そべって丸まった。

「本当に？　まだ落ちこんでるけど」クレアが言い返した。

「少し時間が必要なんだよ。きみに言われたとおり、ちゃんと話した。一対一で。うまくいったよ」

ジョナサンと部屋を出ていくクレアが、振り返ってぼくを見た。明らかに納得していない。でも、それを言うならぼくも同じだ。


少し昼寝をしたあと、起きあがってみんなに挨拶した。大人はぼくの悲嘆を受けとめられても、子どもたちには無理だとわかっていた。特に初めてできた人間の友だちのアレクセイには無理だ。もうすぐ十一歳になるアレクセイは昔から感受性が強い。悲しそうなぼくを見たら胸を痛めるだろう。小さいトーマス――三つ上のアレクセイともうほとんど背丈は変わらないから、そんなに小さくない――は活発な子で、あまり相手の感情に気づかない。ポリーとマットの子ども、もうすぐ五歳になるヘンリーと三歳のマーサは、幼すぎてぼくの辛さを理解できない。ふたりとボールやリボンで遊ぶのは、かなりの努力が必要だった。大変だったけれど、笑顔を見たり笑い声を聞いたりするのは、いい薬になった。いつも以上に子どもたちと――特にアレクセイと――遊んでやるうちに、少しだけ元気が出た。大切な家族に囲まれていると、心がなごんだ。みんながいてくれるおかげで、少しのあいだ、なんとか以前の自分に戻れた気がした。

家族はしょっちゅう集まっている。ポリーとマットは同じ通りに住んでいて、頻繁に訪れるぼくのために裏口に猫ドアまでつけてくれた。フランチェスカとトーマスは、少し離れた場所で経営するレストランの上に住んでいる。おいしい料理を出す店だ。

食べ物と言えば、いい香りがしていた。みんなのために店の料理を持ってきたトーマスが、ぼくにもイワシを持ってきてくれたのだ。まだ食欲はもとどおりではないものの、イワシは大好物だ。ぼくは精一杯イワシを堪能し、悪いことばかりじゃないと思おうとしたが、簡単ではなかった。いまはなにをやるのも簡単にはいかない。まるでぬかるみにはまっているみたいだ。

「アルフィーの様子はどう?」フランチェスカがクレアに尋ねた。ぼくには理解できないと思っていつも目の前で話すから、耳に入るのだ。大人は子どものそばでも同じことをする。

「しょげてるわ。そう見える。食欲がないし、めったに外にも出ないの。いずれ立ち直るでしょうけど、見てると心が痛むわ」読書好きのクレアは最近古い恋愛小説を読んでいるので、いままで以上に情にもろくなっている。「かわいそうでたまらないの、愛した相手を失うなんて。だれにでも経験があるでしょう?」

「大丈夫だよ」ジョナサンが割って入った。「あいつは男だ。すぐ立ち直るさ」

「いかにも男が言いそうなことね」とポリー。

「ジョナサンの言うとおりだ。すぐ元どおりになるよ」マットが言った。

「うちに泊まりに来させたらどうかな」大きいトーマスが提案した。「環境が変われば気が晴れるかもしれない」

「それもそうね」とクレア。「今度の週末はどう？」

ぼくは食べるのをあきらめ、フランチェスカの足元で丸まって足にもたれた。週末家を離れても問題が解決するとは思えないが、フランチェスカの家族といられるのは嬉しいし、空っぽになった隣の家を見なくてすむ。それに、アレクセイたちの相手でほかのことを考える余裕がなくなるうえ、友だちのごみばこにも会える。スノーボールが引っ越すと聞いてから初めて、希望のようなものが湧いてきた。

「うん、いいよね？」アレクセイの声が弾んでいる。どうやら決まったらしい。週末のあいだは傷心も紛れるだろう。

その夜、週末に出かけることを考えていると、ジョナサンとクレアが言い争う声が聞こえた。サマーが生まれてからは小声で喧嘩していたのに、どうしたんだろう。ぼくは心配になった。いまは自分のことで手一杯だから、だれも不幸になってほしくない。耐えられる自信がない。ぼくはそっとふたりの寝室に近づいて耳を澄ました。

「セカンド・オピニオンを聞いてみないか?」ジョナサンの声だ。

「それを言うならサード・オピニオンでしょ。何度言えばわかるの? そんなことをしても無駄よ。もう現実を受け入れないと。わたしは大丈夫。幸いサマーに恵まれたもの。でもこれ以上子どもは望めない。もうあなたに子どもを見せてあげられないのは残念だけど、少なくともわたしたちにはサマーがいるわ」

「ああ、ぼくたちにはサマーがいるしアルフィーもいる。いまのままでいいじゃないか、ぼくはきみが元気ならそれでいいんだ。つまり……理想を言えばもうひとり子どもがほしいけど、家族みんなが、きみとぼくとサマーとアルフィーが元気でいることのほうが大事だ。愛してるよ」ぼくはちょっと安心した。本気で喧嘩しているわけではなさそうだ。

「わたしは大丈夫よ。心配しないで。鬱々としていた日々に戻ったりしない、ぜったいに。がっかりしてはいるけれど、心の底ではわかってたの。検査の結果ではっきりしただけよ」クレアはたまにふさぎこむことがあって、みんなひどく心配するのだが、それはなにかがうまくいかないときに限られる。最近はずいぶん折り合いをつけられるようになり、それはきっとジョナサンとサマーが人生にこの上ない喜びをもたらしてくれたおかげだ。幸せになる方法をふたりに教わったんだろう。

「じゃあ、家族全員なにも問題はないのに、どうして喧嘩しなきゃいけないんだ?」

「わからないわ」クレアがベッドに腰かけた。「ジョナサン、サマーにきょうだいを持たせてあげたいの」

「でも、きみはたったいま大丈夫だと言ったじゃないか」

「ええ、でも、だからって養子をもらっちゃいけないことにはならないわ。愛情にあふれた家庭を必要としている子どもが大勢いる。まさにうちみたいな家庭を。それに空いている部屋もあるし、経済的余裕も……」

「それはどうかなあ」ジョナサンの口調に迷いがある。

「なぜいけないの？」

「なぜなら」わざとらしく胸の前で腕を組んでいる。ジョナサンはたまに子どもっぽいことをする。

「なぜなら、なに？」戸口の隙間から、クレアがジョナサンの腕に手を置くのが見えた。

「複雑な問題だからだ。よその子どもをもらうのは、思いきった一歩だと思うだけさ。それに養子縁組の手続きは簡単じゃない、認められない可能性もある」

「ジョナサン、認められるに決まってるわ。父と話したの。赤ちゃんは無理かもしれないけど、子どもの貰《もら》い手《て》は引く手あまたよ。わたしたちは犯罪者でもないし、頭がおかしいわけでもない」笑おうとしている。

「ぼくはそこまで確信できない。養子のことだよ、もちろん。ぼくたちは犯罪者でも頭がおかしいわけでもない」

「わかったわ。でも、せめて詳しく調べるぐらいならいいでしょう?」必死にすがるクレアに、ジョナサンがため息をついた。

「どうしてもと言うなら、調べるのはかまわない。でもなにも約束はしてないぞ」

「あら、あなたが言ったみたいに、認められない可能性だってあるわ。でもとにかく調べさせてちょうだい。あれこれ思いあぐねるのがいやなだけよ」

「まったく、アルフィーに新しい彼女をもらうなら、喜んで賛成するんだけどな」ジョナサンがふざけた。気まずくなると、冗談にしようとする癖があるのだ。ぼくに言わせれば、おもしろくもなんともない。

「ジョナサン、ふざけないで。でも、そう言われてみると……」

「冗談だよ」

「わかってるわ。さあ、もう寝ましょう」ふたりがベッドに入ったので、ぼくはすべて順調で心配事はなにもないことに感謝しながらベッドに戻った。心配なのは自分のことだけだ。

Chapter 8

「じゃあ、一度もだれかを好きになったことがないの？」ぼくはごみばことレストランの裏庭にいた。ごみばこは、トーマスのレストランのために仕事みたいなことをしている友だちだ。自称野生の猫で、飼い猫になったことは一度もないし、なりたいとも思っていない。フランチェスカと大きいトーマスのフラットの下にある店の裏庭で暮らし、ネズミが増えないようにしている。ここへ来るようになってからのつきあいで、これまで出会った猫のなかでも知恵の深さはトップクラスだ。

週末も終わりが近づき、たしかに元気になっていた。食欲が戻ってしっかり食べているし、スノーボールの家から多少離れたことで、あまり嘆き暮らすこともなくなった。

「まあ、そうだな」ごみばこが答えた。トーマスが出しておいてくれた残り物を食べながら、近づいてきた怖いもの知らずのネズミに牙をむいている。ごみばこは複数のことを同時にやるのがうまい。「おれはそういうタイプじゃない。たいていはひとりでいるほうがいい。あんたとぶらぶらしたり、ちょっとおしゃべりしたりするのは楽しいし、近所の仲間と狩りをするのも嫌いじゃないが、色恋沙汰みたいなものは……だめだな、遠慮しとく」

「でも、だれかを好きになるってすばらしいよ」殺風景な裏庭で大きなゴミ容器やネズミに囲まれているのに、感傷的な気分になった。ここは、旅行に行った田舎とは似ても似つかない。スノーボールと自分の姿が、なんの悩みもなく背の高い草を駆け抜ける姿が脳裏に浮かんで、悲痛な声が漏れた。

「そうかもしれないが、いまのあんたはすばらしい気分とは言えないじゃないか」ごみばこが言った。反論できない。「でも、その子を好きだったのはわかる。家出したあの子をあんたが助けたとき、どれほど大切な存在かよくわかった。辛いだろうな」

「ありがとう。それにきみの言うとおりだ。でもここで週末を過ごしたら、ちょっと元気が出たよ」

「そうか、きっと家から離れたのがよかったんだな。少し距離を置くと、物の見方が変わることがある。おれは問題が起きるとここを離れてぶらつくんだが、そうすることで物事がはっきり見えてくることが何度もあった」

「きみはほんとに物知りだね、たとえ一度もだれかを好きになったことがなくても」それは本心だった。「でも、もう行かないと、そろそろ帰る時間なんだ」

「アルフィー、またすぐ来いよ、いくらか暇ができたことだしな。今度は狩りの仕方を教えてやろう」にやりとしている。

「遠慮するよ。いや、また来るけど、狩りは遠慮しとく。どうせろくでもないことになるのが落ちだもの」身震いが出た。最後に狩りをしたときは、生意気なネズミに噛《か》まれたのだ。プライドがずたずたになった。

「わかった。それでもぶらつくことはできる。おれはそろそろ仕事に取り掛かるよ。好きなときにここへ来られると思いあがってるネズミがいるから、どっちが偉いか思い知らせてやらなきゃいけない。一緒に来るか？」

「うーん、せっかくのお誘いだけど、やめとくよ」ぼくはあとずさった。


今回の外泊はたしかに効果があった。アレクセイたちと一緒にいると楽しかった。公園でサッカーをし、ごちそうもたっぷりもらった。大人たちはいつも以上にやさしくしてくれて――特に食べ物の面で――、ぼくを太らせようとしているみたいだった。ほかの家族に会いたかったし、なかでもサマーに会えないのは寂しかったけど、スノーボールがいなくなってからここまで心が晴れたのは初めてだった。いまだに一日の大半はスノーボールが恋しいものの、ここにいるあいだは気が紛れた。四六時中胸が締めつけられる思いだったが、それが治まってほしいのかわからなかった。この胸の痛みはスノーボールを心から愛していた証拠で、筋が通らないのはわかっていても、ある意味慰めになっていた。

二階のフラットに戻ると、アレクセイと小さいトーマスがゲームで遊んでいた。フランチェスカは珍しく腰をおろしてお茶を飲んでいる。大きいトーマスは小さなダイニングテーブルで来週のメニューを考えていた。仲睦まじい家族のすてきなワンシーン。

「やった、ぼくの勝ちだ！」アレクセイが拳を突きあげた。

「ずるしたくせに」小さいトーマスが言い返した。

「ずるなんてしてないよ、するわけないだろ」アレクセイに言われたトーマスが怒ってコントローラーを床に投げつけた。やれやれ、すてきとは言いきれないかも。

「いい加減にしなさい」フランチェスカがたしなめた。「仲良く遊べないならゲームを捨ててしまうわよ。いずれにせよ、そろそろアルフィーを送っていかないと」

「えー、もう？　どうしても帰らなきゃいけないの？」アレクセイがやってきて、ぼくを抱きあげた。小さいトーマスも撫《な》でに来て、喉を鳴らすぼくを撫でまわすあいだに、喧嘩はなかったことになった。

「ええ、残念だけど。送ってきたら、宿題をするのよ。明日は学校なんだから」不満を漏らしはじめた子どもたちを大きいトーマスが黙らせ、フランチェスカがぼくの荷物をまとめだした。陽気がいいので歩いていくことになったが、ぼくはまだ体力が完全に回復していないので、途中から抱っこしてもらった。大きいトーマスに抱かれたままスネル家の前を通過できたのは幸いだった。貸家の看板が出ていて、それを見るなりまた居ても立ってもいられない気持ちに襲われた。いまのぼくはあの家みたいに空っぽだ。

玄関先につくと、ジョナサンが玄関をあけた。

「やあ」ジョナサンが言った。「少しぐらい、いられるんだろう?」

「三十分ぐらいなら」フランチェスカが答えた。「子どもたちは宿題があるの」

「じゃあ、お湯を沸かしてくるよ」家に入ったとたん、なにかが違うとピンときた。なにかある、においがする。なんだろう。大きいトーマスに玄関ホールにおろされたとき、そのなにかはいいものじゃないとわかった。

「まあ」キッチンでフランチェスカが驚いた声をあげている。ぼくはその場を動かずに様子を窺《うかが》った。アレクセイたちはそばにいる。

「おいおい、どういうことだ?」キッチンに行った大きいトーマスも驚いている。

「クレアのアイデアなんだが、ぼくはこれでよかったのか自信がない」ジョナサンは不満そうだ。

「すてき」とフランチェスカ。

「やめるように説得したのに、頑として譲らなかったんだ」ジョナサンがぼやいている。

「本気でやめさせようとしたのに!」浮かない口調。何事だろう?

「あら、きっかけはあなただったのよ。アルフィーの新しい彼女をもらおうかと言ったじゃない」クレアが言った。

「ああ、でもあれは冗談で、本気で言ったわけじゃない」

まさか！　ぼくはその場で凍りついた。新しい彼女を連れてきたの？　どうかしてる。でも、それならこのにおいも説明がつく。女の猫のにおいとは言いきれないが、はっきりにおいがする。この家にもう一匹猫がいる！　信じられない、クレアはなにをやってくれたんだ？

「あら、新しい彼女なんかもらうわけないじゃない。そんなことで失恋は乗り越えられないもの」クレアが言い返した。

ふーっ、よかった。でも、じゃあ、なんなんだ？

「でも、これがあいつの役に立つのか？　それを言うなら、ぼくたちみんなの」

「もう、みんな、この人のことは相手にしないで。これは運命だったのよ。地元のフェイスブックの〝売ります〟のページに載っていたから、会いに行ったの」

会いに行った？

「絶妙のタイミングだったのよ。手付金を払った家族がいたんだけど、心変わりしたせいで、いつでももらえる状況だったの」

「何カ月？」大きいトーマスが尋ねた。

「三カ月よ」

全身の毛が逆立った。

「たしかに運命みたいね。この子、ほんとにかわいいわ」フランチェスカが言った。かすかにミャオと鳴き声がする。

「アルフィーはどこだ?」ジョナサンが訊いた。

ぼくは不安におののきながらキッチンに入った。これから目にするものが怖くてたまらなかった。間もなく、最悪の悪夢が現実のものになった。まあ、最悪とは言えないかもしれない。少なくとも犬じゃなかった。それでもぼくは震えあがった。クレアが毛のかたまりを抱いている。灰色の目をした、薄茶と黒の縞模様《しまもよう》のちっぽけな毛のかたまり。ああ、なんてことをしてくれたんだ!

「アルフィー、赤ちゃん」サマーが毛玉を指さした。

「アルフィーの赤ちゃん?」アレクセイが隣にやってきた。「うわあ、すごくかわいい!」

全員の視線が仔猫に集まった。仔猫はぼくを見つめている。すごく小さい猫が、ぼくのキッチンに、ぼくのうちにいる。

「ええ、そう。みんな、紹介するわ。ジョージよ。アルフィー、あなたの赤ちゃんよ」

Chapter 9

その場に釘付けになっているぼくの目の前に、クレアが屈んで仔猫を差しだした。ぼくの赤ちゃん？　パニックの波が押し寄せた。いぶかしそうに見つめてくるジョージはものすごく小さくて、なぜか目を離せなかった。大喜びしている子どもたちをよそに、ぼくはどうすればいいかわからずにいた。

「抱っこしていい？」小さいトーマスの言葉に救われた。三人の子どもたちが集まってきて、代わり番こに仔猫を抱きしめた。ジョージは愛くるしい小さな声でミャアミャア鳴いていて、ぼくは世話をしたいのか逃げだしたいのかわからなかった。

子どもたちがジョージに夢中になっているすきに裏口へ向かった。新鮮な空気を吸って考える時間が必要だ。そう、それがいい、頭をはっきりさせてから、戻って事態に対処しよう。いったいクレアはなにを考えてるんだ？　自分のことも持て余しているのに、どうやってジョージを受けとめればいいんだ？

こういうときは、ジョナサンのほうがはるかに分別があると思えてならない。どうしてクレアは、仔猫をもらえばぼくの気持ちが楽になるなんて思えるんだ？

とにかく出かけよう。この悲惨な展開をタイガーに話そう。ぼくは猫ドアへ走った。

「うわっ！」勢いよく突っこんだのに猫ドアはぴくりともせず、不意打ちを喰らったぼくはうしろに弾《はじ》き飛《と》ばされてしっぽから着地した。痛い。

「ああ、ごめんなさい、アルフィー」クレアが駆けつけてきた。「ジョージがいるから猫ドアがあかないようにしてあるの。ずっとじゃないわ、あの子が外に出ても大丈夫になるまでよ」少なくとも多少は気が咎めているらしい。

「じゃあ、アルフィーはどうやって外に出るの？」アレクセイがぼくの代わりに尋ねた。ジョージを抱っこして撫でている。なんだかみんなぼくよりチビのトラ猫に関心があるみたいで、普段なら気を悪くしただろうが、いまはやきもちを焼く元気がなかった。しっぽはずきずきするし、逃げ道がないとなればなおさらだ。

「そう言われればそうね、どうするか考えないと」これまで思い至らなかったらしい。

「玄関の前に行ったら出してあげるから、入りたいときは大きな声で鳴けばいいわ。頭のいい子だから大丈夫よ」当たり前のことみたいに話しているが、ぼくにとってはとんでもない話で、ジョナサンもあきれた顔をしている。ぼくにもあの表情ができればいいのに。

どうやら自分のうちに閉じこめられるらしい。なによりも自由がなくなってしまう。

「そもそも最近はずっと家にいたんだもの。アルフィー、うちにいてジョージと仲良くしてやってね」最悪だ。せっかく楽しい週末を過ごしたのに、仔猫と閉じこめられるなんて。かわいいかもしれないけれど、ぼくが求めていたものじゃない、ぜったいに。

とはいえ、不満をあらわにするのにも体力がいるし、たとえ耐えがたい日々をいっそう耐えがたいものにされようが、クレアを愛していることに変わりはない。いいことをしているつもりなのだろう。フランチェスカはいいアイデアだと言っているし、大きいトーマスも同じ意見のようだ。どうやらジョージとかいう仔猫を快く思っていないのは、ジョナサンとぼくだけらしい。そもそも仔猫につける名前だろうか。

帰っていくアレクセイたちに顔をこすりつけながら、一緒に行ければいいのにと思った。さっきまで、この世は単純そのものだった。猫はぼくとごみばこだけで、アレクセイたちと遊び、イワシが用意され、傷心を抱えていた。なのにいまは仔猫がいて、どうすればいいのか見当もつかない。

居間へ向かうぼくをサマーが追いかけてきた。ちょっと乱暴に抱きしめられたけど、いつものことだし悪気がないのはわかっている。ふと、ジョージが心配になった。サマーはものの扱いが丁寧な子とは言えず、ジョージはすごく小さくて弱々しい。

「サマー、ジョージにはやさしくしてあげなきゃだめよ」クレアがそう言うのを聞いて、ほっとした。クレアがジョージを連れてきて、床におろした。四本の足で立つジョージは、第一印象ほど小さくなかった。同じころの自分を思いだそうとしたが、思いだせなかった。

最初の家へ行ったときはすごく不安で、そのあと怖い顔をした先住猫のアグネスを紹介された。最初の数週間、アグネスはぼくが気に入らなかったけど、そのうちお姉さんみたいな存在になった。でも、それぐらいしか覚えていない。近寄ってきてぼくのにおいを嗅いでいるジョージを、ぼくはやさしく見おろした。この子のせいじゃない。自分ではなにもできない仔猫にすぎない。ぼくはそっと鼻でつついた。かわいそうなちっぽけな生き物には、やさしくすることしかできなかった。灰色の瞳でぼくを見つめながら小さなしっぽをゆるやかに振る姿を見つめるうちに、この子の面倒を見なければと本能的に悟った。

「まあ、ジョナサン。見て。アルフィーったら、もう仲良くなってる。思ったとおりだわ」クレアは得意げだ。ジョージはおどおどぼくを見ている。アグネスもしばらくすると態度を和らげたけれど、最初は怖くて大変だった。ジョージを同じ目に遭わせるわけにはいかない。だれだろうとあんな目に遭わせるつもりはないし、相手がこのチビならなおさらだ。とはいえぼくは男で、男は普通、女に比べてはるかに寛大だ。少なくともぼくはそう思う。そのときサマーがリボンを持ってきた。ジョージが目を見開き、リボンに飛びかかった。

楽しそうなサマーとリボンを追いかけるジョージを、クレアがにこにこしながら眺めている。ぼくも思わず笑顔になってしまった。

「ぜったいうまくいくと思ってたわ。新しい家族が増えるのは悪いことじゃないもの。かたちはどうあれ」クレアがあてつけがましく言ってジョナサンの頬にキスした。

ジョナサンは無言で妻を抱きしめた。


その夜、初めて一緒に夕食を食べた。ジョージは自分の食器にも食べ物がよそってあるのに、ものほしそうにしきりにぼくの食器に目を向けた。

「よろしく」みんなが声の届かないところに行ってから、ぼくは声をかけた。

「よろしく」小さな返事が返ってきた。

「この家で食べる最初の夕食だね。気に入るといいね」

「うん」声がちょっと震えているから、怯えているんだろう。見ればわかる。

ジョージは仔猫用のフードを食べているので、ぼくの食べ物を床に置きっぱなしにできなくなった。食べるときは一度で食べきりなさいとクレアに言われた。状況は悪くなる一方だ。たいていの猫のように、ぼくは少しずつ食べるのが好きで、すぐに食器をきれいに舐めたりしない。なのにこれからは完食するか取りあげられるかのどちらかだ。ジョージは恐る恐る食べている。どうやら本当に混乱しているらしく、食後は居間へ行くぼくについてきた。

「ぼくをきれいにしてくれないの？」毛づくろいをしているぼくにジョージが尋ねた。

「え？　しないよ」ぼくは答えた。「自分でやるんだ」苛立ちが声に出てしまい、言ったそばから後悔した。自分を常にぴかぴかの状態にしておくのはけっこう大変で、それができないからってジョージを責める筋合いはない。目を丸くしているのを見て、ぼくは少し態度を和らげた。たしかにかわいい。

「ママはいつもきれいにしてくれたよ」涙を誘われずにはいられない寂しげな口調。「ママに会いたい」胸がつぶれそうになった。この子は初めて知らない家に連れてこられた。だれだって初めての状況に慣れるには、多少時間がかかるものだ。こんなにいいうちにもらわれたのは幸運だったが、だからって辛くないわけじゃない。この子のためにしっかりしないと。自分のことはもうじゅうぶん考えたし、ここにぼくを必要としている存在がいる――ジョージが。

「いい？　ぼくがやるのを見ててごらん」ゆっくり毛づくろいをしてみせた。

しばらくすると、クレアがもう寝ましょうと言って膝で眠っているジョージを抱きあげた。ジョージはあくびをして目をぱちくりさせている。ぼくも二階へ向かった。ぼくのベッドの隣にジョージのちっぽけなベッドが置いてあった。ぼくがベッドに入ると、クレアが小さなベッドにジョージを入れた。ぼくは目をつぶり、いつのまにか眠ってしまった。

悲しげな鳴き声で目が覚めた。目をあけて耳をぴくぴくさせると、ジョージがベッドで泣いていた。

「ジョージ？　どうしたの？」半分寝ぼけながら尋ねた。

「ママに会いたい」涙声を聞き、かわいそうでたまらなくなった。猫のお母さんのことは覚えていないし、ジョージもいずれ忘れるだろうが、いまは打ちひしがれていて、そんな姿を見ると失恋で傷ついた心がさらに傷つく気がした。

「わかるよ」ぼくは言った。「大切なだれかを恋しく思う気持ちはよくわかる。でも、いまはぼくたちがいるだろう？　ぼくとクレア、ジョナサン、サマー、ほかの家族のみんな。だから大丈夫」かわいそうなチビすけを慰めてやるべきだ。だから精一杯安心させようとした。伸びをしてジョージのベッドにもぐりこみ、こんなふうに母親にしてもらったのかなと思いながら丸まってジョージにしっぽを巻きつけた。

「新しいママになってくれるの？」見つめてくる瞳に期待がこもっている。

「いいや、ぼくは男だ。ママは女だろ」

「じゃあ、パパなの？」ジョージがたたみかけた。

「違うよ。つまり、ほんとのパパじゃない。ただそう思いたいなら、それでもかまわない。でも、とにかくいまは寝るんだ」

「うん、パパ」ジョージが目をつぶり、ぼくは自分の体で温かいちっぽけな体をしっかりくるみこんだ。この子を守ってやらなきゃいけないという抗しがたい気持ちがこみあげた。

図らずも、いきなり父親になってしまった。

Chapter 10

「タイガー、笑いごとじゃないよ」翌朝、ぼくは笑いつづけるタイガーに向かって不機嫌にしっぽを振った。なんとか外には出てきたものの、早くもジョージが心配になっていた。人間の家族、なかでも子どもたちのことは気にかけているが、いまの気持ちはそれとは違う。どういうわけか、あの子にはもっと強い責任を感じる。

出かけてくると伝えても理解できないようだったので、心配するなと言っておいた。ジョージはぶるぶる震えながら、早く帰ってきてねと言った。心が痛んだけれど、精一杯なだめてきた。かわいそうに。でも家にはクレアとサマーがいるから、少なくともひとりぼっちにはしていない。そんな真似はできない。

「だって、おかしいんだもの」トイレの使い方を教えてやったときのことを詳しく話すぼくに向かって、タイガーがしっぽを振り返した。昨日の夜、クレアがジョージを猫用トイレに入れたのに、何度やってもジョージは怖がって逃げてしまった。そのうちサマーが猫砂で遊ぼうとしたので、すっかり取り乱したクレアはジョージにトイレを使わせようとする一方で、サマーにはぜったい猫用トイレに近づいちゃいけないと言い聞かせるはめになった。まったく人間には困ったものだ。このぐらいのことは想像がつきそうなのに。しょうがないので、まわりにだれもいないときジョージになんのために使うものか教え、さしあたってトイレを使う必要がある理由を説明して、怖いものじゃないと話した。きまりが悪いことに、そのあと実際の使い方を教えるために用を足すふりまでした。今朝ジョージはキッチンで急に便意を催したが、幸いすでにほぼ使い方をマスターしていた。

「あなたがトイレに入ってるところを想像しただけで……」まだ笑っている。

「タイガー、昨日までぼくは傷心にひたってるだけでよかったのに、いまは仔猫の面倒を見なきゃならない。だれかに出してもらわないと外にも出られないし、戻るときも同じなんだよ。これって通い猫には最悪だろ？」

タイガーが同情するように首をかしげた。「ジョージはいつ外に出られるの？」

「クレアは二、三週間後だと言ってた。その前に獣医でやることがあるらしい。獣医の話はよく聞いてなかった」獣医のことを考えるだけで身震いが走る。

「なんだかもうその子が気に入ってるみたいね」

「まあ、だれだってそうなるよ。会えばわかる。きみをちっちゃくした感じだよ。すごくかわいいから、大きくなったらぜったいハンサムになる。それに頭もいいんだ。トイレの使い方だってすぐ覚えたし。くりくりした目に、柔らかい髭。早くきみに会わせたいな」

「すっかり親ばかって感じね。次はその子の写真を飾りはじめるんじゃない?」

「ばか言うなよ。猫に写真が撮れるわけないだろ」言下に言い返したが、タイガーが言いたいことはわかった。ぼくはジョージのとりこになっている。サマーの話をするときのクレアや、ふたりの子どもの話をするときのマットみたいだ。明らかに親の立場になっていて、まだそれが気に入ってるわけではないけれど、ジョージにかまけているおかげでスノーボールを恋い焦がれる余裕がないのは事実だ。

「それはそうと、昨日また猫の写真が貼りだされたのよ。これで街灯の写真は四枚になったわ」

またしても心がざわついた。その写真の意味を知っている気がするのに、はっきり思いだせない。「エドガー・ロードの猫?」

「ううん、四匹とも違うわ。わたしたちが会ったことがないだけかもしれないけど」タイガーが答えた。だとすると、エドガー・ロードの猫ではなさそうだ。通りに住むすべての猫と友だちなわけじゃないし、外に出ない猫もいるけれど、ほとんどの顔は知っている。

「どういうことだろう」

「みんなは美猫コンテストじゃないかって言ってるわ。ほら、飼い主が自慢の猫の写真を貼ってるのよ」

ぼくはタイガーに不審の目を向けた。「それじゃ筋が通らないって、自分でもわかってるんだろ?」

「あら、そうとは言いきれないじゃない?」

「美猫コンテストなら、ぼくの写真も貼られてるに決まってる」

「ずいぶんうぬぼれてるのね」

「まあね。でも、もしそうなら、少なくともジョージの写真は貼ってあるはずだ。このあたりでいちばんかわいいもの。ぼくの次に」

「言いたいことはわかるわ。たぶんもうすぐあなたの写真も貼りだされるから、そうなればどういうことかわかる。でも、もし人間がやってるへんてこなコンテストじゃなかったら、なんなの?」

「そうだね。いまは新しく任された仕事で手一杯だけど、調べてみるよ」

ぼくは公園に遊びに行くタイガーとしぶしぶ別れ、ポリーとマットの家へ挨拶しに行った。ジョージがいるからって、家族をほったらかしにはできない。いずれにしてもサマーはジョージを――本人はドージと呼んでいるが――新しいおもちゃと思っているようだから、面倒を見てくれるだろう。怯えさせている可能性もあるが、そうでないよう祈ってる。

すっかり解放された気分で猫ドアを抜けてキッチンに入ると、意外にもテーブルにポリーとマットがいた。ヘンリーは学校でマーサは幼稚園にいるはずだけど、マットはこの時間いつも仕事で留守だからポリーがいるだけだと思っていた。ポリーは二年前から〝インテリアデザイン〟とかいうものを学んでいて、最近講座を終えたばかりだ。どうやらかなり優秀らしく、それはポリーがひとりでしつらえたこの家がほれぼれするほどすてきなのを見ればわかる。ポリーのアドバイスのおかげでうちもかなりすてきになったものの、シンプルなのが好きなジョナサンと、たくさんクッションを置きたがるクレアの好みを組み合わせなければいけなかったので、簡単ではなかったはずだ。最近はレストランを改装する大きいトーマスにもアドバイスした。たくさん仕事をしているわけではないが、子どもたちが家にいる時間が減ったので、たまにフリーランスの仕事を受けている。

ぼくはまずポリーのところへ行ったが、ポリーはぼくが目に入らなかったみたいに目をしばたたいた。

「いらっしゃい、アルフィー」そのうち屈んで撫でてくれたが、どう見てもうわの空だ。マットはぼくに気づいてもいない。反射的によくないことがあったとわかった。直感でわかる。気持ちがさらに落ちこんだ。このままだと足元まで落ちてしまいそうだ。

「ねえ、この世の終わりじゃないわ。仕事に情熱を注いでいたのは知ってるけど、あなたほど優秀なら、新しい仕事が見つかるわよ」ポリーがマットの手を握りしめた。ぼくは元気づけようとマットの脚にすり寄ったが、気づいていないようだ。仕事を失った？　どうして？　どうやら突然のことらしい。

「たぶんね。見つかることは見つかるだろうが、いまの景気を考えるとすぐにとは行かないはずだ。ふたりの子どもや住宅ローンのこともある。どう乗り切ればいい？」

「それなら」ポリーが切りだした。「うってつけとは言えないけど、〈DFデザイン〉の仕事を受けてみようかしら。一旦は断ったけれど……」

「やりたくなかったんじゃないのか？」マットは意外そうな顔をしている。

「やりたかったけれど、フルタイムだったのよ。子どもたちの予定に合わせて働けるように、パートタイムで働きたかったの。子どもがいるから無理だと断ったら、気が変わったら連絡してくれと言われた。フルタイムで働くのは気が進まないけど、契約社員だから、あなたが落ち着くまでやってみる手もあるわ。あなたが稼いでいた金額には及ばないけど、少なくともある程度の収入にはなる」あまりわくわくしているようには見えないものの、この話は衝撃だった。

「こんなことになるなんて信じられない。いきなり倒産するなんて。だれも予想していなかった」マットが両手を握りしめた。普段はゆったり構えたタイプなのに、いまは怒り、傷ついている。それを見たとたん、ふたりをこんな目に遭わせたものに腹が立った。

「わかるわ。でもわたしが〈DFデザイン〉の仕事をすれば、いくらか足しになる」

「じゃあ、ぼくが主夫になるのか？」こんなに不機嫌なマットの声は聞いたことがない。

ぼくはテーブルの下にもぐりこんだ。ふたりの話を最後まで聞きたいが、聞くのが怖い気もした。

「マット、一九五〇年代じゃないのよ！　いまは男も子どもの世話や家事をするのが普通なの。言わなくてもわかってると思うけど、ほかに方法があれば主夫になる必要はないわ。わたしだって子どもたちといたいもの。でもとりあえず、わたしたちには選択肢がある。まさに救いの神よ」

「でも、ぼくはこれまで仕事しかしてこなかった。どうすれば仕事をせずにいられるかもわからないのに、どうしろって言うんだ？　毎日きみの弁当をつくって、いってらっしゃいと手を振るのか？」声を荒らげたことのないマットが声を荒らげている。

「いいえ、あなたがつくるサンドイッチは食べられたものじゃないもの」なんとか笑おうとしている。「ねえ、あれこれ言ってられないわ。わたしはこの仕事を受ける。契約社員だから、あなたが新しい仕事を見つけるまで、ちょうどいい打開策になる気がするの」

「つまり、ぼくが子どもたちの世話と家事をやるのか？　一緒にままごと遊びを？」マットがふたたび尋ねた。どうやらこれが引っかかるポイントらしい。

「あなたの子なんだし、あなたの家でしょう」苛立ちはじめている。「ねえ、どれほど見下した言い方をしてるかわかってるの？　わたしが五年やってきたことを、あなたは自分がやることじゃないと思ってるみたいに聞こえるわ」

「ごめん、そんなこと思ってないよ。ただ、ぼくはこれまで仕事しかしてこなかったんだ」同じことをくり返しているのは、まだショックから抜けだせずにいるためだ。

「そうね」ポリーが態度を和らげた。「でも、これからはわたしが働くしかないわ。子どもたちが学校に行っているあいだ、仕事を探したり面接に行ったりする時間はたっぷりあるし、こうすれば少なくとも請求書の支払いはできる。そんなにひどいことじゃないわよ」

「そうだな、悪かったよ。まだショックから立ち直れないだけだ」やっぱり。マットが両手で頭を抱えた。ポリーが屈んで夫の肩に腕をまわした。

「わかってる。でも〈DFデザイン〉の仕事があってよかったわ。わたしたちを気にかけてくれる人がいるのが、せめてもの慰めよ」悲しそうな笑みを浮かべるポリーを残し、ぼくはその場を離れた。ぼくもふたりを気にかけているが、就職先を紹介するのは無理だ。

うちに戻ったぼくは、猫ドアを抜けようとして頭をぶつけてしまった。マットとポリーのことで頭がいっぱいで、開かないのを忘れていた。こんなことをくり返していたら、頭痛持ちになってしまう。キッチンの窓枠に飛び乗って、大声で鳴きながらガラスを叩いた。すぐクレアが気づいてくれた。ぼくは地面に飛びおりて裏口へ走った。

「ああ、よかった」裏口をあけるなりクレアが言った。ぼくは首をかしげた。「大変なの。ジョージが」

サマーが走ってきた。「ドージ、ドージ、ドージ」必死で叫んでいる。鼓動が速まり、毛が逆立った。なにがあったんだ？

「どこにもいないの」クレアが言った。「外に出たはずはないの。あなたが出かけたときはいたし、そのあとドアをあけてないから。なのに、どこにもいないのよ」

ぼくは家のなかに入った。しっぽが膨らんだ。ジョージを探すために食器棚のなかを空っぽにしたらしく、キッチンの床一面に中身がちらばっている。ぼくは慎重にそのあいだを縫って進みながら落ち着こうとした。ぜったいどこかにいるはずだが、チビすけが心配でたまらなかった。ぼくのせいだ。あの子を置いて出かけるべきじゃなかった。ここへ来たばかりなのだ。出かけても、用事だけすませてすぐ戻るべきだった。父親失格だ。ジョージを探しまわるうちに、少しずつ理性を失っていくのがわかった。ジョージのにおいはするが、においはあらゆるところについていた。一階を調べ終えたぼくは、パニックにならないようにしながら二階へ向かった。

大声で呼んでも返事がない。心臓がばくばくした。仔猫にとってうってつけの隠れ場所になるサマーの小さなベッドの下をのぞきこみ、残りの部屋もすべて調べたが、ジョージはどこにもいなかった。

クレアとジョナサンのベッドに横たわってひと休みしながら、このあとどうするか考えた。かなり時間をかけて探したのに成果がない。いったいどこにいるのか、やきもきした。伸びをしてベッドカバーのにおいを嗅ぎ、どうするか知恵を絞った。そうか！　頭の切れる猫ならピンとくる。シーツは明らかに交換されたばかりだ。気持ちをそそるさわやかな香りがする——いかにも小さな仔猫が好きそうな香り。事態が呑《の》みこめたぼくはシーツがしまってある戸棚へ走った。なかから小さないびき——というか寝息——が聞こえるが、扉が閉まっている。

「ミャオ！」声を限りに叫ぶと、クレアが走ってきた。まったく、人間には困ったものだ。ジョージはぼくがいて幸運だった。そう思いながら、戸棚の扉をつついた。

「ああ、よかった！」戸棚をあけたクレアが感嘆の声をあげた。「見て、なんてかわいいの」

やれやれ。積み重ねた洗い立てのタオルの上で、ジョージがすやすや眠っている。

「以前はよく、眠っているサマーを何時間も見つめていたわ」クレアがつぶやいた。並んで一緒にジョージを見つめるぼくには、クレアの言いたいことがよくわかった。

「それで、なんであんなことになったんだ？」その日の夕方、クレアとジョナサンのベッドに並んで座りながら、ぼくはジョージに尋ねた。

「すごくいいにおいがしたから、寝そべってみたんだ。そしたらすごく気持ちよくて眠っちゃって、そのあいだにきっとクレアが扉を閉めたんだよ」単純な話だったらしい。ぼくも戸棚に閉じこめられた経験があるが、あっさりそうなってしまった。ジョージのせいじゃないのはわかるが、ぼくは失敗から学んだんだからジョージもそうするべきだ。

「そうか、わかったよ。でもみんなおまえのことを心配したし、ぼくも心配した。扉があいてる戸棚には入っちゃだめだぞ。今回はぼくがにおいで気づいたからよかったものの、閉じこめられるといけないから。クレアはキッチンの戸棚を空っぽにするのにかかりきりで、ここへおまえを探しに来ることまで思いつかなかった。ぼくが気づかなかったら、何時間も、ひょっとしたら何日も出られなかったかもしれないんだぞ」

「何日も？」きれいな目をまん丸にしている。

「人間と暮らすのは必ずしも簡単じゃないんだ。でも大丈夫、ぼくが教えてあげるよ」

「ありがとう、アルフィー……パパ」そう呼ばれたとたん、心がとろけた。

サマーが勢いよく寝室に飛びこんできて、ベッドにダイブした。ジョージを抱きあげ、階段を駆けおりながら、これからやる新しいゲームについて舌足らずにしゃべっている。

ぼくはその姿を笑顔で見送った。サマーは人間の妹みたいなもので、ジョージという仔猫が来たことで、ぼくには面倒を見る幼い存在が増えた。どちらも幸せにしたい気持ちを抑えきれないが、いまはサマーがジョージと遊んでくれるのがありがたかった。人間の問題や、走りまわってチビたちの面倒を見なきゃいけないことや、街灯の柱に貼られた猫の写真の謎のほかに、いまだに心の底から恋しくてたまらないスノーボールをだれにも邪魔されずに想う時間も多少は必要だ。少なくともジョージに奪われていない心の片隅で。

Chapter 11

ジョージが家族になってから一週間とちょっとになるが、なんとも疲れる一週間だった。いまだにほぼ毎晩目を覚ますジョージのせいで睡眠不足なうえに、心配ばかりしている。あの子の世話で、もうへとへとだ。親代わりは思っていたほど簡単じゃなかった。どれほど大変か人間が嘆いているのは知っていたけれど、猫は違うと思っていた。どうやら間違っていたらしい。

家族全員ジョージに夢中で、それはぼくも同じだ。ぼくたちおとなは、赤ん坊のころのサマーみたいに仰向けに寝転んで自分の足にじゃれるジョージに目を奪われ、頬をほころばせてしまう。あるいはジョナサンの首元に寄り添ってテレビを見ながら、わずかに毛を震わせて喉を鳴らす姿に。あるいはソファで仰向けになってクレアに撫でてもらっている姿に。そういうときのジョージは頭の上まで前足を伸ばしてもっと撫でてもらおうとする。こんなにかわいい仕草があるだろうか。

戸棚事件のあと、目の届かないところにはめったに行かせないようにしている。自力でなんとかやっていくすべを教える必要があり、それは明らかにジョージに欠かせないものだ。戸棚を避ける重要性を教えたにもかかわらず、翌日キッチンの食器棚からジョージを引きずりださなければならなかった。探検したかったと言うジョージの気持ちは理解できるものの、危険について四六時中警告している気がする。しかも、突然どこもかしこも危険になった。ここを仔猫にとって安全な家にできる自信がなく、ましてや外の世界のことを思うと、ますますぞっとした。

それにジョージはぼくの食事をつまみ食いする。ぼくのツナに鼻先を突っこんでいるところを見つけたときは……まあ詳しいことは省くけど、ぼくは分けるのに慣れていないとだけ言っておく。でも怒る気になれなかった。あのつぶらな瞳や笑顔やかわいい髭を見たら、怒れるはずがない。ぼくはすっかりジョージの肉球の上で転がされている。叱れないのはとっくにわかっているが、叱るのも親の務めだからやらなきゃいけないのもわかっている。

同時にジョージを誇らしくも思う。上手にトイレを使い、悲惨なことになったのは、ジョナサンのスリッパのなかで用を足してしまったときだけだ。どうやらイタリア製のレザースリッパだったらしく、ジョナサンは殺人現場を目撃したみたいになり、クレアは延々とジョナサンをなだめるはめになった。ジョージとぼくだけになったとき、ジョナサンはちょっと怒りっぽいところがあるけれど、吠《ほ》えるだけで噛みつきはしないと説明し、そのあとこれは犬をたとえにしただけで、口でがみがみ言うほど怖くないという意味だと教えてやらなければならなかった。ジョージはまだ外出を許されていないが、許されたときの心構えを身につけさせる必要がある。だから寝る前に世の中についていろいろ教えている。ぼくは親としての責任を重く受けとめていた。ジョージには学ぶことが山ほどあり、教えているとスノーボールのことを忘れていられた。一日が終わるころにはぐったり疲れていることが多く、ジョージを寝かしつけたあとはあっという間に夢も見ずに熟睡してしまう。

最初の夜はジョージのベッドで寝たが、いまは大きくて寝心地のいいぼくのベッドで一緒に寝ている。クレアはほほえましいと言い、フェイスブックとやらに載せる写真を撮った。すり寄ってくるジョージのぬくもりはたしかに心地いい。九生のひとつでアグネスと寝ていたころを思いだす。ジョージをもらってぼくに親代わりをさせたクレアの神経がまともだったのかまだ確信はないものの、失恋でくよくよしている暇がなくなったのはたしかだ。

あまり出かけなくなったが、タイガーと会う時間はなんとか確保しているので、近所の仲間の最新情報には遅れを取らずにすんでいる。猫の写真に関する新たな情報はないけれど、タイガーはこのあいだ公園に行く途中でまた別の写真を見かけたらしい。謎は深まるばかりだ。

ほかの仲間にも会いたいので、翌日会いに行くことにした。家にはサマーとクレアがいるはずだから、少しぐらいジョージを置いて出かけても大丈夫だろう。ポリーとマットの家にもしばらく行っていないが、ポリーと子どもたちにはうちで会っている。マーサがサマーと同じぐらいジョージに夢中なのだ。ヘンリーはそこまで熱心ではなく、妹たちがジョージをかわいいおもちゃ代わりにしているあいだ、ぼくとテレビを見ている。ジョージも楽しんでいて、手荒にされても気にしない。職探しで忙しいマットには会っていないが、もちろん心配はしている。ポリーは以前と変わりないとは言えないものの元気そうなので、とりあえず心配するのは棚上げにするつもりだ。

夕方、ぼくは庭に出た。クレアがジョージを連れてサマーをお風呂に入れに行ったあいだ、猫ドアを開けておいてくれたのだ。サマーが生まれたころが思いだされた。クレアはジョナサンに、トイレに行く暇もなく、シャワーを浴びるのが贅沢《ぜいたく》になったとぼやいていた。大げさに言ってるんだと思っていた。でも、そうじゃなかった。すぐわかった。だからこの貴重な時間をひとりで過ごすことにしたのだ。毛並みにあたる夏の夕方のさわやかな風が心地よく、それをたっぷり満喫してからしぶしぶ家のなかに戻った。ジョージがきちんと夕食を食べて寝る前の毛づくろいをするのを確認したかった。やることがたくさんあると思いながら二階へ向かうと、不穏な声が聞こえた。

「ミャーッ！」ジョージの悲鳴。

「ドージ、ドージ」サマーが叫んでいる。あわててバスルームに駆けつけ、何度も扉に体当たりすると、しばらくしてからクレアが扉をあけてくれた。

びしょ濡れのジョージがバスマットに座り、バスタブのなかにサマーが立っている。クレアは必死で笑いをこらえていた。ぼくはようやく息ができるようになった。

「アルフィー、ジョージがトイレに落ちちゃったのよ。あそこまでジャンプできるとは思ってなかったけど、わたしがサマーを洗ってるあいだに便座に飛び乗って落ちたみたい」

もちろん飛び乗れるに決まってる。頭のいい子だ。

「さあ、サマー。あなたは出てジョージを入れましょう。トイレクリーナーのにおいを取らないと」クレアがサマーをタオルでくるんでからやさしくジョージを洗い始めたが、そのあいだジョージは上機嫌には程遠かった。ぼくは表情で、気持ちはわかると伝えた。今夜の授業のテーマは水にしよう。

ジョージのお風呂が終わって毛もすっかり乾いたころには、夕食の時間になっていた。仕事から戻ったジョナサンは、ジョージのなんともかわいい失敗談を聞くなり大笑いした。最近はあまり笑わなくなっているが、その理由を突き止めるチャンスを得られずにいる。クレアがこれからはいつもトイレの蓋を閉めるようにしようと言ったので、ほっとした。仔猫がいると、想定しなきゃいけない危険がたくさんある。いずれにせよ、着替えをするあいだジョナサンは笑顔だった。ポリーがうちに来るので、男同士で過ごすためにマットの家へ行くのだ。フランチェスカも来ると知って、ぼくはわくわくした。普段、男女が別々に過ごす夜は二軒を行き来するのだが、ジョージのそばにいてやらなきゃいけないので、今夜は女性陣と過ごそう。近所で起きていることを、なにか聞けるといいけれど。

「寝ない！」二階へ連れていこうとするジョナサンにサマーが抵抗している。

「いますぐベッドに入れば、好きなお話を読んであげるけど、入らなければお話はなしだぞ」ジョナサンが言った。ぼくはどっちを選ぶか迷っているサマーを眺めた。サマーはどんなことでも譲歩するのが嫌いだから、どっちに転ぶか判断が難しい。

「ん」ようやくサマーが言った。「でもドージも一緒」ジョージにばかり関心が集まっていることにちょっと嫉妬を覚えたが、ぼくもジョージに夢中なのであまり気にならなかった。ぼくしかいなかったころは、たっぷり関心を集めていた。たぶん若い世代に譲る頃合いなんだろう。

「この子は魔法の杖《つえ》だな」ジョナサンがジョージを抱きあげた。「それにしても、クレア、サマーがきちんと発音できる名前をつけてもよかったんじゃないか？」ドージと呼びつづけるサマーを見て笑っている。

「さて、ジョージ」しばらくあと、居間にだれもいなくなってから、ぼくは言った。サマーは二階で眠り、ジョナサンは出かけた。「もうベッドへ行く？」

「ううん。みんなに会いたい」

「そうか、じゃあ今夜はもう少し起きていてもいいけど、疲れたら言うんだよ。それに水について話す必要がある。トイレの危険についても」

「あんまり好きじゃなかった」ジョージが認めた。

「そう、猫はできるだけ水を避けなきゃいけないんだ。もちろん飲むときは別だけど」ぼくは自分の経験談を話した。一度溺れかけたことがあるから、ジョージに危ない目に遭ってほしくない。猫には命が九つあるらしく、ぼくはすでにそのうち三つか四つ使ってしまった気がするが、これ以上危険を冒すつもりはないし、チビすけにもそうさせたくない。

チャイムで話をさえぎられ、追いかけてくるジョージを連れて玄関へ走った。クレアがドアをあけると、ワインを持ったポリーとフランチェスカが入ってきてハグを交わした。ぼくはすっかり嬉しくなった。みんなと向かったキッチンでクレアがワインを注《つ》いでいるあいだに水を飲み、そのあとフランチェスカの膝で落ち着いた。ポリーにすくいあげられたジョージは、撫でてもらって喉を鳴らしている。

「大事な報告があるの」ポリーが宣言した。

「また赤ちゃんができたとか？」フランチェスカが尋ねた。ぼくは不安になってちらりとクレアを見たが、動揺している気配はなかった。

「まさか、違うわ。もっと込み入った話なの。マットが失業したのよ」

「そんな、大変なことになったわね」クレアが同情している。

「気分がばかだわ」フランチェスカが言った。流暢《りゅうちょう》に英語をしゃべるようになったが、動揺したり緊張したりするとなまりが強くなって単語の順番がおかしくなることがある。

「いいのよ、だんだんこの事実を受けとめられるようになってきてるの」

「でも、このところ何度も会ってるのに、なにも言ってなかったじゃない」クレアが心配している。

「みんなに話す前に、わたしもマットも状況を少し理解したかったの。ジョナサンには今夜マットが話すと思うわ。とにかくある朝出勤したら、社員全員が会社を閉めると言い渡されたの。倒産したのよ。いまは残務処理をしてるけど、二カ月分のお給料をもらえるだけ運がよかったとマットは言ってるわ。ただね、この件が起きる前に〈DFデザイン〉からわたしに仕事の依頼があったのよ」

「まあ、ポリー、すごいじゃない」クレアが笑みを向けた。

「ええ、でも子どもたちのためにフルタイムの仕事はしたくなかったから、そのときは断ってしまったの。でも状況が変わったわ。半年契約の仕事で、収入はマットがもらっていたお給料より少ないけど、どうにかやりくりはできる。少なくともマットが新しい仕事を見つけるまでは」

「たしかに込み入った話ね」フランチェスカが言った。「でも、大丈夫なの？」

「ええ。肝心なのは、大丈夫だということよ。少なくとも経済的には。ただ、マットは無職でいるのをみじめに思っていて、そのせいで喧嘩になるの。主夫になるのはいやだと言ってるけど、それが問題の本質なのかさえわからない」

「役割を交代するってこと？　ジョナサンならどうなってたか考えるとぞっとするわ。わたしが仕事に行くから家にいてくれと言ったら、なにをすればいいのかもわからないはずだもの。サマーもこの家も、魔法でうまくいってると思ってるのよ。いずれにしても、子どもたちが少し大きくなっていてよかったわね」

「そうね、ヘンリーは学校だし、マーサももうすぐ小学生になる」とフランチェスカ。

「ええ、わかってる。でもあの子たちといられなくなったら寂しくなるわ。それにフルタイムで働くと思うと……いいわ、正直に話す。昔モデルをしてたけど、九時五時で働いたことは一度もないのよ。それがこれからは週に五日働いて、マットが家にいて、お弁当をつくったり掃除をしたりすることになる。まあ、ほんとに掃除をしてくれればだけど」みんなが笑い声をあげた。

「マットはそんなにショックを受けてるの？」クレアが訊いた。

「ええ。あくまで仕事が見つかるまでだと言ってもだめなの。本人が思ってるより早く見つかってほしいわ。そのあとどうするかわからないけど、そのときまた考えるわ」ため息をついている。「まあ、わたしの話はもういいわ。あなたたちはどうなの？」

「そうね、養子の話は順調に進んでるわ」クレアが言った。

「まあ、すごいじゃない！　どうして話してくれなかったの？」フランチェスカがクレアを抱きしめ、危うくぼくを膝から落としそうになった。

「今夜話すつもりだったの。手続きには手間がかかるし、ジョナサンはいまだにあまり乗り気じゃないしね。進展があったら報告するわ。でもジョージが来たことで、これまで以上にサマーにきょうだいを持たせてやりたくなったの。あの子ったら、アルフィーとジョージを弟だと思っていて、幼稚園では人間のことを話すみたいに二匹の話をするのよ」

「かわいいじゃない。でも子どもたちが猫の話だってわかったときがちょっと心配ね」ポリーが言った。

そのあとフランチェスカが開店間近のふたつめの店について話しだした。トーマスは、しばらく前にイギリスへ越してきたポーランド人の友人と手を組み、事業を拡大している。店はかなり繁盛しているからとうぜんだが、ただでさえ働きすぎの大きいトーマスのことが心配だ。家族と過ごす時間がなくならなければいいと思う。

「一緒にいる時間が短くなるのが気がかりなんだけど、トーマスは店長を雇うから自分は料理に集中できるし、しょっちゅう店に行く必要はないって言うのよ。本当にそうなればいいけど」トーマスはきっとあまり他人に仕事を任せられないだろう。フランチェスカは最初の店を出したときからそれを心配していた。

ジョージに目をやると、ポリーの膝でぐっすり眠っていたので、三人の女性を眺めた。

三人とも強く、出会ったときからさまざまなことを乗り越えてきた。失意を抱えたクレア、ヘンリーを産んだあと鬱状態だったポリー、懸命に外国に馴染もうとしていたフランチェスカ。いままでも簡単な道のりではなかったのに、またしてもそれぞれに問題が持ちあがっているようだ。変化が起きていて、変化はいつだって問題を巻き起こす恐れがある。ぼくにはみんなが離れ離れにならずに、これから起こりそうな予感がする嵐を切り抜けられるように祈ることしかできなかった。

Chapter 12

最初の嵐は、近くにいる家族とは別のとても身近な存在から始まった。どの家族も多少の問題を抱えているが、直ちに心配するほどではなかった。女同士で夜を過ごしたあと、クレアとジョナサンのあいだでちょっと口論になったものの、別に珍しいことじゃない。ジョナサンが訪ねたとき、マットは失職したことでとうぜんショックを受けていたが、それを聞いたクレアがポリーに仕事の話があってよかったと言ったのだ。ジョナサンが、主婦の役目をしなければいけないのがマットにとってどれほどいたたまれないことかわかっていないと言うと、クレアは女性差別だと責め、責められたジョナサンは臆面もなくそれを認め……まあ、それ自体はいつもの迷惑な口論でしかなかった。でも、まだそれを理解できない幼いジョージは気が動転してしまった。

「どうして怒鳴ってるの？」声が震えていた。

「人間はときどきああなるんだよ。理由はいろいろだけど、愛し合ってないわけじゃない」

「でもどうして?」

「それは、ときどき人間は――ついでに言えば猫も――意見が分かれることがあるんだ」

「でもどうして?」ジョージが訊いた。そして、何度も何度もくり返すので、しまいにはそれ以上〝どうして?〟に耐えられなくなって前足で耳を覆うしかなかった。改めて人間の親の気持ちがわかった。マーサもいま〝どうして?〟を連発する時期で、ポリーは髪をかきむしりたくなると言っている。ジョージの親代わりは、大人の家族の世話より難しいかもしれない。それでもぼくが面倒を見るしかない。

翌日、クレアとジョナサンは仲直りして、キスしたりやけに感傷的になったりするいつもの気持ち悪いことをしていた。かわいそうにジョージは戸惑いでいっぱいの目をぼくに向けてきたが、時として理不尽になるこの世界をどう説明すればいいのか、さっぱりわからなかった。

「ブー」朝食をつくりながら母親にキスする父親を見て、サマーが唇を突きだした。「ブー、ブー、ブー」クレアたちは笑っていたが、ぼくもサマーと同じ気持ちだった。人目もはばからずにあんなことをされると、気まずくてしかたない。

ジョージは子ども用の椅子の下に陣取り、サマーが落としてくれるヨーグルトをおいしそうに舐めている。最近は、これを楽しみにしているのだ。ぼくはジョージがきちんと食事をしたのを確認してから朝食を食べることにしている。きちんと食べないとぼくみたいに強くなれないと言ってある。人間の親がしょっちゅうそう言ってるから間違いない。でもほのぼのした家族団らんの時間を過ごしていると、愛情で胸がいっぱいになった。スノーボールがいなくなってから失っていた感情だ。誤解しないでほしいが、時間ができるといまでも寂しくなる。でも同時に恵まれていることにも目を向けられるようになった。

チャイムの音が、けだるい土曜の朝に割りこんだ。クレアがジョナサンと顔を見合わせ、玄関へ向かった。ぼくは最近マスターした表情で〝そこにいろ〟とジョージに伝え、あとを追った。

「まあ」玄関をあけたクレアと一緒にぼくもあとずさった。玄関先に、クレアの親友で、ぼくの親友でもあるターシャが立っていた。サマーより少し先に生まれた息子のエリヤを抱き、いまにも倒れそうな勢いで号泣している。

「ターシャ、入って」クレアがエリヤを受け取り、危うく落としそうになった。サマーと数カ月しか違わないのに、倍近い体重があるのだ。クレアが大声でジョナサンを呼び、駆けつけた夫にエリヤを預けてサマーのいるキッチンへ連れていくよう指示した。ジョナサンは唖然《あぜん》としていたが黙って言いつけに従い、そのあいだに居間へ連れていかれたターシャが、すぐうしろをついていったぼくの目の前でソファに倒れこんだ。

「ターシャ、どうしたの？」クレアがすすり泣く親友の肩に腕をまわした。ぼくはどうしていいかわからず、ターシャの隣で丸くなった。こうすれば少なくともぼくがついていると伝わるはずだ。

ターシャとの出会いは、エドガー・ロードでクレアと暮らしはじめたはるか昔のことになる。ぼくはすぐターシャが大好きになった。クレアと仲が良く、辛い時期を過ごすぼくたち両方に気を配ってくれた。ふたりは以前同じ職場で働いていて、あっという間に親友になった。いまは同じ年頃の子どもがいる母親としてしょっちゅう会っていて、相変わらず大好きな人間のひとりだ。家が遠いので通えないけれど、家族のひとりであることに変わりはない。

「デイヴよ、行ってしまったの！」

デイヴはターシャのパートナーだ。結婚はしていなくて、いいやつみたいだけど猫アレルギーなので、かねてからぼくとの関係にちょっと問題を抱えている。以前はぼくのそばに来るときは薬を飲んでいたぐらいだし、いまだに触れてきたことは一度もないので、親しい関係には程遠い。

「行ってしまった？　どこへ？」

「わ、わ……」しゃくりあげている。「別れるって言うの。出ていってしまったのよ」

「え？　どういうこと？」クレアが友人の手を握りしめた。ぼくと同じぐらいショックを受けている。デイヴが大好きだったわけじゃないけれど、ふたりの関係は盤石だと思っていた。親近感がこみあげた。ターシャも胸が張り裂ける思いをしている。

「ゆうべ、もう無理だと言われたの。わたしとはやっていけないって。エリヤのことは愛してるけど、思い描いていた家族のイメージとは違っていて、自分には向いてないんですって。理由を訊いても、もうわたしを愛してないと言うばかりだった。説得しようとしたけど、気持ちは変わらなかったわ。わたしは泣いて必死でお願いして、一晩じゅう眠れなかった。夜が明けると、デイヴは荷物をまとめて出ていってしまったの。どうすればいいの?」

「ああ、ターシャ、なんてことなの」クレアに抱かれてすすり泣くターシャを見るうちに、猫アレルギーの男を信用しなかったぼくは初めからずっと正しかったんだと気づいて悲しくなった。

クレアはいざというときの対応に長《た》けていて、その点はちょっとぼくに似ている。まず子どもたちの面倒をジョナサンに任せ、ほかの部屋へターシャを連れていった。そしてデイヴに電話して真相を突き止めるようジョナサンに告げ、ターシャには差し当たってエリヤとうちで暮らすように言った。そのあと、少なくとも数日間泊まれるように、ターシャを車に乗せて荷物を取りに行った。基本的には、ぼくが人間だったらやることをしたのだ。ぼくの教育のたまものだ。

ターシャが不憫だった。どうして人間は傷つけ合うのをやめられないんだろう? 理解に苦しむ。スノーボールを失ったぼくには、ターシャの気持ちが少しわかった。でもスノーボールはぼくを捨てたわけじゃない。別れざるをえなかっただけだ。ターシャのそばにいてあげないと。心を癒すために力になり、気持ちはわかると伝えよう。どうやるか考えていたとき、キッチンからジョージの切羽詰まった声が聞こえた。一瞬目を離しただけなのに、駆けつけるとジョージがぼくの食器のなかに立っていた。緊急事態が起きたせいで、クレアもジョナサンもぼくたちの食器を片づけるのを忘れたのだ。

「なにしてるんだ？」ぼくは声を荒らげた。ジョージの頭にツナがついている。

「こっちも食べてみたかったんだけど、ぼくの食器よりどのぐらい大きいのかわからなくて、ぼくより大きいか試してみようと思ったんだ。でも、入ったら出られなくなっちゃった」

「ジョージ、クレアたちに見つかったら怒られるぞ」ぼくは説教してジョージを出してやった。「さあ、ふたりが来ないうちに、急いできれいにするんだ」毛づくろいするジョージを見守りながら、朝食の残りを実験で食べつくされたことに腹を立てないよう我慢した。どうせいまは食べ物より大事なことがある。

「これ、おいしいね」毛づくろいを終えたジョージが舌なめずりした。

「でも、これはぼくの朝食だ。子どものおまえには子ども用の食べ物があるだろ。サマーみたいに」

「ぼく、どんどん大きくなってるから、おとな用も食べられるもん」ジョージがそう言って走り去った。ぼくは本当に食べ物が残ってないか確かめてから――ジョージが食べたか体にくっつけるかしたらしく、やっぱりない――あとを追った。

ジョージは一箇所でぐるぐるまわっていた。

「なにしてるんだ?」ちょっとおもしろい。

「しっぽを追いかけてるのに、つかまえられないよ」

懸命にぐるぐるまわる姿に、ぼくは大笑いしてしまった。ぜったいにつかまえられないとは、とても言えなかった。悲しいことがいろいろあるなか、ジョージのおかげで元気が出た。不思議な力を持つこの子に、そろそろバトンを渡す時期かもしれない。いつもぼくがやっているように、人間の力になる方法を仕込んだほうがいいだろうか。いい考えの気がするし、ジョージならぼくと一緒にターシャの力になれるだろう。知っていることはもう教えてあるから、家族や通い猫に関しては弟子になれるはずだ。思わず頬がほころんだ――なんていい考えだろう。

ぼくは居間を見渡した。ターシャは眠っているエリヤを抱いてソファで横になっている。ターシャのそばにいてあげるようにぼくが言ったので、ジョージはいまその足元で丸まっている。すごくかわいらしい。さっきしっぽを追いかけたとき初めてターシャが笑ったので、効果はあるはずだ。どうやら愛くるしいジョージはみんなを元気にするらしい。

サマーは子ども部屋で昼寝中なので、キッチンにいるクレアとジョナサンのところへ行くと、ひそひそ話をしていた。

「じゃあ、気持ちは変わりそうにないの？」クレアが訊いた。

「ああ、あいつ、ほかの女性とつきあってるんだ。そんな気がしたから、鎌をかけたら認めたよ。よくある話さ、相手は若くて子どももいないから、ターシャみたいにあれこれ要求されないと思ってるんだろう。いずれにしても、意気地がなくてターシャには言えなかったんだ。残念だが、もう戻ってこないと思う。いまの家を売って、そのお金を分けるとまで話してた。たった五分話すあいだに！」信じがたいと言いたげな顔をしている。怒りで顔が真っ赤だ。ジョナサンを誇りに思ういちばんの理由は、人としてりっぱだからだ。ジョナサンならぜったいクレアにこんなことはしない。世界じゅうのイワシを賭けてもいい。

「そんな、ターシャになんて言えばいいの？」

ジョナサンが首を振った。「あいつはターシャが打ちのめされていようが、まったく気にしてない。彼女を傷つけたことにはひたすら目を背け、エリヤをどうするんだと訊いたら、片親だけで育つ子どもはたくさんいると言いやがった。自分はなにも悪いことはしてないつもりらしい。殴ってやりたかったよ。電話の向こうにいて、運がよかった」

ジョナサンとデイヴは本当の友人とは言えなかった。ターシャとクレアが仲がいいから会ってはいたが、デイヴは頭のねじが何本か足りないとジョナサンが話していたのを聞いたことがあるし、どうやら猫アレルギーより重い罪を犯していたらしい。アーセナルのファンだったのだ。ジョナサンには許しがたい犯罪のようだが、ぼくにはどうしてだかよくわからない。

「じゃあ、どうするの？」クレアはおろおろしている。ジョナサンがクレアを抱きしめた。

「ターシャは、いたいだけここにいればいい。デイヴにはぼくから残りの荷物を運びだせと言っておく。それから、ターシャはまだその気になれないかもしれないが、その気になったら弁護士のところへ連れていくよ。あいつがまともな行動を取ろうとしないなら、ぼくがそうさせてやる」声に決意がこもっている。

「ジョナサン、ありがとう、ふたりで力になってあげましょう。ターシャの気持ちを想像するとたまらないわ」

「ぼくはぜったいきみとサマーを置いて出ていったりしないよ」ジョナサンが妻を見つめた。ぼくはなにがあろうとジョナサンがふたりを置いて出ていくことはないと心の底から確信した。デイヴとは似ても似つかない。

「そうね、愛してるわ。でも、とりあえずターシャを慰めてあげないと。ここに越してきたころ、ターシャはわたしを慰めてくれたのよ。しかもいまのターシャには、あのときのわたしと違って子どもがいる」

「ターシャの気持ちが落ち着くように、打てる手はすべて打とう。心配するな」

　ぼくはふたりの脚に体をこすりつけた。ぼくももちろん力を貸すつもりだ。

「アルフィー、あなたがどれほどターシャを好きかうっかりしてたわ。じゃあ、みんなで力を合わせてターシャを立ち直らせましょう」クレアがきっぱり宣言した。

　ぼくは賛成の声をあげ、裏口へ向かった。

「ああ、出てもいいわよ。でも入りたくなったら窓枠に乗ってね」

「ミャオ」ぼくはわかったと答えた。

　自宅の前庭の茂みにタイガーがいた。

「やあ、タイガー、元気にしてた？」会うのは三日ぶりで、会えて喜んでいる自分がいた。毎日のように会うのが普通になっていたから、タイガーのありがたみをわかっていなかったのかもしれない。

「あら、ずいぶんご無沙汰だったわね。もう少しで顔を忘れるところだったわ」

「遊びに出かけられないのは楽じゃないよ。仔猫の世話をするのも。でも、早くきみをあの子に会わせたいよ、すごくかわいいいんだ」

「アルフィー、それはもう聞き飽きたわ、親ばかね。散歩する？」

「うん、最近は運動不足なんだ」ぼくたちは鼻でキスして出発した。あまり行かないうちに、大きな猫の影が迫ってきた。

「やれやれ、久しぶりに外に出たのに、よりによってあいつにでくわすなんて」

「よお、奇遇だな」サーモンが牙をむきだした。

「わたしたちもこの通りに住んでるのよ」タイガーが不機嫌にしっぽを振った。

「おれは異状がないかパトロールしてるだけだ。用心に越したことはないからな」

「そうだね。それでなにか問題は見つかった？」ぼくは調子を合わせてやった。サーモンの飼い主は地元で隣人監視活動をやっている。なんにでも首を突っこむ出しゃばり屋で、サーモンも似たり寄ったりだ。

「実は、うちの飼い主も気づいてるんだが、二〇番地の庭がごみだらけでネズミが群がってるんだ。近いうちに集会で相談することになってる」

「それはなによりだね。猫の写真については、なにかわかった？」

「ああ」サーモンが答えた。「でもあいにく機密情報でね」

「なにそれ。どういう意味？」タイガーが尋ねた。

「口外を禁じられてるのさ」

「要するに、どうせ今度もなにも知らないんだろ」

「彼女に振られたらしいな」意地悪な言い方。

「振られたんじゃないわ、引っ越したのよ」タイガーがシャーッと言って、最大の敵意をこめてサーモンをにらんだ。タイガーは親友であると同時に専属のボディガードでもある。

「ふん、同じことだろ」サーモンがシャーッと言い返し、去っていった。

「相変わらずいけ好かないやつだな」無性に腹が立った。

「あんなやつ、気にすることないわ。ひとりも友だちがいないのよ。あなたにはたくさんいるじゃない。さあ、みんなを探しに行きましょう」

エドガー・ロードの端にある、茂みに囲まれた草地へ向かった。そこはよくみんなのたまり場になるのだ。運よく仲良しの三匹、エルビスとネリーとロッキーがたむろしていた。みんな立ちあがって挨拶してきた。

「アルフィー、久しぶりね」ネリーがあくびをして髭を立てた。「新しいニュースはある？」ネリーは事件に目がない。

「タイガーから聞いてると思うけど、仔猫の世話で手一杯なんだ」

「聞いたよ。まさか心配する相手が人間じゃなくて本物の仔猫になるとはな」ロッキーが言った。ロッキーはみんなより年上で、悪気はないがたまにちょっとおせっかいになる。

「心配しなきゃいけない人間は、いまだってたくさんいるよ。でもジョージはまだ外に出られないから、ぼくはできることが限られてるんだ」

「元気にしてるのか？」エルビスがやさしく訊いてきた。「ほら、スノーボールがいなくなっただろ？」

「もちろん寂しいよ。そんなにすぐ忘れられるものじゃない」あのきれいな白い毛や青い瞳を思いだすと切なくなる。「でもジョージのおかげで気が紛れてる」ぼくはしんみりほほえんで首をかしげた。

「外に出られるようになったら、その子に会うのを楽しみにしてるわ」ネリーが言った。

「でも、もっとここへ来るようにしてよ、陽気もよくなったし。紹介したい新顔の猫が何匹かいるのよ」

「そうなの？」新しい家族がいることすら気づかずにいた。いろんなことにかまけているあいだに、通い猫の務めがなおざりになっていたようだ。

「いや、新しい家族じゃない。新顔の猫がいるだけだ。二匹いて、どっちもいいやつだ。一匹はすごくかわいいから、もうすぐ写真が貼りだされるんじゃないかな」エルビスが言った。

「エルビス、美猫コンテストがあるって、本気で思ってるの？」ぼくは尋ねた。

「そうとしか思えないだろ？」とエルビス。「だからいま言ったように、新顔のうち少なくとも一匹は、じきに参加すると思うね」自信がありそうだが、ぼくは納得できなかった。

「きみはもう会ったの？」タイガーに訊いた。

「ええ」タイガーがひとことで答え、ゆっくりまばたきしてこの話はこれで終わりだと告げた。「暖かいうちに日向《ひなた》ぼっこしたいわ」いちばんいい場所を見つけて寝転がった。まだ少し時間があるのでぼくも隣に横たわり、降り注ぐ暖かい日差しを満喫した。そして新顔の二匹のことと、タイガーがやけに話題を変えたがった理由を考えた。タイガーは愉快な相手だけど、新顔の猫に会うのも悪くない。楽しみができた。いつも言ってるように、友だちは多いに越したことはない。

みんなと別れて家に帰るあいだ、何枚かポスターを見かけた。貼りだされた写真の猫は、たしかにみんな見た目がいい。でも、なにか引っかかる。心の奥底では答えを知ってる気がする。玄関に着いたとき、ふいにフラッシュバックに襲われ、記憶がよみがえった。ぼくが行方不明になったと思った家族は、街灯の柱にぼくの写真を貼った――実際は行方不明じゃなくて入院していたのだが、それはまた別の話だ。あのときアレクセイは自分が描いたぼくの絵を見せ、どうやって街灯に貼ったか話してくれた。それにスノーボールが行方不明になったときも、写真が貼りだされた。そうか、そうだったのか。街灯の写真の猫たちはなんらかの理由で行方不明になり、見かけた人がいないか飼い主が調べているに違いない。みんなに真相を教えないといけないが、その前にジョージの無事を確認する必要がある。

Chapter 13

「ジョージはどこ?」クレアが訊いた。ぼくはわけがわからずきょとんとした。用を足すために、ちょっと庭に出ていただけなのに。そんな短いあいだによく見失えるものだ。探しに行くと、すぐ見つかった。サマーのベッドの下にいた。

「ジョージ、出ておいで」

「やだ」

「ジョージ、一度しか言わないぞ。出てこないなら、ぼくが行く」

「やだ」ジョージがくり返した。ぼくがいないところでサマーになにか教わっているのかもしれない。小さな子ども用ベッドの下にもぐりこむと、毛糸のかたまりみたいなものにジョージがからまっていた。

「なにをしたんだ?」唖然として尋ねた。

「なにも」ジョージがあとずさって壁にぶつかった。

「じゃあ、なんで毛糸がからまってるんだ?」ジョージがぼくから離れようともじもじしたが、足に毛糸がからみついている。しょうがないので前足でジョージを押してベッドの下から出した。よく見ると、ジョナサンのマフラーの残骸をうしろに引きずっていて、残りが体じゅうに巻きついていた。あやとり《キャット・クレドル》みたいだ。ああ、だから猫の揺りかご《キャット・クレドル》っていうんだろうか。

「なにをしたんだ？」ぼくは精一杯険しい口調で尋ねた。

「遊んでただけだよ」精一杯、無邪気な顔をしている。

「マフラーで？」

「うん、そういう名前なの？　マフラーで遊んでたら、いきなりほどけだして、ばらばらになったのが巻きついて取れなくなっちゃった。サマーの部屋にいたから、隠れたんだよ」ごく当たり前のように話している。

「これはジョナサンのマフラーだぞ」まずいことになりそうだ。クレアは妊娠中に編み物を始め、練習にジョナサンのマフラーを編むことにした。後にも先にも編んだのはこれだけだが、本人はなかなかうまくできたと思っていて、冬のあいだずっと使うようにしつこくジョナサンに言っている。ジョージはどこで見つけたんだろう。

　はずしてやろうとしたが、見た目より複雑にからみついていて、やればやるほど状況が悪化する気がした。しかたなくクレアを呼びに行った。クレアはキッチンで夕食の早めの準備をしていた。サマーとエリヤは幼稚園で、ターシャは仕事に行っている。ぼくは脚に体をこすりつけた。

「ああ、アルフィー、ジョージは見つかった?」

「ミャオ」見つかった。ぼくはクレアの脚に頭を押しつけた。

「なあに?　どうかしたの?」

「ミャオ」ぼくはくり返し、二階へ案内した。

「まあ、ジョージ!」ジョージとほつれたマフラーのかたまりを見るなりクレアが叫んだ。舌打ちしてマフラーをはずそうとしたが、複雑にからみ合っていて取れない。「だめだわ、はさみを取ってくる」クレアがサマーの爪切りばさみを持ってきて、慎重に切りはじめた。ジョージは目をつぶっているが、気持ちはわかる。へんてこなカットをされた犬みたいにならないといいのだが。ようやく自由になったジョージが、見たこともないスピードで逃げていった。またお説教されると思ったんだろう。

「ジョナサンが見たらなんて言うかしら。お気に入りのマフラーだったのに」クレアがつぶやいて部屋を出ていった。


その日の夕食のあと、クレアはターシャを連れて飲みに行った。気分転換になると思ったのだ。少なくとも泣かなくなるという意味だろう。ターシャが気の毒でならない。エリヤが起きているあいだはなんとか持ちこたえているが、眠ったとたん崩れてしまう。でき

いるように。
かわいいエリヤがいるから、救いになってくれるだろう。ジョージがぼくを救ってくれて
ちだろうから、辛いのはとうぜんで、時間に解決してもらうしかない。でもターシャには
すり寄りをしても効果がない。きっとスノーボールがいなくなったときのぼくと同じ気持
るだけ一緒にいるようにしているけど、なにをしても心は晴れないようで、とっておきの

ぼくはジョナサンとソファにいた。ジョージは肘掛椅子で眠っている。ジョナサンとふたりだけで静かなひとときを過ごせるのが嬉しかった。久しぶりだ。

「よし、アルフィー」ジョナサンがテーブルに足をのせ、テレビをつけてビールを飲んだ。「男同士の時間だ。いやあ、ジョージがマフラーを台無しにしてくれて助かったよ。いやでたまらなかったのに、クレアがしつこく言うからしかたなく使ってたんだ。でもちくちくするし、やけに長くてね。幸いクレアは編み物に見切りをつけたから、もうマフラーを編むことはないはずだ。代わりにカシミアのマフラーでも買おうかな。あのチビすけにはお礼にイワシでも買ってやろう」

「ミャオ！」ぼくには？

「もちろんおまえにも買うよ。さあ、とりあえず、はちゃめちゃの毎日から逃れていっときの静けさを満喫しよう」ぼくはうなずいてあくびをした。のんびりできるのが嬉しかった。この家ではめったにできなくなっている。

間もなく、玄関が開く音で目が覚めた。くすくす笑いと大きな「しーっ」が聞こえる。「やれやれ、酔っ払ってるぞ」ジョナサンが身構えた。ターシャとクレアが千鳥足で居間に入ってきた。クレアが倒れるようにジョナサンに抱きつき、そのあとぼくのほうへ倒れかかってきた。

ターシャがどさりと肘掛椅子に腰かけ、つぶされそうになって飛び起きたジョージがターシャの隣に座った。ターシャに撫でてもらって喉を鳴らしている。

「今後の方針が決まったわ」クレアが声高に告げた。やけに声が大きいのは、飲みすぎた証拠だ。

「そうらろ」ターシャのろれつがまわっていない。

「その方針とやらを話してくれる気はあるのか?」ジョナサンはおもしろがっている。

「ええ、ターシャはあなたが見つけてくれた弁護士に会うことにしたの、明日わたしが予約するわ」ジョナサンは職場の同僚にいい弁護士を推薦してもらったのだ。「そのあと、いまの家を売ってエドガー・ロードに引っ越してくるのよ。天才的なアイデアだと思わない?」

「そうよ、そろそろ立ち直らなくちゃ」ターシャが言った。そしてげらげら笑いだした。人間とアルコールのことはまったく理解できない。まあ、ぼくだってマタタビは好きだけど、猫はここまで自制を失わない。

「そうか。売り家はあるのか?」ジョナサンが訊いた。

「知らないわ」とクレア。「でも、大きな通りだもの」

ぼくはわくわくした。ターシャが近所に住むようになったら、通い先が増える。なんだか昔みたいだ。

「まあ、そうだな。でもターシャ、本当にそれでいいのか?」ジョナサンがやさしく尋ねた。「早すぎないか?」

「いいの、わたしは本気よ。デイヴは戻ってこないもの」ターシャがいきなり泣きだした。くるくる気持ちが変わるのは、人間によくあることだ。するとジョージがターシャの顔を舐め、そのとたんターシャが笑いだしてぼくの考えを裏づけた。「ああ、ジョージ、大好きよ。あなたもね、アルフィー」おまけみたいにつけ足している。でも別にかまわない。ジョージがみんなに魔法をかけるのはいまに始まったことじゃないし、いまのぼくは二番手みたいなものだ。いやな気分になると思ってたけど、いざそうなってみたら嬉しくてたまらない。なぜならぼくもジョージの魔法にかかっているからだ。

「じゃあこれで決まりだな。ぼくにできることがあったら、どんなことでも力になるよ」ジョナサンが言った。「でも、とりあえずふたりともたっぷり水を飲んで寝たほうがいい」

ぼくはふたりをジョナサンに任せ、ジョージを連れてベッドへ向かった。ターシャが泣きながらでも未来を見つめているのが嬉しかった。自分に対しても似たような気持ちでいる。少しずつ前に進んでいる。スノーボールを忘れることは決してないけれど、日々の暮らしはつづく。傷つくと、じっとしてる時間がほしくなるが、そうはいかない。日々の暮らしは待ってくれない。

とはいえ、デイヴに会って体をこすりつけ、毛だらけにしてやれたらどんなにいいだろう。すてきな女性を傷つけたんだから、とうぜんの報いだ。

Chapter 14

今日は記念すべき日だ。ジョージが獣医でワクチンを打つ日で、それはつまり、ついに外へ出られるということだ。獣医恐怖症のぼくも付き添いたいぐらいの気持ちだが、さすがに許してもらえなかった。ジョージにはぼくの獣医嫌いが伝わらないように気をつけた。よかれと思ってすることとはいえ、はっきり言って獣医は失礼なところばかりつついてくるのだ。ジョージには、なにも心配いらないし、外の世界を見るのは楽しいぞと言ってある。あの子を外に連れていきたくてたまらない。早く仲間に見せびらかしたり近所を案内したりしたい。

ジョージが獣医へ行っているあいだは、猫ドアがあいているはずだ。街灯の猫についてぼくが気づいたことを仲間に話そう。気がかりな展開だし、あの貼り紙のことはみんなずっと気にしている。できればエドガー・ロードの新顔の猫にも会いたい。父親代わりになってから自分の時間はほとんどなく、いまさらながらそれがどれほど大事なものかわかってきた。やりたいことができるのは当たり前だと思ってたけど、いまは贅沢になっている。

ジョージのお守りにかかりきりで自分の時間が持てず、このところ遊び好きな猫の本領を発揮できずにいた。

チャイム代わりにタイガーの家の猫ドアを叩くと、タイガーが出てきた。髭をきれいにしていたらしい。

「食事中だった?」

「ううん、おやつを食べてただけよ」タイガーは食いしん坊だが、友だちになってからもっと運動させるようにしているので、以前よりだらだらする時間がかなり減った。

「きみに街灯の猫の話をしたいんだけど、みんなにも話せるように仲間を探しに行こう」

「なにかわかったの?」興味を引かれている。

「うん、やっとわかった。話すことがたくさんある」

タイガーと並んで出発した。遠目でも、エルビスとロッキーが新顔の猫といるのがわかり、心が浮き立った。タイガーは正しい。新しい人間や猫に抱かずにいられない好奇心に、ぼくは目がないのだ。ぼくは毛並みを整えて歩み寄った。ひと目で新顔の猫の美しさに気づいた。心はスノーボールにあっても、目が節穴になったわけじゃない。タイガーが横目でにらんでいるから、きっとやきもちを焼いてるんだろう。ちょっとぼくを独占したがるところがあるが、もうああいう目では見ていないはずだ。たぶん。ぼくは表情でタイガーを安心させようとした。いまはさすがにほかの子のことは考えられないし、これから先もしばらく無理だ。永遠に無理かもしれない。

「アルフィー、タイガー、よく来たな。このあいだ話した、新顔のピンキーだ」ロッキーが言った。

「よろしく、ピンキー」ぼくは喉を鳴らした。ピンキーは毛色はぼくに似ているが、すごくかわいい丸顔で鮮やかなピンクの首輪をつけている。

「こちらこそよろしくね、アルフィー」ピンキーが笑顔を見せた。ものすごくきれいだ。

「タイガー、また会えて嬉しいわ」なんて優雅な物腰だろう。タイガーがなにかつぶやいたが、言葉になっていない。

「来たばかりなの？」ぼくは尋ねた。

「ええ、家族が〝外国〟とかいうところへ引っ越してしまって、わたしを連れていけないから新しい家を見つけてくれたのよ」

「ずいぶんはしょったね」ぼくは言った。「でも似たような経験があるから、よくわかるよ」

「ええ、あなたのこれまでの話は、エルビスからざっと聞いたわ。でもいま一緒に暮らしてる女の人はとてもいい人だし、食べ物の趣味もいいの」

「そんなことより」タイガーがさえぎった。「いまはもっと大事な話があるの。さあ、アルフィー、みんなに猫の写真の話をしてちょうだい」

「あら、なにかわかったの？」ネリーが近づいてきた。みんなに囲まれ、ぼくは髭を立てた。

「うん、そうなんだ。街灯の写真は美猫コンテストじゃない。あの猫たちは行方不明なんだ」

「行方不明？」ロッキーが愕然《がくぜん》としている。

「うん。見かけた人がいないか知りたくて、飼い主が貼ったんだよ。つまり、家からいなくなったんだ」ひとこと漏らさず聞き取ろうと耳を傾けるみんなを見て、物知りになった気分だった。「ぼくも写真を貼られたことがある。ジョナサンやほかの家族が、ぼくは行方不明になったと思ったときに。でももちろんあれはみんなの勘違いだった。ぼくは入院してたんだ。だから、あの猫たちが本当に行方不明なのか、それとも自分から家を出たのか突き止める必要がある」

「うんざりして家出しただけだって言いたいの？」とネリー。

「新しい飼い主を探してる可能性もあるわ」ピンキーが言った。

「でも、それにしては数が多すぎないか？」ロッキーが指摘した。

「たしかにそうだね。だから理由を突き止めないと。今度こそもっといい家を見つけてる可能性もある。ありえないことじゃない」ぼくは家族一筋だし、みんなぼくによくしてくれる。でもそうじゃない人間もいる。

「じゃあ、目を光らせてなきゃいけないんだな?」エルビスが言った。

「そうよ」タイガーが答えた。「心配するようなことじゃないと思うけど、事の成り行きから目を離さずにいて、折に触れて話し合ったほうがいいわ。そうするべきよ」

「そのとおり」ぼくはうなずいた。

「初めてピンキーに会ったのは、どこだと思う?」エルビスが誇らしげに話題を変えた。集中力がつづく時間が驚くほど短いのだ。ピンキーとつきあってるんだろうか。でもエルビスの相手にしてはピンキーは若すぎるしかわいすぎる気がする。

「どこだったの?」ぼくは尋ねた。タイガーは自分の影を追いかけて聞こえないふりをしている。

「うちの冷蔵庫のなかだよ」

「冷蔵庫?」信じられない。

「実はわたし、冷蔵庫に目がないの」ピンキーが言った。「引っ越してきたばかりのころは外に出してもらえなかったんだけど、ようやく出られたとき、間違えてエルビスの家に行ってしまったの」

「隣だからしょうがないさ」エルビスが理解を示した。

「そうしたら冷蔵庫があいていて、わたし、あいてる冷蔵庫に抵抗できないの」

「そしたら飼い主がドアを閉めて、ピンキーを閉じこめてしまったんだ。幸い、ミルクを出すのを忘れてた飼い主がもう一度冷蔵庫をあけたら、ピンキーが飛びだしてきた。飼い主はちょっとばかり肝をつぶしてた」エルビスが笑った。

「すごい話だね。寒くなかった？」

「もちろん寒かったわ。でもそんなに長くいるつもりはないもの。大事なのは冷蔵庫からなにを取るかよ」当たり前のことのように話している。

「それで、おれはピンキーを家まで送っていって、友だちになったんだ」エルビスが話を終わらせた。タイガーが「へーえ」と聞こえる声を漏らした。

「とにかく、会えてよかったよ。でも冷蔵庫にはもう近づかないほうがいいかもね、危ない目に遭いかねない」ぼくは釘を刺した。「また閉じこめられたら、街灯に写真を貼られるはめになるかもしれないよ」

「それはさておき、ピンキーにはもう話したが、アルフィーはフリーだ」ロッキーがさえぎった。

「え？」

「ピンキーは越してきたばかりで、おまえはフリーなんだから、一緒に遊びに行けばいいと思っただけさ」

つまり、みんなはぼくとピンキーをくっつけようとしてるの？　ずっとそのつもりだったんだろうか。

「ごめん、ピンキー。知ってると思うけど、ぼくはまだ前の彼女のことが忘れられないんだ。ほかの子とつきあう気になれない」髭の先までいたたまれなかった。気まずいったらない。

「ちょっと待って」ピンキーがさえぎった。「みんな、わたしのことを気にかけてくれてありがとう。でも、はっきり言って、アルフィーはわたしのタイプじゃないわ」

「違うの?」タイガーが立ちあがって興味津々の顔をした。

「ええ。なんていうか、もっと男らしいほうがタイプだわ」

侮辱された気分だった。もっと男らしい? なにを言ってるんだ? タイガーは笑いをこらえきれずにいて、ロッキーとエルビスはにやけるのを隠そうともしない。

「そう。自分ではむしろかなり男らしいと思ってるけど、ともかくぼくもいまはだれかとつきあうのは無理だ。でも友だちにはなれるよね」ありったけの威厳をかき集めた。「でも、もう帰らないと。様子をチェックしなきゃいけない仔猫がいるんだ。みんな、街灯の猫に目を光らせていてね」

ぼくはみんなをその場に残して家路についた。男らしさが足りないだって? 本当はどれだけ男らしいか見せつけるために、ぼくはこれ見よがしにふんぞり返って歩きつづけた。

家に帰ると、静まりかえっていたので、クレアたちが獣医から戻ってくるまでひとりの時間を満喫した。静けさとスペースを噛みしめながら、部屋から部屋へと歩きまわった。

クレアとジョナサンが仕事へ出かけているあいだ、家をひとり占めしていたころみたいだ。サマーとジョージのいない暮らしなんて想像できないから、あのころに戻りたいとは思わないが、たまの平穏も悪くない。

行方不明の猫たちが気になった。なにかおかしなことが起きていて、解明すべき謎がありそうな気がしてならない。あんなに大勢の猫が同時に家出するなんて偶然とは思えないが、ありえないことじゃない。飼い主が意地悪だったのかもしれないし、食べ物がひどかったか、物置で眠らされていた可能性もある。いずれも家出してもおかしくない。

クレアのベッドでうとうとしていると、玄関があく音がした。伸びをしてあくびをしてから足の裏を舐め、一階へおりた。

「さあ、ジョージ。帰ってきたわよ」クレアがやさしく声をかけている。キャリーの扉をあけてあるのに、ジョージが出ようとしないのだ。ぼくは屈んで鼻先をこすりつけ、ぼくがいることを教えてやった。

「獣医なんて大っ嫌い。なんで教えてくれなかったの？」ジョージが言った。

「行かなきゃいけないところだからだよ。いわゆる必要悪なんだ。それに、今日ワクチンを打ったから、しばらく行かずにすむ。それどころか、めったに行くことはない。元気でいい子にしていれば」

「ほんと？　でも、また行かなきゃいけないかもしれないの？」大きな目が恐怖をたたえている。

「どの猫もたまに行かなきゃいけないんだ。でも、だんだん楽になるから大丈夫」本当はまったくそんなことないが、前向きに考えたい。「それに、これでもう外に出られるから、きっと楽しいよ」言ったそばからやきもきしてきた。外にはありとあらゆる危険が待ちかまえていて、ジョージがどんな目に遭いかねないか考えたくもない。「でも、ぼくかクレアたちと一緒じゃなければ外に出ちゃだめだ、少なくともしばらくは。約束できる？」

ジョージがいつもぼくの心をとろけさせる大きな瞳で見つめてきた。「うん、パパ」

〝パパ〟より泣かせる言葉があるだろうか。

「サマーにパパと呼ばれると、たまらないな」その夜、夕食の席でジョナサンが言った。ターシャも子どもたちもベッドにいるので、キッチンにいるのはクレアとジョナサンとぼくだけだ。

「でしょうね。次の子に呼ばれたときも、きっと同じ気持ちになるわ」

「クレア……」ジョナサンの口調が警告の響きを含んだ。この問題は解決には程遠い状態にある。ターシャのことで、棚上げになっているだけだ。少なくともぼくはそう思ってる。

「ねえ、ジョナサン、わたしはうまくいくと思ってるの。明日の養子縁組の講習会のあと、担当のソーシャルワーカーが決まるわ。早すぎるのはわかってる。まだまだ先は長いけど、希望は失わずにいたいの」顔に決意が浮かんでいる。こんなときのクレアにはなにを言っても無駄だ。

「そうだな。それはそうと、ターシャのほうはその後どうなってる？」いまは言い争っても時間の無駄だと思って、話題を変えるほうが簡単だと判断したらしい。

「ああ、話そうと思ってたのよ。あなたに教えてもらった弁護士はとてもいい人で、あの家のデイヴの持ち分を買い取るように言われたの。純資産はかなりの額になるらしいわ。あの家はずいぶん昔に買ったもので、あのあたりは値段が急上昇してるから。デイヴの持ち分を買い取って、ターシャが住みたくなければ貸せばいいと言われたわ」

「理にかなってるな。ターシャとエリヤにとって、いい投資になる」

「わたし、初めのうちはターシャはデイヴと争うつもりだと思ってたの。だってデイヴは、ターシャならお金の半分を黙って差しだして、養育費を払うといういい加減な約束も信じると思ってたのよ。しかも、出ていってからまともに息子に会おうともしてない。でも、いまのターシャはとにかく前に進みたがってる。だから弁護士はデイヴに対して厳格かつ適正な態度を取るそうよ」

「よかった。あいつがなにかしてきたら、ぼくが会いに行くよ。場合によっては弁護士の手紙のほうが効果的かもしれない。もともとあまり好きじゃなかったが、ここまでろくでなしとは思わなかった。新しい家探しはどうなってる？」

「通りの端のフラットが空きそうなの。ポリーたちが昔住んでたようなつくりで、ターシャとエリヤにちょうどいいわ。いまの住人は一カ月後に引っ越すそうよ」

「きみが追いだしたんじゃないだろうな」ジョナサンが片眉をあげている。

「まさか。まあ、たしかにあちこち訊いてまわりはしたけどね。のぞき屋にも会いに行ったのよ」サーモンの飼い主のヴィクとヘザー・グッドウィンのことだ。

「ほんとにターシャに引っ越してきてほしいんだな、そこまでやるとは。でも、ターシャたちがご近所さんになるのは嬉しい。本人はどう思ってるんだ?」

「まだ話してないの。最初にあなたに話したかったから」

「そうか、ありがとう。ターシャは引っ越すまでここにいればいい、引っ越し先がエドガー・ロードだろうと、どこだろうと」

「やっぱりあなたは思いやりのある人ね、養子の話もきっとうまくいくわ」一気にジョナサンの笑みが消えたが、クレアは理由を問い詰めなかった。

「そうそう、ヴィクとヘザーからほかの話も聞いたの。通りに猫の写真が貼りだされてるでしょう?」

「ここはロンドンだ。悲しいことだが、猫の写真はそこらじゅうにある。地下鉄の駅まで歩くあいだに山ほど見かけるよ。車に轢《ひ》かれたか家出したんだろう」

「ええ、でもいくらなんでも最近多すぎるわ。とにかく、ヴィクとヘザーは隣人監視活動の次の集会で議題にあげるつもりでいるわ。ちょっと気味が悪いと思ってるのよ」毛並みに寒気が走った。よからぬことが起きていると思いたくないが、ヴィクたちの予感があたっている気がしてならない。

「あのふたりのことはわかってるだろう。どうせ心配するようなことはないに決まってるさ」

「そうだといいけど」クレアは心配そうで、ぼくは余計に不安になった。なにかが起きようとしている。みんなに目と耳をしっかりあけているように言わなければ。

クレアは読書会用の本を読むために早めにベッドに入ったので、ぼくはジョージがぐっすり眠っているのを確認してからジョナサンと映画を見た。正確には、映画を見るジョナサンに寄り添って物思いにふけった。

「なあ、アルフィー。ひとたびこうと決めたクレアを止められないのはわかってるが、この養子の話だけは気が進まないんだ」悲しげな表情を見て、気持ちがわかる気がした。ジョナサンは尊敬できるすばらしい人だけど、自分の感情をもてあますことがある。

ぼくはすり寄って大丈夫だと励まそうとしたが、これでは不十分なのはわかっていた。ほかの方法を見つけないと。これからまだまだ変化がつづくと思うと、急に疲れが増した。どんなかたちであれ、胸が張り裂けそうな悲しみは大きな痛手になり、いまは悲しみの翼が愛する人全員の頭上を覆っているように思えてならなかった。

Chapter 15

「これなに？」恐る恐る庭に踏みだしたジョージが、驚きの目を向けてきた。

「芝生だよ」ぼくは答えた。「歩いても大丈夫」

「柔らかくて弾んでてちょっと湿ってる！」ジョージの目をとおすと、当たり前だと思っていたものが新鮮に見えた。人間の子どもや仔猫の意味はそこにあるのかもしれない。そう思うと彼らの存在がいっそう腑《ふ》に落ちる。ぼくはジョージにやさしくほほえみかけた。なんてかわいいんだろう。

「歩き心地がいいし、湿ってるのはまだ朝早いからだよ。雨が降ったときも濡れるけどね」

「じゃあ怖くないんだね？　お風呂と違って」

ジョージの教育はまだまだつづきそうだ。ぼくは狭い庭をぴょんぴょん飛び跳ねるジョージを眺めた。外に出るのは許されたが、このあたりに馴染むまで庭だけに限られている。クレアとジョナサンはリードをつけようと相談していて、ぼくの心配は減るかもしれないけれど、犬じゃあるまいしとんでもない話だ。クレアに向かって大声で鳴きながら非難の表情を浮かべたが、ジョナサンも言っていたように、ひとたびこうと決めたクレアを止めるのは難しい。

ジョージは仰向けになって芝生の上で転がっている。そんな些細なことでもすごく嬉しそうで、これもまたジョージを愛さずにいられない理由だ。望みと言えば温かい膝に乗るか陽《ひ》だまりでくつろぐことだけのころもあったが、そういう単純な日々は若くして最初の飼い主を亡くしたとき早々と終わりを告げた。いまはジョージのためにあんな単純さがほしい。そして生きていくことの複雑さからあの子を守ってやりたい。それは、自分はまさしく親だと自覚した瞬間だった。

「おはよう、アルフィー」塀を飛び越えてきたタイガーが、小声で話しかけてきた。

「タイガー！」

「あなたの飼い主はいやがるかもしれないけど、どうしても会いたかったの」

「ふたりとも気にしないよ、きみが友だちなのは知ってるもの。うちのなかに入ってきたって怒ったりしないと思うよ、スノーボールはしょっちゅう来てた」

「そうね、でも、あれとはちょっと事情が違うわ。まあ、とにかくジョージに会いたかったのよ。それに話があるの」

話し声を聞いたジョージが近づいてきて、不安そうにぼくの足のあいだに隠れた。

「ジョージ、大丈夫だよ。親友のタイガーだ」自分の役目が誇らしかった。

「こんにちは、ジョージ、よろしくね」タイガーが挨拶した。

ジョージが足のあいだから出て、かわいらしく首をかしげた。「こんにちは」愛くるしい声。

「まあ、なんてかわいいの！」タイガーがジョージに歩み寄って首筋をこすりつけた。タイガーのこんなにやさしい声は初めて聞いた。少なくともぼくに使ったことは一度もない。わずか数秒でメロメロになっている。

「ママ？」ジョージが訊いた。「違うよね。でもママにちょっと似てる」

タイガーがぼくに目を向け、その瞬間どちらもいっそうやさしい気持ちになったのがわかった。タイガーの目を見ればわかる。

「違うわ、ジョージ。でも、よければアルフィーと一緒にあなたの面倒を見てあげる」タイガーにすり寄られ、ジョージが嬉しそうに芝生へ前足を伸ばしている。

「赤ちゃんがいるの？」ジョージが尋ねた。

「いいえ、赤ちゃんを産んだことはないわ。でもあなたが赤ちゃんになってもいいのよ」期待のこもる目でぼくを見ている。

「言うまでもないよ、タイガー。きみとは家族みたいなもので、家族はいたわり合うものだからね。それこそぼくが人間たちに教えようとしていることだし、ジョージにも教えてる」

「じゃあ、ぼくにママとパパができたんだね！」ジョージが嬉しそうにしている。タイガーを見たぼくは、思いがけない感情の高まりを感じた。

「そうよ、もっと遠くへ行けるようになったら、アルフィーと一緒に近所やほかの猫に馴染めるようにしてあげる。それにもし狩りをしたくなったら、連れていってあげるわ」こんなに嬉々としているタイガーは見たことがない。「そうよ、ほかにも一緒にいろんなことができるわ」

ジョージが駆けだし、低く飛ぶ鳥を見つけて庭の反対側をぴょんぴょん飛びまわった。ぼくはタイガーを見た。

「狩りに行きたがるかな？」

「猫の本能よ、アルフィー。いくらあなたが下手くそだからって、あの子もやりたがらないとは限らないわ」茶化している。

「そういう問題じゃないよ。ぼくが狩りをしなきゃいけなかったのは、それしか食べ物を手に入れる方法がなかったからだけど、それでも狩りは好きじゃなかった。ぼくはそもそもそういうタイプじゃないんだ。だからきみがいてくれてよかった」

「わっ！」茂みによじ登ろうとしたジョージが転げ落ち、尻もちをついて花びらだらけになった。ぼくたちはにこにこしながら、ふたたび挑戦するジョージを眺めた。ジョージが落ちるたびに駆けつけたくなったが、上手な落ち方を学ばせるしかない。

「アルフィー、あの子、ほんとにかわいいわね。あなたが言ってたことがようやくわかったわ」タイガーがやさしい声でつぶやいた。

「だろ？　ああ、そういえば、話したいことって？」

「実は、心配させたくないんだけど、今朝早く散歩してたとき、玄関先でポリーがマットに怒鳴ってたの。そのあと、ぶつぶつひとりごとを言いながら出かけていったわ。かなり怒ってたみたい」

ぼくはじっとタイガーを見つめた。教えてくれたのがありがたかった。ポリーが仕事へ行きマットが家にいるようになってから丸一週間が経過した。まだ様子を見に行けずにいるが、クレアとジョナサンの会話を聞く限り、あまりうまくいっていないらしい。

「ありがとう、タイガー。行ってみるよ。ほかには？」

「みんな相変わらずあなたに会いたがってるけど、もうすぐジョージを連れていけるようになれば、前みたいに楽しくなるわ。それから、幸いこの二日間、新しい猫の写真は見ていないから、行方不明の猫たちの件は収まりそうよ」

「よかった」人間の家族とジョージの心配で手一杯で、ほかの猫の心配まで手がまわらない。

「なによりも笑っちゃうのは、サーモンがピンキーを気に入ったことね。よりによって、あなたを男らしくないと言った子をよ。とにかくサーモンはあれこれ口実を見つけてはピンキーに会おうとしてるけど、ピンキーにその気があるのかわからない。はっきり言って、ないと思うわ。サーモンが近づいてくるたびに隠れてるもの。でも言い寄ろうとしてるサーモンを見てるとおかしくてたまらないわ。ピンキーはわたしたちと一緒にいるのが怖くなってるみたい」

「ぼくをはねつけた報いさ」

「興味がないんじゃなかったの？」タイガーが疑惑の目を向けてきた。

「ないよ。でもだからって、どれだけぼくがハンサムか認めなくていいことにはならない」

「相変わらず、うぬぼれ屋ね。ジョージに伝染《うつ》さないでよ」

ぼくたちはジョージに目を向けた。ガラスドアに映る姿を見つめ、毛づくろいしたり頭を動かしたりしていろんな角度から自分を見ている。

「いやだ、もう手遅れかも」タイガーが笑い、庭に駆けこんできたクレアとサマーとエリヤを見て帰っていった。サマーがジョージを抱きあげ、ぎゅっと抱きしめた。正直、息ができないんじゃないかと不安になる。

「エリ？」サマーが言った。

「ん？」エリヤが答えた。サマーに顎で使われるのに慣れっこになり、あまり気にしていないようだ。

「ドージを撫でていいよ」サマーがジョージを差しだし、エリヤが言われたままに撫でている。喉を鳴らすジョージを見て、ぼくは満ち足りた思いで笑みを浮かべた。

それから間もなく、サマーと遊んでいるジョージを残して出かけることにした。正確に言えば、サマーに人形の服を着せられていて、大喜びしているようには見えなかったが、マットの様子を見に行きたかったし、サマーのおもちゃにされているあいだは厄介なことにはならないはずだ。

ぼくは外に出してほしいとクレアに訴えた。ワクチンを打ってもジョージの外出は監視つきなので、猫ドアは閉まっていることが多い。もう入れなくなる心配はしていない。キッチンか居間の窓枠に乗れば、たいていだれかに気づいてもらえる。猫ドアほど便利ではないものの、我慢はできる。仲間のなかには頑として猫ドアを使わず、出入りするとき飼い主を執事みたいに使いたがる猫もいる。いまならその気持ちもわかる気がした。ぼくのために走りまわる人間がいるのも悪くない。

ゆっくりマットとポリーの家へ向かった。お昼を過ぎたばかりだから、ポリーは仕事で子どもたちは学校だろう。少なくともヘンリーは学校のはずだ。家に入ると、マットがキッチンのテーブルでノートパソコンの画面を見ていた。なんだかむさくるしい。髭《そ》を剃っていないなんてマットらしくない。普段はぼくと同じぐらい身だしなみに気を遣っているのに。

「ミャオ」大きな声をかけると、マットがびくっとして顔をあげ、悲しげにほほえんだ。

「アルフィー、元気にしてたか？」

「ミャオ」

「久しぶりだな。よし、ツナをやろう」ぼくは髭を舐めた。小腹が空いているし、ジョージに取られる心配をせずに食事ができるのが楽しみだ。

マットがボウルを出してツナ缶をあけ、中身をよそって床に置いた。水も用意してくれた。ごちそうだ。

「昼間から家にいるなんて、変だと思ってるだろう？」ツナを食べるぼくにマットが話しかけてきた。長年の経験で、話さずにいられない人間を邪魔しちゃいけないのはわかっていた。このまま黙って食べていれば、話したいことをすべて言うはずだ。「慣れないのはぼくも同じさ。働きたいよ。役立たずになった気分だ。誤解しないでくれよ、子どもたちと過ごすのはとても楽しいんだ。でも本来の自分じゃない気がする」まわりを見ただけで、本来のマットじゃないとわかる。流しには朝食の食器がそのままになっているし、キッチンの床はパン屑《くず》だらけだ。いつもはどこもかしこもピカピカなのに。ポリーがいたら、こうはならない。

「ミャーオ」たしかに。

「そうだな、普段はきれいになっている。ポリーはぼくよりずっときれい好きだ。心配するな、子どもたちを迎えに行く前に片づける。またポリーに小言を言われちゃたまらない。洗い物なんかしたことないし、家のなかはめちゃくちゃだけど、ぼくは仕事を探してるんだ。しかも、やってみたら家事は思ったより大変な仕事だった。このあいだは掃除機のごみを捨てようとして、キッチン一面にばらまきそうになった。はっきり言って、ぼくには向いてない」かなり取り乱している。

マットがどさりと椅子に腰をおろした。ぼくはすばやく毛づくろいして膝に飛び乗った。そして顔を見つめ、マットならできると伝えようとした。マットは強いし、これはあくまで一時的なものだ。掃除機もきっと使いこなせるようになる。ぼくは撫でてもらいながら喉を鳴らしてマットを励ました。伝わっただろうか。

「それに、いまのところめぼしい仕事が見つからない。ふたつ申しこんだが、どちらもぼくに合った仕事じゃないし、先方もぼくを雇おうとしないと思う。すべてうまくいってたのに、音をたてて一気に崩れてしまった。なんでこんなことになるんだ。しかも今度はなにもかもばらばらになりかけてる」目に涙が浮かんでいるのを見たとたん、事態の深刻さを悟った。

改めて泣きたくなった。スノーボールがいなくなってしまったときみたいに。あまりにも悲しくて、最悪の悪夢がまた現実になった気がした。家族に幸せでいてほしいだけなのに、その反対になりつつある。打ちひしがれたマットは、ぼくの知るマットとは別人だ。どういうわけか、日常が突然激変することがある。以前のマットは頭が切れそうで堂々としていてよく笑い、何事にも動じなかったのに、いまは見る影もない。ポリーと言い争っていたわけがわかった。でも、ぼくはマットに言ってやりたかった。家と自分をきれいにすれば、気分もよくなると。クレアからそう学んだ。だから水切り板に飛び乗って大声で鳴いた。何度も鳴くうちに、マットが笑った。

「わかったよ、アルフィー。食洗機に食器を入れて、きれいに掃除する。おまえの言うとおりだ。そうすればとりあえずポリーに怒鳴られずにすむ」ぼくはキッチンを片づけるマットにつきあった。見事な手際とは言えなかったが、少なくともポリーと子どもたちはきれいな家に帰ってこられる。

そのあとマットは子どもたちを迎えに行く前に自分の身なりも整えた。髭を剃ってジーンズとTシャツに着替えると、以前のハンサムなマットに戻った。鏡に向かってほほえんでいる。

「ありがとう、アルフィー。おかげでちょっと元気が出たよ」

ぼくは脚に体をこすりつけて、どういたしましてと伝え、ジョージのいる自宅へ戻った。

窓枠に飛び乗ると、流しにいたクレアがびくっとした。笑っているクレアを残して窓枠から飛びおり、裏口の前で待っているとすぐクレアがあけてくれた。

キッチンに入ると、サマーが子ども用の椅子に座ってニンジンを食べていた――正確にはニンジンをしゃぶっては床に投げている。ジョージはどこだろう。見当たらない。

「ミャオ?」クレアに尋ねた。

「ああ、アルフィー、そうっと行かなきゃだめよ、動かしたくなかったの」ぼくはわけがわからないままクレアについて家事室へ行った。洗濯機の扉があいていて、なかにある服の上でジョージが熟睡している。ぞっとした。もしだれかがスイッチを入れてしまったら? ぼくは大声でだめだと訴えた。危険きわまりない。クレアにはわからないんだろうか?

「心配しないで、いつもスイッチを入れる前に確認してるし、これからはもっと念入りに確認するわ。たぶんサマーから逃げようとしたのよ。でもあんまり気持ちよさそうなんだもの。つい写真を撮ってしまったわ。あとでジョナサンに見せてあげないと」ぼくはまたミャオと鳴いてやめるべきだと伝えた。

「大丈夫よ、アルフィー、心配しないで」そうかもしれないけどやっぱり気に入らないし、クレアにしてはのんきすぎる。こんなところに仔猫がいるべきじゃない。スイッチを入れられて溺れたらどうするんだ? クレアは注意してると言ってたけど、もしジョナサンが初めて洗濯してみようと思い立ったらどうなる? ぼくは洗濯機の前で見張りにつき、ジョージが起きるのを待った。運に任せるわけにはいかない。

うわっ！　重たいものが頭に乗って目が覚めた。上を見るとジョージがいた。

「パパ」

「重くなったな」文句を言うと、ジョージが飛びおりた。見張るつもりが眠ってしまったらしい。でも、ぼくが洗濯機の前で寝ていれば、だれもスイッチを入れようとは思わないだろう。

「新しいベッドが気に入っちゃった」ジョージが言った。

「だめだよ。これは新しいベッドじゃないし、ここに入っちゃだめだ。スイッチが入ったら、大変なことになる」壊れたレコードみたいに同じことをくり返している自覚はあるが、親というのはそういうものだ。何度も同じことを言うしかない。

「でも、ガラスの扉に映る自分を見ながら眠れるんだよ」

やれやれ、どうやらタイガーの言うとおりらしい。ジョージはぼくに負けないうぬぼれ屋だ。

「そうかもしれないけど、危ないんだ。ぼくに断ってからじゃなきゃ入らないって約束できるか？」

「ルールがいっぱいありすぎるよ」ジョージがぼやいた。「全部覚えられないかも」

「世の中はそういうものなんだ。とにかく、全部おまえのためだ。さあ、水を飲んでおいで、脱水になるぞ」

「またルール」ジョージがつぶやき、水を飲みに行って飛んできたニンジンをよけた。

「ミャッ！」小声で文句を言っている。

「サマー、食べ物を投げるのはやめなさい」クレアが叱った。気持ちはわかる。親の仕事は楽じゃない。ぜんぜん楽じゃない。

Chapter 16

ばたばたとあわただしくなった。今日、ターシャがエドガー・ロードに引っ越してくる。一カ月以上うちで暮らしていたが、クレアがフラットを見つけたのだ。寝室がふたつある一階の部屋で、狭いが裏庭がある。以前の家の問題は片づいたには程遠い状態だが、クレアとジョナサンが手伝っている。友だちなら当たり前だ。

「またあそこに住むのは考えられないけど、エリヤのことを考えないと」ある晩、ターシャは以前の家についてこう言った。

「そうとも」ジョナサンがうなずいた。クレアと三人でキッチンのテーブルを囲み、ターシャの今後について話し合っていた。「それにあのろくでなしの持ち分を買い取って、あの家を貸して投資として持っておくのは妥当な考えだ」

「通りの先のフラットを借りれば、残ったお金で家賃と生活費をじゅうぶん賄えるわ。まあ、いまは借り手が見つからずにローンを払っているから、収入ゼロだけど」

「わたしたちが力になるわ」クレアが言った。「肝心なのは、エリヤとあなたの新しい家を手に入れることよ。少なくともしばらく住む家を。そうすれば今後のことが見えてくるわ」

「いろいろ本当にありがとう」ぼくはターシャの膝に飛び乗った。「あなたもよ、アルフィー。アルフィーとはもともと親友だったけど、悲しみを共有してることで絆が深まったわ」悲しそうにほほえんでいる。ぼくはターシャの手に鼻を押しつけた。そのとおりだ。でもぼくみたいにターシャもゆっくり以前のターシャに戻っている。ずっとではないものの、たまに以前のターシャが垣間見え、いまはそれでじゅうぶんだ。もううちに来たばかりのころほど寝こまなくなったし、泣いてばかりではなくなった。なによりも、エリヤがとても楽しそうにしている。サマーが威張り屋の見本だとすれば、エリヤはのんびり屋の見本だ。

その日の午後、ぼくは家でジョージとくつろいでいた。ジョナサンは引っ越し業者に指示を出すためにターシャの前の家へ行き、ターシャは新しいフラットにエリヤが馴染めるように連れていった。クレアは家を片づけている。あとでみんなで新しいフラットに行く予定だが、しばらくターシャとエリヤだけでいたほうがいいとクレアが言ったのだ。幸いジョージはもう本格的な外出を許されていて、リードをつけていればという条件も本人は気にしていないようだが、それはリードなしの外出を知らないからだ。ぼくも過保護だけど、クレアはぼくと一緒にジョージを外出させるべきだと思う。あとは、もう大丈夫だとどうやってクレアにわからせるかだ。どうせタイガーかぼくがいつもそばにいるし、それをルールにするつもりでいる。

チャイムが鳴ってクレアが玄関をあけた。玄関先に子どもたちを連れたポリーが立っていた。

「あら、ポリー、入って」クレアがなかへ入れた。すかさず二階へ駆けあがるマーサとサマーをジョージが追いかけていく。ジョージはあのふたりにちやほやされるのが――そしてたまに威張り散らされるのが――大好きなのだ。ヘンリーは居間へ行ってテレビをつけようとした。

「ヘンリー、テレビばかり見てないで遊んでらっしゃい」ため息混じりにポリーが声をかけた。

「やだ、女の子となんか遊べないよ」無理もない。あのふたりは威張り散らすだけでなく、おめかしごっこが好きでいつもヘンリーをお姫さまにしようとする。ポリーが肩をすくめ、テレビをつけてやった。

「言い争う元気もないわ」キッチンへ向かいながらクレアにぼやいている。ぼくはヘンリーに軽くすり寄ってからふたりを追いかけた。

クレアがやかんを火にかけ、ポリーが腰をおろした。

「ポリー、大丈夫？　疲れた顔をしてるわよ」

「もうどこから話せばいいかわからないわ。フルタイムで働くのは生まれて初めてだけど、ぐったり疲れるの。なのに帰ると家はたいてい爆弾が落ちたみたいになっていて、それでもマットはすっかり打ちのめされてるから文句は言わないようにしてるわ。なにもかもわたしに降りかかってる気がしてしかたないの。かわいそうに子どもたちは板挟みになってる。マットを怒鳴らないようにしてるけど、家に帰るとなにもしてないのよ。なのに忙しくて大わらわみたいに振る舞ってる。職探しで手一杯だって言うけど、たったふたつ申しこんだだけなのよ。もう、どうすればいいの？」いまにも悲鳴をあげそうだ。

「きっといまだけよ、どちらにとっても慣れるまで時間がかかるのよ」

「ええ、それにマットには言えないけど、仕事はすごく楽しいの。改めて一人前になった気分で、思った以上に楽しんでる。でも子どもたちに会えないのは寂しいの。だから家に帰ったら子どもたちと遊んだりマットとゆっくりしたりしたいのに、マットを刺激しないようにこそこそ掃除や翌日の用意をしなきゃならない。全部わたしひとりでやってる気がするわ」

「そうね、たしかにそうだわ。でもマットはちょっと落ちこんでるんじゃないかしら。ジョナサンに様子を見に行かせましょうか。特になにってわけじゃなくて、どうしてるか訊いてみるのよ」

「そうしてくれると助かるわ。ジョナサンなら飲みに連れだせるかしら」

「頼んでみるわ。彼がどのくらい役に立てるかはわからないけど。家事が上手なわけじゃないし」

「試してみる価値はあるわ」ポリーが言った。ぼくも喉を鳴らして同意した。「ああ、アルフィー、毎日あなたに会えたころが懐かしいわ」

「今夜はターシャのフラットへ行って、ぱーっとやりましょうよ。フランチェスカもベビーシッターの手配がついたから来ることになってるし、悲しいことはいろいろあるけど、なにはともあれシャンパンで乾杯するのよ」

「一旦うちに戻ったら、口紅でも塗って笑顔になるわ。自分のことばかり話してごめんなさい、ターシャが辛い思いをしてるときに」

「ばか言わないで。だれにだって悩みはあるわ。ともかく、フラットで過ごす最初の夜に、ターシャがあまりみじめな気持ちにならないようにしてあげたいの」

「精神的にかなりの打撃よね。マットを失うなんて想像もできないけど、なんとかしないと失いかねないわ」

「そんなことにはならないわ。でも、おかげで大切な人がいることがどれほど幸せか、よくわかった。たとえ頭に血がのぼる思いをさせられてもね」クレアが笑みを浮かべた。

「そうね。少しでいいから、昔みたいになれればいいんだけど」ため息をついている。

「マットに元気を取り戻してほしいだけ。そうすれば家が散らかっていてもかまわない。まあ、少しは気になるかもしれないけど」

「すぐ元気になるわ。まだ始まったばかりじゃない、気長にやればいいのよ」

ぼくもクレアと同じ意見だ。どうか近いうちにふたりともいまの状況に慣れて、また幸せになれますように。できれば前より幸せになってほしい。ため息が漏れた。この世は思いどおりにならないことばかりだ。あの子にちょっと似ている——大きな黄色い帽子を目深にかぶって階段を駆けおりてくるジョージを見て思った。ジョージが乱暴に頭を振り、笑い声をあげるクレアとポリーの前で壁にぶつかった。ふたりが笑いながらそっと帽子を取ってやった。

「ミャ」痛そうだ。ちょっとふらふらしている。

「あの子たちになにをされたの？」ポリーがジョージを抱きあげた。ジョージは気持ちよさそうにすぐ喉を鳴らしはじめた。この世のあらゆる悩みがこんなふうに簡単に解決すればいいのに。

しばらくのち、ジョナサンにサマーとジョージの世話を任せ、家に戻ったポリーを呼びに行ってから、みんなでターシャのフラットへ向かった。ジョージにはジョナサンと留守番しているように言ってある。隣を歩くぼくにクレアが寛大な笑みを見せた。

「たまには夜の外出をする権利はあるわね」通りを歩きながら、ぼくはこの機会に新しい猫の写真がないか調べた。ターシャのフラットの近くにひとつあった。写真のシャム猫は性格がきつそうだが、とてもきれいだ。ぼくは立ちどまって写真を見つめた。

「いやだ」クレアが言った。「また迷子よ」

「最近やけに多いと思わない?」とポリー。

「ええ、ヘザーとヴィクもいぶかしんでたけど、どうなのかしらね。ジョナサンの言うとおり、ロンドンではしょっちゅう猫が行方不明になったり車に轢かれたりするもの」身震いしている。「アルフィーとジョージが無事でよかった」

「本当に、なにが起きてるのかしらね。ヘザーとヴィクは不愉快な人たちだけど、今度ばかりはまんざら間違ってないかもしれないわよ」

ぼくは少し気が楽になった。ヴィクとヘザーは厄介者だが、猫の写真の謎を解明する者がいるとしたら、あのふたりしかいない。なにしろ他人事に首を突っこむ達人なのだ。

ターシャのフラットに着いた。クレアとポリーはシャンパンとおつまみを抱え、ポリーはさっき会ったときより落ち着いている。本当に口紅をつけて笑みを浮かべていた。ターシャが玄関をあけたとたん、初めてポリーとマットに会ったときの記憶がよみがえった。ここは当時ふたりが住んでいたフラットではないが、間取りはほとんど同じだ。ぼくはターシャの脚に体をこすりつけた。

「大丈夫？」こぢんまりしたキッチンへ向かいながらクレアが尋ねた。

「ええ、まあ。変な気分だけど、エリヤは大丈夫そうよ。ぐずらずに寝てくれたし、いい子で助かったわ」

「そうよ、あなたは運がいいわ。あんなに育てやすい子はいないわ」

「わたしたちの娘を見てよ」ポリーが笑った。「それにエリヤはヘンリーよりはるかにこだわらない性格だわ」

「こだわらないところは父親に似たのよ。意気地なしなところは似てないように祈るばかりよ。ごめんなさい、愚痴で始めるつもりはなかったのに」ターシャの顔に怒りがよぎった。クレアが友人を抱きしめた。

「好きなだけ愚痴を言ってちょうだい」

「とりあえず、シャンパンをあけるわね」ポリーが言った。「飲みたい気分なの。グラスはどこ？」ターシャが食器棚をあけてグラスの場所を教えるあいだにポリーがシャンパンの栓を抜いた。

「もうずいぶん片づけたのね」クレアが言った。

「ジョナサンのおかげよ。前の家よりかなり狭いから、必要なものだけ持ってきたの。エリヤがお昼寝してるあいだに、なんとかほとんど片づいたわ」

「訊いてもいい？　デイヴはどうするの？」ポリーが遠慮がちに尋ねた。「引っ越しのこと、知ってるの?」

「まだ話してないわ。どうせもう女の家で暮らしてるんだもの。実家に帰ると言ってたのに。エリヤに会いたいと電話してきた彼のお母さんが、口をすべらせたの」

「じゃあ、向こうのお母さんとはうまくいってるのね?」とポリー。

「ええ、息子にものすごく怒ってるわ。わたしとはずっと仲良くやってきたから、いつでも孫に会いに来てと言ったの。それにしても、若い女ってなんなのよ」ターシャがいきなり泣きだした。「ごめんなさい。でも、ほかの女がエリヤのそばにいることになったら、耐えられない」クレアが慰めていると、チャイムが鳴った。玄関をあけに行ったポリーがフランチェスカと戻ってきた。

「ああ、ターシャ」フランチェスカは店の食べ物を詰めた袋を持っていた。ぼくはターシャが心配でたまらなかったが、イワシのにおいに気を取られそうだった。頭を振って集中し、ターシャの脚に体をこすりつけた。

「男って、ほんとにどうしようもない生き物ね!」ポリーがみんなにグラスを配った。

「男のために乾杯しようとは言わないわ。だって、現時点ではわたしたちみんな、百パーセント幸せじゃないもの、そうでしょ? だから男の不幸を祈って乾杯しない?」

「わたしも言いだしたら切りがないわ」フランチェスカの顔に怒りが浮かんでいる。まさか、まさかフランチェスカまで?

「なにかあったの？」ポリーが心配している。

「いいの、今夜はやめておくわ。ターシャの引っ越し祝いだもの、乾杯しましょう」

「あら、わたしは喜んで男の不幸に乾杯するわよ」ターシャが無理に笑ってシャンパンに口をつけた。「それに、少なくともあなたたちには恵まれている面もある。みんなの夫は、どこを取ってもデイヴほどどうしようもない男じゃないもの」

「じゃあ、それに乾杯する？」ためらいがちに発したフランチェスカの言葉に、笑い声があがった。


ぼくはおいしいイワシをおなか一杯食べた。ジョージの世話をせずに夜の外出ができるのはたしかに楽しいが、ジョージのことが心配で寂しくもあった。ジョナサンがきちんと面倒を見てくれているように祈るばかりだ。出だしはどうなるかと思ったけど、クレアたちは楽しそうにしている。男の話題はタブーになったので、ポリーの仕事やクレアの養子計画、フランチェスカとトーマスの新しい店やターシャがフラットをくつろげる雰囲気にする方法について話している。ポリーが協力するとターシャに約束すると、会話はもっと気楽なものになって笑い声が何度もあがり、シャンパンの量が増えるにつれてその声も大きくなった。警戒すべきスピードで何本もシャンパンを空にしているが、とりあえずだれも泣いていないからよしとしよう。

夜も更けたころ、みんなでターシャにお別れのキスをしてからフランチェスカはタクシーで自宅へ向かい、クレアとポリーは千鳥足で家路についた。ふたりともまっすぐ歩けないらしく、踏まれないように何度もよけなければならなかった。

家に戻って階段を駆けあがると、ジョージがぼくのベッドで眠っていた。一気に押し寄せた安堵《あんど》につづいて愛《いと》しさがこみあげ、隣に横たわった。寄り添ってうとうとしながら、ほっとしていた。とりあえず今夜のクレアたちは幸せそうだった——少なくとも、最近ではいちばん幸せそうだった。

Chapter 17

ぼくはものすごく興奮していた。ついにジョージがリードも人間の付き添いもなしで庭の外へ出るのを許されたのだ。とはいえ、ひとりではどこへも行かないようにきつく釘を刺してある。何度も何度も「どうして?」と訊かれるのにも、さすがに慣れてきた。これは記念すべき出来事で、主にクレアの過剰な用心深さが原因で先延ばしにされてきた、待ちに待った日なのだ。

猫ドアの鍵が晴れてあけられた。ジョナサンは、テレビを見ているときに限ってぼくに入れろと要求されたと言って喜んでいる。わざとやってたと思っているらしい。それはともかく、ようやく自由を取り戻した。ジョージを仲間に紹介し、エドガー・ロードや狭い庭の向こうに広がるすばらしい外の世界へ案内するのが待ちきれなかった。マットの家にも立ち寄ってあの家族が住んでいる場所を教え、時間があればターシャのフラットも見せるつもりだが、あそこには猫ドアがないから気づいてもらえなければなかには入れない。フランチェスカたちが昔住んでいたフラットを訪ねていたときみたいに。ああ、自由ってなんてすばらしいんだろう。二度と当たり前だなんて思わない。

ジョージとの初めての遠出が楽しみでたまらず、普段より時間をかけて毛づくろいした。理由はわからないが、人間は特別な日には必ずおしゃれをするし、ジョージが初めてまともに外出する今日はどう考えても特別な日だ。ジョージも完璧な見た目になるように気を配ったが、もともとかわいいからあまり心配はしていなかった。先に猫ドアを抜けると、ジョージもついてきた。まだ少し不安そうだが、ずいぶんましになった。うちに来てからかなり大きくなり、もう走ることもジャンプや木登りもできる。

ジョージは日差しを浴びてまぶしそうだ。初めての遠出にふさわしく、よく晴れている。

「そばにいるんだぞ。ぼくがいるから心配しなくても大丈夫」ぼくは激励の言葉をかけた。

「うん、パパ」一緒に門の下をくぐって家の前に出た。

「出発する前に、道について教えておく」歩道に立つぼくたちの前を何台も車が通りすぎていく。「わかるだろ、車は危ないんだ」初めて道路に遭遇したときは、何度も轢かれかけた。「どちらからも車が来ないときしか渡っちゃだめだぞ」ぼくは強い口調で言った。

一緒にエドガー・ロードをひとめぐりした。サーモンの家を教え、万難を排してここには近づかないよう伝えたが、幸いサーモンの姿はなかった。最初にタイガーの家に寄り、タイガーが好きな前庭の茂みで待つことにした。茂みにもぐりこんだジョージは、さっそく葉っぱにじゃれはじめた。すぐにタイガーが出てきた。

「いらっしゃい、もう来るころだと思ってたわ」ぼくには目もくれずにジョージに顔をこすりつけている。ぼくはむっとした。仔猫がいるせいで無視されるのに慣れているとはいえ、タイガーまで無視していいことにはならない。

「こんにちは、タイガーママ」ジョージに愛くるしく挨拶され、タイガーは泣きそうになっている。

「さあ、行こう。ジョージに近所をしっかり案内しないと」なおざりにされるのは、もうたくさんだ。

「そうね、でもジョージ、まだ小さいんだから、疲れたらちゃんと言うのよ」声にやさしさと心遣いがこもっている。ぼくの髭が立った。いつものタイガーはどこへ行ったんだ？

「うん、行こう、行こう」すっかり舞いあがっているジョージが違う方向へ駆けだした。

「こっちだ」ジョージが回れ右して戻ってきた。ゆっくりいつものたまり場へ向かった。途中でポリーとマットの家を教え、ターシャのフラットは方向が反対だと説明したが、どこまで理解できたかわからない。さかんにきょろきょろしているから、聞いているのか怪しいものだ。

「ターシャがエドガー・ロードに越してきてよかったわね」伸びすぎた草を眺めるジョージを見ながらタイガーが言った。

「うん。ターシャは大好きな人間のひとりだし、気にかけていられるからね」

「ぼく、エリヤが好きだよ」ジョージが言った。「おもしろいもん」

「子どもたちみんなの仲が良くてよかった」ぼくはジョージがようやく話を聞くようになったことにほっとして先を急いだ。

「猫の写真について、なにかわかった？」タイガーが訊いた。

「この子の前ではだめだ」ぼくは声をひそめた。

「なに？」とジョージ。

「なんでもない」タイガーがぼくと同時に答えた。ぼくはタイガーに目配せした。

すでに仲間が集まっているのを見て、嬉しくなった。ネリーは日向ぼっこをしていて、エルビスは日陰に座り、ロッキーは肉球を舐めている。ぼくは意気込んでみんなのところへ駆けつけた。

「ジョージを連れてきたよ」息が弾んだ。

「どこ？」ロッキーが顔をあげた。

「ここだよ」振り向いたが、ジョージとタイガーの姿がない。「三分前にはいたのに」パニックに襲われ、あわてて来た道を戻った。タイガーが、門柱に乗っているジョージを見ていた。

「どうしたの？」

「あなたが走りだしたら、ジョージがあそこに飛び乗っちゃったのよ。気に入ったんですって」

「ジョージ、おりておいで」

「やだ。見て、庭に変な動物がいるよ」ぼくは反対側の門柱に飛び乗って庭を見た。変な動物とは小型犬で、ジョージにキャンキャン吠えたてていたのが今度はぼくにも吠えている。「近くで見てくる」

「だめだ！」思ったよりきつい口調になってしまった。ジョージがびくっとしたが、幸い門柱から落ちずにすんだ。「ジョージ、犬も万難を排して避けるものなんだ。ほら、おりるぞ」精一杯厳しく告げて地面に飛びおりると、ジョージもしぶしぶおりてきた。

「みんな、ジョージだ」仲間のところへ戻り、改めて紹介した。

「んまあ、なんてかわいいの。わたしはネリーよ」ネリーがやさしく話しかけた。ジョージのところへ行ってちやほやしている。

「よろしく、ジョージ。エルビスだ」ジョージに会えて、かなり嬉しそうだ。

「おれはロッキー。よろしくな」ロッキーも肉球を舐めるのをやめて挨拶しに来た。

「うわあ、みんな猫なんだね」ジョージが言った。「それに、いっぱいいる！」

「そうだよ」ロッキーが言った。「アルフィーの言ったとおりだ、たしかにかわいい」みんなひと目でジョージのとりこになっている。

「ついてらっしゃい、ジョージ。蝶がたくさんいる茂みを教えてあげる」ネリーが言った。

「チョウってなに？」

「ついてくればわかるわ」ぼくは誇らしい思いで、蝶を見せてもらいに行くジョージを見送った。ぴょんぴょん飛びまわるジョージは、紛れもなくぼくの子だ。一匹もつかまえられなかったが、それはぼくも一緒で、ぼくのほうが時間をかけたのに結果は同じだった。なにかを追いかけるのが好きなだけで、たいていほとんど成果はないものの、家では一度ハエを叩いたことがある。ジョナサンは大喜びしていたが、そのうちまぐれと気づいた。

「いい子だな」エルビスが言った。「ああ、前に話した猫が来たぞ、ティンカーベルだ」また彼女候補に引き合わせようとしてるんじゃないといいけど。たしかに忙しくしてるけれど、ひと息ついたとき、たいていは眠る前にいつもスノーボールを思いだす。でも新顔の猫と顔を合わせたとたん、違和感を覚えた。

「男だったの？」どういうこと？

「どこかで会ったか？」ティンカーベルが不機嫌に言った。男なだけでなく大柄で、ぼくの倍ぐらいある。ちょっとひるんでしまう。

「ごめん、ぼくはアルフィー。きみの噂は聞いてたけど、ティンカーベルって名前だから女の子だと思って」

「違う、男だ」ティンカーベルが髭を立てた。「飼い主は女の猫をほしがってたから、おれを飼いはじめたとき女の名前をつけたんだ。はっきり言って、この話はあまりしたくない。友だちなら、ティンクスと呼んでくれ」

「よろしく、ティンクス」ぼくは精一杯の愛想を振りまいた。「勘違いしてごめん。失礼なことを言うつもりはなかったんだ。エルビスがぼくに彼女候補を紹介したがってる感じだったから……」

「ああ、失恋した話は聞いたよ。でも大騒ぎしなくていい、おれは自分の名前にも性別にも満足してる。誤解も解けたことだし、友だちになろう」

「どういう意味？　パパに彼女候補を紹介するって」ジョージが戻ってきたのに気づかずにいたが、ネリーとタイガーと一緒にまうしろにいたのだ。

「ああ、チビすけ、アルフィーは新しい彼女がほしいんじゃないかと思っただけだよ。そうすればおまえにも新しいママができる」ロッキーが説明した。

「せっかくだけど、いらないよ」ジョージが答えた。「タイガーがママだもん」

「んまあ」タイガーとネリーがつぶやいた。誓ってもいいが、こんなに感動してるタイガーは見たことがない。ティンカーベルまで表情が和らいでいる。ジョージならどんな魅力を競うコンテストでも間違いなく優勝できる。

「まいったな、アルフィー、タイガー。おまえたちはもともと夫婦みたいだから、とうぜんと言えばとうぜんだ」ロッキーが笑い、ぼくににらまれた。

「ジョージ、おれたちはみんな仲間なんだから、なにかあったら遠慮なく言うんだぞ」エくかルビスが言った。「でも、ひとりで来ちゃだめだぞ」ぼくは釘を刺した。「とりあえずしばらくは。ぼくかタイガーが一緒のときだけだ」

「そんなことしないよ」ジョージが涼しい顔で答えた。

ジョージが犬のいる庭に飛びおりそうになったことを除けば――どうなっていたか考えるとぞっとする――、初めての遠出は大成功だった。ジョージがみんなにべた褒めされたのが誇らしかった。ただ、遅くなってしまったのでマットとポリーの家に寄る時間がないのが残念だった。それはまた今度にするしかない。

「はっきり言わせてもらうけど、クリームを舐めた猫みたいな顔をしてるわよ」うちまで送ってくれたタイガーが言った。

「ジョージがいるんだ、クリームなんていらないよ」ぼくは応えた。

Chapter 18

外に比べれば危険の少ない家に戻ると、サマーに連れ去られたジョージがおもちゃにされているあいだ、ソファで軽く昼寝をした。サマーは幼稚園から戻ったときぼくたちがいなかったので機嫌が悪かった。腕を組んで地団太を踏みながら「アルフィー、悪い子」と責めてきた。いささか身勝手だと思ったが、クレアはおもしろがっていたので、小さく不満の声をあげるだけに留めた。そしてひと休みしに行った。眠りにつきながら、初めての遠出をりっぱに乗り切ったジョージを思い浮かべ、仲間が快く受け入れてくれたことを嬉しく思った。そうなるのは内心わかっていたものの、みんなにジョージがかわいいと言われて得意な気分だった。ジョージが浴びた賞賛が我がことのように感じられた。

騒ぎで目が覚めた。ちょっとだけ寝ようとしただけなのに、それすらさえぎられてしまった。サマーの泣き叫ぶ声が聞こえ、飛び起きた。クレアと子ども部屋へ駆けつけた。

「どうしたの？」クレアが訊いた。

「ドージがのぼっちゃった」上を指さしている。そちらへ目を向けると、洋服だんすの上でジョージがうずくまっていた。

「自分でのぼったのね」クレアがサマーを抱きしめた。「大丈夫、遊んでるだけよ」金髪を撫でられ、サマーの涙が収まった。

「ドージ、動けないの」親指をしゃぶっている。

「動けない？」クレアがジョージに怪訝《けげん》そうな目を向けた。クレアはわりと背が高いほうだが、たんすの上には手が届かない。ジョージがぼくを見て、前足で両目を覆った。のぼるのは簡単だったんだろう。低いたんすにあがって、そこから飛び乗ればすむ。でもおりる自信はあまりなさそうだ。どう見てもチビすけには高すぎる。ぼくはクレアに目を向け、サマーを見てから最後にジョージを見た。高いところは苦手だし、さっきの遠出で足がうずいているけれど、ぼくがひと肌脱ぐしかなさそうだ。低いたんすにあがってそこから洋服だんすの上に飛び乗ると、うまい具合にジョージの隣に着地した。

「見て、サマー。もう大丈夫よ、アルフィーがおろしてくれるわ」クレアの言葉でサマーもほっとしている。

「やあ、パパ」ジョージがおずおず声をかけてきた。

「ジョージ、注意しなきゃだめじゃないか。動けないんだろう？　なんで怖くておりられないところにのぼったりするんだ」怒った声にならないよう気をつけた。だれだってばかな真似はする。ぼくも数えきれないほどやってきた。

「動けるよ」ジョージが否定した。「なんでそう思ったの？」

「サマーがそう言ってたし、さっき前足で両目を覆ってたじゃないか」

「あれは、ここにのぼったのはサマーから隠れるためだって言おうとしたんだよ。ぼくを赤ちゃんにして、人形みたいに乳母車に乗せようとするんだもん。ひとりでおりられるよ、おりたくないだけだよ」

「じゃあ、どうするんだ？　クレアはおまえが動けないと思ってるし、ぼくはこんな高いところは嫌いなのにわざわざあがってきたんだぞ。一緒におりるしかない」

「乳母車に乗せさせないって約束してくれなきゃやだ」

「わかった。おりたらそのまま一階まで駆けおりよう、どうせおやつの時間だ」ジョージが半信半疑の顔をしている。

「約束する？」

「ああ。さあ、行こう」ジョージがひらりと飛びおりた。その物怖《ものお》じのなさと若さをうらやましく思いながら、あとにつづいた。そしてサマーに邪魔されないうちに階段へ走った。

　その夜、いろいろあって疲れたジョージはぼくのベッドでぐっすり眠ってしまった。サマーも寝たので、ぼくはクレアとジョナサンと居間でくつろいでいた。

「ターシャはどうしてる？」ジョナサンが尋ねた。

「それが、けっこう元気にやってるわ。いまのフラットに越してから、本来の自分を取り戻しはじめたみたい。天の恵みのような弁護士が、デイヴのお尻を叩いたの。エリヤの養育費の問題をはっきりさせないと訴えると言ってやったのよ。家の名義はターシャのものになったから話はまとまりつつあるけど、やっぱり残念だわ。長年つづいた関係が、壊れるときは一瞬なんだもの。ターシャはまだデイヴに未練があるようだけど、気丈にしてる。仕事やエリヤの世話で忙しくして、考える暇をつくらないようにしてるわ」

「そうか、みんなが集まる日曜には彼女も来るんだろう？」ぼくの髭がピンと立った。月に一度、家族全員が集まる日がぼくは大好きだ。二回以上集まる月もあるが、一度だけでもいつも楽しみにしている。

「ええ、来るわ、みんなもね。みんなにとってもいい機会になるわ。ポリーとマットはほとんど会話がないみたいだし、フランチェスカとアレクセイたちは、こういうときしかトーマスに会えないんですって。子どもたちも楽しめるし、みんなジョージに会いたがってるから、うちで集まることにしたわ」

「すっかり人気者だな」ジョナサンが笑っている。

「今日の午後、なにをしたと思う？」クレアが始めたたんす事件の話をジョナサンがおもしろがっている。クレアがジョナサンに寄り添って頬にキスした。ぼくは肘掛椅子に寝そべって片目でふたりを窺っていた。

「よし、そろそろベッドに行こうか」ジョナサンが言った。

「大丈夫よね」クレアが唐突な質問をした。ぼくには意味がわからなかったが、表情でジョナサンにはわかっているらしい。

「もちろん大丈夫さ」ジョナサンはそう答えたが、自信なさげだった。


日曜日、次々にやってくるみんなを見ているうちに、あの夜のクレアの質問の意味がわかってきた。全員がそろったとたん、ジョージはまさに人気者になった。ご満悦の様子で喉を鳴らすジョージを全員がちやほやし、そのあと思いだしたようにぼくのこともちやほやしてくれたけど、おとなだから我慢した。

でも、そこが頂点だった。緊張気味の昼食が終わると、いつもおしゃべりな大人たちはなんとなく物思いにふけっているように見えた。三つのグループに分かれている。子どもたちはいつもどおり全員一緒にいて、ジョージもそこに混じっていた。幸い、いちばん年上のアレクセイが仕切っているからジョージに危険はないし、なにかあればジョージが呼びに来るはずだ。男性陣は居間を占領し、女性陣はキッチンのテーブルを占拠している。そのためぼくはふたつの大人グループを行き来するはめになった。

男性陣はいつになく静かだった。

「どうかしたのか？」さすがにうんざりしたのか、普段は静けさを好むジョナサンが声をかけた。

「元気が出ないだけだよ」マットが打ち明けた。「早く仕事がしたい。主夫には向いてないんだ。頭の固い差別主義に聞こえるのはわかってる。ポリーに何度も言われてるからね。子どもたちのせいじゃない。あの子たちといるのは楽しいけど、仕事をしたい。以前の仕事を失ったのが辛くてたまらないんだ。情熱を注げる仕事だったのに」

「じゃあ、職探しはうまくいってないのか？」トーマスの目に同情があふれている。

「イエスでもありノーでもある。二社の面接を受けることになってるが、どちらも雇ってもらえる保証はない。いまはあまり求人がないんだ。知り合いはみんな探してくれてるが、気を長く持つしかないそうだ」マットが頭を振った。

「経済的には大丈夫なのか？」ジョナサンも心配そうだ。

「ああ、ポリーの仕事のおかげで助かってる。本人は仕事を楽しんでるが、ふさぎこんだぼくがいる家に帰ってきても楽しくないと思う。長時間働いたあと、大急ぎで帰ってきて子どもの面倒を見てるから、いつも疲れてるんだ。子どもたちを寝かしつけたあとも、ほとんど毎晩仕事をしてる。ふたりの時間もあまり持てない。ぼくは無職のせいで悲惨な状況で、ポリーはぼくのせいで悲惨な状況になってる。しかもぼくは洗濯なんかが得意じゃないしね」マットが悲しげな笑い声をあげた。

「うちはその逆で、ぼくが働きすぎてるせいでフランチェスカは不満なんだ」トーマスが言った。「今日は、学校が夏休みのあいだ、子どもたちを連れてポーランドに帰ると言われてしまった。どうせぼくには会えないからと。働きすぎなのはわかってるが、店が繁盛してるんだ。店長がいても、まだすべてを任せられない」うしろめたそうだ。

「なあ、店長を信頼するしかないよ。なにもかもひとりでするのは無理だ。国じゅうに店を十軒持つようになったらどうするんだ?」とジョナサン。

「無理なのはわかってる。でもいまの二軒をうまく切り盛りできたら、一歩離れて自分以外の人間にもっと仕事を任せられる気がするんだ、そうだろう?」

三人そろって肩をすくめている。

「少なくとも、きみは大丈夫なんだろう、ジョナサン?」マットが訊いた。

「まさかみんな同じ境遇だとは思わなかったよ。さっさとサッカーでも見たほうがよさそうだ」ジョナサンが話題を変えた。

重苦しい会話を聞いたぼくは、今度はキッチンへ行った。

「だから言ってやったの、養育費を払うと約束しないと、児童支援局へ行って、家の問題でも訴訟を起こすって。こっちはかなり物わかりのいい態度を取ってるのに、とにかくひどいのよ。いずれにしても、調停の手続きに入ることになったわ。楽しそうでしょ? またデイヴに会わなきゃならないのは気が進まないけど、エリヤのためにできるだけのことはしなくちゃ」

　ぼくはひと口水を飲んでフランチェスカのところへ行った。ポーランドへ行ってしまうなら、その前に少しでも一緒にいたかった。

「うまくいくといいわね」フランチェスカが言った。「実は、夏のあいだポーランドに行くつもりなの、子どもたちとわたしだけで」

「あら、すてきじゃない」クレアが言った。本気だろうか。ぼくにはそうは思えない。夏のあいだずっとトーマスと離れているなんて。もちろんぼくともだ。すごく寂しくなるだろう。

「ええ、トーマスは店にかかりきりだから、向こうの家族と休暇を過ごそうと思って。生まれた国の記憶があまりない子どもたちにとっても、いい機会になるわ。トーマスは不満そうだけど、どうせずっと仕事仕事だもの」

「マットとわたしに必要なのも、きっとそれだわ。休暇」ポリーがつぶやいた。

「休みは取れないの？」クレアが訊いた。

「無理よ、働き始めたばかりなのに休めないわ。それに、仕事が決まらずに落ちこんでるマットが旅行に行きたがるかわからない。だめよ、やっぱりいやがると思うわ。たぶん来年ね」ほほえんでいる。「とにかくクレア、少なくともあなたたちはうまくいっててよかった」ぼくは男と女の話し方の違いが不思議だった。どちらも同じことを言っているのに、話し方がかなり違う。

「ええ、うちは問題ないわ」クレアが大きくため息をついた。

「話題を変えましょうよ」ターシャが言った。「隣人監視活動をしてる夫婦がいるでしょ？」

「ヴィクとヘザーね」ポリーがうめいた。

「そう、例のおそろいのセーターを着てる人たち」笑っている。「このあいだ、迷子猫が増えてることについてしつこく話しかけてきたの。このあたりで六匹いなくなってるんですって」

ぼくは耳を立てた。

「街灯に写真が貼ってあるのを見たわ。胸がつぶれそう。アルフィーやジョージがいなくなったらと思うと」クレアの言葉で身震いが走った。

「あのふたりは、なにかよからぬことが起きてると思ってるみたい」ターシャがつづけた。

「近いうちに集会を開くそうよ」

「勘弁してほしいわ」ポリーが頭を抱えた。

「集会は一日じゃ終わらないのよ」とクレア。

「でも、その猫たち、どうなったかだれも知らないの？」フランチェスカが訊いた。

「ええ、ジョナサンは、飼い主が気に入らなかったか環境を変えたくなったかだろうと思ってる」

「マットは猫さらいだろうって言ってたわ。『チキ・チキ・バン・バン』に出てくる人さらいみたいな」とポリー。

　ぼくは前足で耳をふさいだ。

「しーっ、アルフィーの前ではだめよ」クレアがたしなめた。「そもそも、猫さらいなんてばかげてる。それに、もしだれかがうちの猫をさらおうとしたら、とっちめてやるわ」

ぼくを見ながらそう言われ、少しだけほっとした。

　行方不明の猫たち。いやな予感がする。でもさしあたってできることはないので、笑っているみんなを残して上の階にいる子どもたちの様子を見に行った。とりあえずみんな楽しそうにしているから、ぼくも手間のかかる大人たちをどうするか考えながら楽しいときを過ごし、行方不明の猫たちのことは心配しないようにしよう。

Chapter 19

悪いことは重なるもの。最初の飼い主のマーガレットはよくそう言っていた。ずっと意味がわからなかったけど、いまはわかる。家族が集まった日から、やきもきしてばかりだ。みんなのことが心配で、みんなのなかには悲惨な結果に終わった調停のあと泣き暮らしているターシャも含まれる。いまはデイヴをすってんてんにしてやると──どういう意味か知らないけど──話していて、両親が弁護士費用を払ってくれるから不可能じゃないらしい。家を売ったお金をデイヴに渡さず、すべて解決するまで弁護士が用意した口座に預けるなど、少々厄介な状況らしい。ジョナサンはもしデイヴがターシャに近づいたらただじゃおかないつもりでいるが、幸いターシャはどこに住んでいるか教えていないし、そもそもものぐさなデイヴにはなにもできないと言っている。いまはすべて法の手にゆだねられ、ターシャはデイヴと話すのを拒み、弁護士を通してしかかかわりを持たないようにしている。込み入った話で猫のぼくにはよくわからないけど、理解しようと努力はしている。それに、いまだにデイヴが本気でエリヤに会おうとしないことにもみんな頭にきている。みんなエリヤが大好きなのに、できるだけ我が子に会おうとしない父親がいるのが理解できなかった。ぼくとジョージを見るといい。

今日は土砂降りだ。ジョージと窓枠に座ってガラスを流れ落ちる雨を見つめながら、ぼくはみんなのことやいろんなことを心配していた。

無力感と絶望感がこみあげた。ターシャの力にはなれず、ジョナサンとクレアだけでなく弁護士という人もついているのがせめてもの救いだった。マットとポリーの力にもなれそうになく、いつ見てもふたりはほとんど口をきかずにいる。離れ離れになるフランチェスカとトーマスの力にもなれない。アレクセイと小さいトーマスは旅行を楽しみにしているけど、そのせいでフランチェスカが帰ってこないんじゃないかと不安でたまらない。フランチェスカたちがいない暮らしなんて想像できない。それにクレアとジョナサンの力にもなれないらしく、その証拠にふたりはゆうべ大喧嘩していた。

「どうしてソーシャルワーカーにあんなこと言ったの？」居間でクレアが声を荒らげた。

「ぼくの家族に犯罪歴や精神に問題のある人間はいないと言っただけじゃないか」ジョナサンは笑いをこらえていた。「冗談だよ」

「じゃあ、わたしの母については確信がないと言ったのは？　あれも冗談のつもりだったの？」

「きみのお母さんは変わってるから」ジョナサンが笑った。

「あなたにとってはただの冗談なのね。子どもを、サマーのきょうだいを、わたしたちの子どもをもうひとりもらうことが。ときどきあなたという人がわからなくなるわ」

「そんなことないよ、ただのくだらない冗談だ。ユーモアのセンスがあるのをソーシャルワーカーにわかってもらったほうがいいだろう?」

「笑えないわ」

クレアは最近までターシャが使っていた予備の部屋で眠った。一緒に寝たから泣いていたのを知っている。初めてひとりにしたジョージの様子を夜中に何度も見に行ったので、睡眠不足気味だ。

家のなかは朝から張り詰めた雰囲気で、まるでポリーとマットの家みたいだ。これまでのところクレアは仲直りしようとするジョナサンをことごとくはねつけ、ふたりが仕事やサマーの幼稚園へ行ったときは、張り詰めた雰囲気も消えたのでほっとした。

「なにがあったの?」前足で雨粒を追いかけるジョージの声で現実に引き戻された。

「話せば長いんだ」ぼくは知っていることをすべて話した。話すにつれて不安が増したが、たいしたことじゃないような口調を心がけた。人間がどんなものかジョージは知る必要があり、ぼくを見習うつもりならなおさらだが、まだ子どもだから守ってやらなければならない。ぼくはどうやってみんなを元気にするか考えた。ターシャは心配する対象リストの一位から一気に下のほうへ移動したけど、まだマットとポリー、フランチェスカとトーマスがいるし、今度はクレアとジョナサンも加わった。そのとき、ジョージが窓枠から飛びおりて駆けだしたので、あわててあとを追った。

ジョージが来たばかりのころ、クレアは行動範囲にとても気を配った。寝室のドアは常に閉じられ、バスルームや一階のトイレのドアも閉めてあったので、基本的にはキッチンとダイニングルームと居間にしか行けなかった。柵があっても階段はのぼれたが、踊り場までに限られていた。でも来たときより大きくなったいま、ジョージは自分がなにをしているかわかっている（実際はわかってない）し、ひとりになることはない（実際はある）という理由で、もうわざわざドアを閉めなくなった。おかげでジョージが行ける場所が増え、探す手間が増えた。

キッチンにはいなかった。猫ドアの音がしなかったから外には出ていないと判断し、家事室を、なかでも洗濯機をすばやくチェックしてから二階へ向かった。

「ジョージ」大きな声で呼んでも返事がない。つのる焦りをこらえ、寝室を調べながら、まだ子どもなんだから遠くへ行くはずがないと自分に言い聞かせた。バスルームのドアは閉まっていたので、とりあえずまたトイレに落ちた心配はしなくてすんだ。それでも焦りがつのった。いるのはわかっているのに、姿が見えないだけで理不尽な不安をぬぐいきれない。ぼくは予備の寝室へ戻った。

「ジョージ」ふたたび呼びかけると、かすかに音がした。音をたどってクレアが服をしまっているたんすに近づくと、扉が細くあいていた。前足をかけてもう少しあけると、底に積みあげたクレアのセーターの上にジョージが横たわっていた。

「心配したんだぞ。ずっと呼んでたのに、なんで返事をしなかったんだ？」

「だって、返事をしたら、かくれんぼにならないもん」

「かくれんぼ？」

「うん、こないだサマーたちに教わって、すごく楽しかったんだ。ひとりが鬼になって、残りは隠れるんだよ」

「教えてくれてありがとう。でもやり方は知ってる。問題は、かくれんぼなんかしてなかったってことだ。一緒に窓枠にいたら、急にいなくなった」

「そうか、言えばよかったね」きれいな瞳に困惑が浮かんでいる。「じゃあ、これからやろうよ！」反省の色もなければ、心配させた自覚すらないらしい。

「いまはそんな気分じゃない」家族のことでやきもきするので手一杯だし、ジョージも見つかったから落ち着きを取り戻したい。

「お願い、パパ。すっごくおもしろいんだよ」期待のこもる瞳で見つめられ、つい頬がほころんでしまった。アレクセイと初めてかくれんぼをしたときのことが思いだされた。とても楽しかった。ジョージをがっかりさせるわけにはいかない。それに今日はどうせ雨だ

って欠かせない能力じゃない。

「それならちょっと時間をくれればいい」ぼくも数えられる自信がない。しょせん猫にと

「でも数え方なんか知らないよ」

「わかった。ぼくが隠れるから十数えて」

から、ほかにやることがない。

サマーの部屋へ行き、ぬいぐるみでいっぱいのおもちゃ箱にもぐりこむことにした。あそこなら、なかなか見つけてもらえなくても、とりあえず居心地はいい。

しばらくして、頭を舐めるジョージに起こされた。ぼくは目をあけて伸びをした。「ごめん、寝ちゃった」

「隠れるの、すごくうまいね！」感心している。「ぼくの番、ぼくの番」ジョージが走り去った。ひと眠りしていくらか気分がよくなっていたが、ゆっくりおもちゃ箱から這いだした。階段を駆けおりるジョージの足音が聞こえたので、踊り場で少し待った。雨は小降りになり、踊り場の窓枠に飛び乗ると、雲の隙間から青空がのぞいていた。出かけられるだろうか。軽く運動したいし、マットの様子も見に行ける……。出し抜けに大きな音が聞こえ、びくっとした。

「ミャ」ジョージの悲鳴。ほかのことに気を取られるのは本気でやめないと。親失格だ。

階段を駆けおりてキッチンに入ったとたん、足が止まった。食器棚の扉が開いて中身が床

にちらばり、ビニール袋の持ち手からジョージが顔を出している。

「ジョージ、なにをしたんだ?」前足で袋から出してやった。「ビニール袋は危険なんだぞ、気をつけなきゃだめじゃないか」袋には大きな穴があり、ジョージはそこから入ったのだから実際はそれほど心配する必要はない。それに猫は袋に目がない。ぼくも子どものころはしょっちゅうマーガレットの買い物袋にもぐりこんでいた。

「動かそうとしたら、なかに落ちちゃっただけだよ」最近は口答えが増えてきた。「でも気に入っちゃった!」

「そういう問題じゃない。こんなに散らかして」床一面に包みや箱が散らばっている。

「自分で食器棚の扉をあけたんだ。頭いいでしょ? 隠れようとしたけど、もってこいの隠れ場所にしたかったから、中身を全部出して奥にもぐろうとしたんだよ。でも、どうやって元に戻すかまで考えてなかった」

「やれやれ」元通りにする方法を考えてみたが、すぐにこのままにするしかないとわかった。おおかた叱られるのはぼくだ。ジョージのしたことは気に入らなかったけど、クレアとジョナサンにも腹が立った。サマーが扉をあけていたずらしないように、ほとんどの食器棚に妙なものをつけているのに、なんでここにはつけてないいんだ? はっきり言って、最近は子育てに手を抜いている。

片づけようとむなしい努力をしたせいでくたくたになったが、一方のジョージは遊びたくて飛び跳ねていた。エネルギーがあり余っているようなので、思いきって出かけることにした。猫ドアから外に出た。

「濡れてる！」水たまりに立ったジョージの頭に大きな雨粒が落ちた。

「いいか、これからマットに会いに行く。ついておいで。裏道で行くぞ」フェンスをくぐってポリーとマットの家へ向かった。こうすれば犬に会わずにすむ。ジョージはまだ雨をいやがっていたが、これで多少は疲れてくれればいいと思った。たまに疲れきって寝てしまうことがある。

猫ドアからなかに入り、キッチンの床に水を滴らせていると、電話をしながらマットが現れた。ぼくたちに気づいて笑みを浮かべている。

「ポリー、落ち着け、大丈夫だと言っただろう。子どもたちはぼくが迎えに行って寝る用意をさせるし、あまり疲れていなければきみが帰るまで起きて待ってるようにするよ」一旦口をつぐんで、相手の話を聞いている。「わかった、愛してるよ」マットが電話を切ってぼくたちを見た。

「びしょ濡れじゃないか。乾くまでここにいるといい」やかんを火にかけている。ぼくは体を震わせて水滴を払った。ジョージはいちばん暖かい場所を見つけて横になった。「よく来たな。ひとりで留守番してると、正直ちょっと退屈でね。ポリーがどうしてたのか知らないが、不満はなさそうだったな。それにしても、早く仕事がしたいよ。仕事のプレッシャーが懐かしい」ぼくはマットの脚に体をこすりつけたが、濡らさないように注意した。

「ありがとう、アルフィー。いちおう精一杯頑張ってるんだ。子どもたちといる時間が増えて楽しいし、それは本当に嬉しいんだ。以前はそばにいなくて見られなかったことを見られるからね。でも校門はちょっと怖い、あそこにいる母親たちが。男女差別をするつもりはないが、こんな時代になっても、ほとんど女ばかりなんだ。今日はお茶に誘われたけど、ひるんで断ってしまった。用心しないと、ＰＴＡのメンバーにされそうだ」

「ミャオ？」なんの話かちんぷんかんぷんだ。

「早く仕事を見つけないと。主夫のこつはほぼつかんだかもしれないが、こんなのぼくじゃないし、ポリーと過ごす時間が少ないのが寂しい。喧嘩をせずに一緒にいたころに戻りたいよ。仕事さえしていれば、こんなに喧嘩をすることもなかったんだ」

マットがお茶を持って腰をおろし、ジョージが床に映る自分の影を追いかけはじめた。

「人生があんなふうに単純だったらいいのにな、そうだろ、アルフィー？」ジョージを見ている。ぼくは喉を鳴らして同意した。自分の影だけ心配していればよかったらどんなにいいだろう。でもそうはいかない。世界じゅうの責任をひとりで背負っているんだから。少なくともエドガー・ロードの責任を。

子どもたちを迎えに行く前にスーパーで買い物をするためマットが出かけるまで、ぼくたちは留まっていた。いささか自己顕示欲が強いジョージは、カウンターに飛び乗ってからブラインドをよじ登れるのを見せてマットを楽しませた。危うく失敗するところだったが、少なくともおかげでマットもぼくも笑うことができた。マットの笑顔が見られて嬉しかった。人間が、笑える猫の動画をネットで何時間も見ている理由がようやくわかった。マタタビより気持ちが晴れる。帰るときはすっかり満足していた。マットは笑顔でしゅっとして見えたし、家のなかはぴかぴかだった。たぶんマットも最悪の時期を抜けつつあるのだろう。それに元気づけることができたのは間違いない。

帰る途中、マットの家の前でばったりタイガーに会った。雨がやんで太陽が顔を出している。

「あら、元気?」タイガーがジョージに顔をこすりつけた。

「へとへとで昼寝したい」事実だ。家族のことを考える時間もほしいが、ジョージがいる限り無理だ。

「ぼく、もっと遊びたい!」ジョージはまだエネルギーがあり余っているらしい。

「ねえ、アルフィー、わたしが見ててあげましょうか。公園かどこかへ連れていって、あとで送り届けるわ」そうしたくてたまらない顔をしている。子守りの申し出? 断れるはずがない。しかもタイガーならジョージを危ない目に遭わせるはずがないから、なおさらだ。

「頼むよ。ジョージ、タイガーの言うことをよく聞くんだぞ。またな」ぼくはジョージに顔をこすりつけて別れを告げ、頑張ったご褒美のひと休みをしに家へ戻った。

昼寝ができたのは嬉しかったが、ジョージが出かけていると思うと心からくつろげなかった。タイガーが一緒なら安全だとわかっていても、ぼくの付き添いなしで出かけるのは初めてだ。猫ドアを叩く音が聞こえ、裏口へ急いだ。猫ドアに頭を突っこむと、目の前にタイガーとジョージがいた。ジョージのかわいさに思わず頬がほころんだ。というか、ふたり一緒の姿がかわいらしい。親友とジョージ。

「ただいま」タイガーが言った。

「ジョージはいい子にしてた？」

「とっても。すごく楽しかったわ」

「パパ、公園っておもしろいね！　木に登って丸ぽちゃの犬をからかったんだよ。すごく楽しかった！」嬉しそうにはしゃぐ姿を見て、無事に戻ってほっとすると同時にぼくまで嬉しくなった。

「よかったな。ほら、もう入って。おやつの時間だ。タイガー、どうもありがとう」

「タイガーママも一緒じゃだめ？」ジョージが訊いた。心がとろけ、タイガーを見ると同じ気持ちなのがわかった。

「残念だけど、だめなんだ。タイガーも、もう帰らなきゃいけないからね。でもまたすぐ会えるよ。改めてお礼を言うよ、タイガー」

「気にしないで。ひとりになりたいときは、いつでも声をかけてちょうだい」そう言うと、タイガーが別れを告げた。ぼくはジョージが猫ドアを通れるようにうしろにさがった。

「寂しかったよ」それは本心だった。たまにひとりになりたくなるのに、実際そうなると寂しい。親ってそういうものなんだろうか。人間の家族が似たような話をしていたから、きっとそうなんだろう。

「ぼくもだよ、パパ。今日のおやつはなに？」

その日の夜、ぼくは肘掛椅子でくつろいでいた。隣でジョージが丸まっている。外は暗く、テレビでニュースを見ているジョナサンのところへクレアがやってきた。ぼくは緊張した。サマーのそばではふたりともいたって普通にしているが、もうサマーはベッドに入っているからどうなるかわからない。

「やあ」ジョナサンが言った。「大丈夫か？」

「ええ、ターシャと話したの」クレアが腰をおろした。「どうやら決着しそうよ。デイヴは警告かなにか受けたみたい。ターシャも詳しくは知らなかったけど、デイヴが謝ってエリヤのいい父親になると言ったんですって。週末にデイヴのお母さんと三人で会うことになっていて、ターシャは希望を持っていたわ」

「よりを戻す気はないんだろう？」ジョナサンが心配している。よりを戻すなんてぜったいだめだ。

「ええ。あんなことをされて……つまり、嘘をついただけでなく、浮気して出ていった彼を二度と信用することはないと思う。でもターシャはいい母親だから、なによりもエリヤのためになるようにしたいのよ。いまは父親がそばにいることだわ、どんなにだめな父親でも」

「そうだな。あいつのことは気に入らないけどね。でもエリヤは大好きだ」ジョナサンがクレアの腕に触れた。

「ジョナサン、わたしたちも問題を抱えてるわよね。答えを出さなきゃいけない問題を。今週末、サマーを連れて両親に会いに行きたいの。あなたも一緒に来てくれない？」

「いいよ、でもなんで急に？」

「ごまかすつもりはないわ。環境を変えたいの、それに……父はソーシャルワーカーをしてるでしょう？　きっと養子の件でアドバイスをもらえるわ。このまま話を進めることになったときのために、どういう仕組みになっているか、わたしたちはなにをするべきか教えてもらえる。あなたが父ともっと話すいい機会になると思うの」

「お父さんにぼくを説得してもらおうとしてるのか？」ジョナサンが気色ばんだ。

「違うわ。なんだか手続きがいろいろややこしいことや、あなたの気持ちを話したら、父が説明すると言ってくれたのよ。手続きの流れや選択肢があるのがわかれば、喧嘩をせずにお互い納得のいく結論を出せるだろうって」理性的に語るクレアが誇らしかった。

「そうか……」ジョナサンはまだ半信半疑でいる。

「ねえ、わたしは自分が脇目も振らずにひとつのことに集中してしまう人間だってわかってるし、それは父もよくわかってるわ。あなたと結婚するときも、子どもがほしいと思ったときもそうだった。だから、たぶん父はわたしよりあなたに味方すると思う」

「どっちの味方かなんて関係ない。ぼくには養子をもらう自信がないんだ」怒っているというより悲しそうだ。「きみみたいになりたいよ」

「そのための週末なのよ。場所を変えていろいろ話をすれば、結論を出せるかもしれない。それに父も母もサマーに会いたがってるの」

「まいったな。こんなに理性的なきみは初めて見たよ」

「父のおかげよ。ちょっと叱られたの。どう？　一緒に行ってくれる？」

「アルフィーとジョージはどうするんだ？」

「フランチェスカが預かると言ってくれたわ。行きに届けて、帰りにまた寄ればいいし、トーマスが届けてくれてもいいそうよ。アレクセイたちが、ポーランドへ行く前にアルフィーに会いたがってるの。もちろんジョージにも」

うわあ。週末をポーランド人の家族と過ごせる！　嬉しいし、ジョージにとっては初めての外泊になる。それにごみばこに会える。早くもわくわくしてきた。

「ずいぶん手まわしがいいな」驚いている。

「ひとりで決めてごめんなさい。でも結婚したときからわたしの性格はわかってたでしょ」

「たしかに。なあ、クレア、養子のことだけど――」

「血が繋《つな》がっていない子を愛せないいんじゃないかと不安なんでしょう？」

「ああ」

「でも、あなたならできると思うわ」

毛がぞくぞくした。隣で丸まっているジョージを見た。ぼくはこれ以上愛せないほどジョージを愛している。血が繋がった我が子じゃなくても。ジョナサンとクレアに目を向けると、ふたりとも考えこんだ顔をしていた。ぼくはジョージを養子にしたんだ。たしかに最初は無理やりだったけど、いまはこの子がいなくなったら正気ではいられない。心から愛している。この気持ちをジョナサンにもわかってもらおう。それが解決策に違いない。わかってもらうんだ。ぼくにジョージを愛せるなら、ジョナサンも養子を愛せると。ただ、どうやってわからせればいいかがわからない――とりあえず、いまは。

Chapter 20

「ママ！　ジョージがイワシで遊んでるよ！」小さいトーマスが歓声をあげた。食べ物はおもちゃじゃないと言ってあるのに、ジョージは前足ではさんだイワシがつるつるすべるのをおもしろがって、生きてもいないイワシをキッチンで追いかけまわして飛びかかっている。子どもたちは大喜びで、アレクセイはしゃべられないほど大笑いしている。

「ジョージ、ちゃんと食べなさい。おもちゃじゃないのよ」フランチェスカがたしなめ、ぼくにウィンクした。そしてイワシを拾いあげ、小さく刻んで食器に戻した。ジョージがおとなしく食べはじめた。ここへはさっき来たばかりで、子どもたちもちょうど学校から帰宅したところだった。ふたりとも興奮しているのは、ぼくたちが泊まるからだけでなく、明日から夏休みだからだ。来週にはポーランドへ行ってしまうのは寂しいけれど、そのせいでこの週末に影を落としたくない。できるだけ楽しく過ごしたい。

夕食のあと見た『スター・ウォーズ』はよく理解できなかったものの、かなり威勢のいい映画で、画面いっぱいに色が炸裂《さくれつ》した。テレビ台に飛び乗って光を追いかけるジョージをアレクセイがおろした。

「壊したら怒られるぞ」アレクセイがぼくの気持ちを代弁した。ジョージがこちらを見たのでにらみつけたが、例の愛くるしい笑みを返されただけだった。どうやら初めての外泊を満喫しているらしい。

　ちょうど映画が終わったとき、大きいトーマスが帰ってきた。

「ただいま、にぎやかだな」トーマスが満面の笑みでみんなにキスし、最後に妻にキスした。

「乾杯しようと思って店からシャンパンを持ってきた」

「なにをお祝いするの？」フランチェスカが尋ねた。大きいトーマスは悲しそうな顔をしただけで黙っている。またしても〝子どもの前ではだめ〟な話なのだ。

「さあ、寝る時間よ」フランチェスカが言った。

「えー、そんな」アレクセイの発音はもうイギリス人と同じだが、大きいトーマスとフランチェスカが息子たちにポーランド語を教えていることも知っている。「もう少しいいでしょ？　せっかくアルフィーとジョージが来てるのに」

「三十分だけよ」フランチェスカが譲歩した。「トーマス、夕食を温めてくるから、子どもたちと一緒にいてやって」フランチェスカの声に陰りを聞き取ったが、アレクセイに抱きあげられ、大小ふたりのトーマスはジョージとボールで遊びはじめたので注意がそれてしまった。ぼくはアレクセイの部屋に連れていかれた。アレクセイは初めてできた人間の友だちで、一緒にいろんなことを乗り越えてきた。ぼくはイギリスでできた最初の友だちで、二年前は学校でいじめられていたアレクセイを助けたこともある。ぼくには胸の内を明かしてくれるから、ベッドにおろされたとき、これからおしゃべりするんだとわかった。

「心配なんだ、アルフィー。ママとパパはあまりしゃべらないのに、今度は夏休みのあいだパパを置いてずっとポーランドに行くんだよ。きみに会えないのは寂しいし、ホームシックにもなるだろうけど、パパに会えなくなるのがいちばん寂しいよ」悲しそうにぼくを撫でている。ぼくは体をこすりつけて喉を鳴らし、わかると伝えた。

「もう帰ってこないつもりなんじゃないかと不安なんだ。ママに訊いたらそんなことないって言ってたけど、もしそうなったら? エリヤやクラスメイトのジャスティンのパパみたいに別れちゃったら? パパのこともママのことも大好きなのに。いまパパは仕事が忙しいからあまり会えないのはわかってるけど、前みたいに仲良くならなきゃだめだよ」ベッドを拳で叩き、悲しい顔をしている。ぼくは心から同情した。アレクセイは十歳だが、デリケートでしっかりしているところがちょっとぼくに似ている。ぼくはしっぽでくすぐってやり――こうするといつも笑うのだ――、ハイタッチできるように前足をあげた。「パパとママを、前みたいに仲良しにしてくれる？」

「ミャオ」もちろん。どうやればいいかわからないけど、ぜったいそうする。猫の約束だ。

「ポーランドに行くのは楽しみなんだ。あんまり覚えてないし、トーマスはなにも覚えてない。親戚に会えるから楽しいわよってママは言うけど、帰ってきたときはママとパパがそろっていてほしい。頼りにしてるよ、アルフィー」

「ミャオ」やれやれ、また背負う責任が増えてしまった。

子どもたちが寝たあと、裏庭に出してもらった。まずいことにトーマスとフランチェスカの会話はひとことのみで成り立っていて、トーマスはなにも問題ないか確認するために一階のレストランへ戻っていった。すぐ戻ると言ったトーマスに対し、フランチェスカは不満げな声を漏らしただけだった。

「暗いね」ジョージが恐る恐る裏庭に踏みだした。「うわっ！」悲鳴をあげている。「あれなに？」

「おまえの影だよ。大丈夫、ぼくがついてる」度胸のある猫になった気がした。なにしろここには何度も来たことがある。たしかにちょっと怖いし、不潔な生き物がうろちょろしてるけど、どこかにごみばこがいるはずだから心配ない。

「うわっ！」ジョージがまた悲鳴をあげた。「あれなに？」なにかがのっそり姿を現した。

「ジョージ、友だちのごみばこだよ」大きなゴミ容器のうしろから出てきたごみばこが、髭を舐めた。

「久しぶりだな、アルフィー」ごみばこがジョージを見た。「こいつは？」

「ジョージだよ、ぼくの子なんだ」

「こないだアレクセイたちがここに来たとき、ジョージって名前のだれかの話をしていた。仔猫とは思わなかったよ。よろしくな、ジョージ」やさしく話しかけている。ごみばこといえどもジョージの魅力には抗《あらが》えないのだ。

「外に長くいちゃだめって言われたんだ」ぼくは言った。「でも安全だよね？」

「心配すんな。おれが責任を持ってあんたのチビすけになにもないようにする。明日も来られるか？」

「うん。朝食のあと鳴いて外に出してもらうから、情報交換しよう」

「楽しみにしてるよ。チビすけのことももっと知りたいしな」

大きいトーマスが出てきてごみばこの食べ物をよそった大皿を置き、ぼくたちを連れて二階へ戻った。ジョージはまだ震えている。

「大丈夫だよ。ごみばこは、すごくいいやつなんだ」

「わかってるけど、すごく暗かったし変なにおいがしたんだもん。ごみばこも変なにおいがしたよ」それにには反論できない。ごみばこはちょっとかぐわしいにおいがする。でも心はきれいだ。

居間でジョージとベッドに収まったぼくの横で、トーマスとフランチェスカは店から持ってきたシャンパンを飲んでいたが、ふたりともおいしそうに飲んでいるようには見えなかった。ほとんどしゃべらず、しゃべりだしたときは早口のポーランド語だったので意味がわからなかった。どちらの口調も上機嫌なものではなかった。ぼくはふたりを心配し、アレクセイをかわいそうに思いながら眠りについた。かわいそうなのはぼくも同じだ。ふたりを元通りにすると約束してしまったんだから。

翌朝、裏庭に出してもらうのを待ち構えるころには日差しがさんさんと降り注いでいた。明るいと自信が持てるらしく、ジョージはまっすぐごみばこに駆け寄って大声で声をかけた。

「ミャオ！」驚いたごみばこがくわえていたものを落とした。太ったハツカネズミだ。ドブネズミかも。飛びのいたジョージのほうへネズミが跳ね、ぼくが唖然としているあいだにごみばこがネズミをつかまえて遠くへ放り投げた。

「間一髪だったな」ジョージを慰めに行ったぼくの横でごみばこが言った。

「なにあれ？」ジョージの目がまん丸だ。

「ただのネズミさ。あまり気持ちのいいもんじゃないが、レストランに近づけないのがおれの仕事なんだ」

「なにをする生き物なの？」

「いい質問だ。もっぱらごみをあさって病気を広げてる」

「じゃあ犬より厄介なの？」

「そうとは言えないが、同じぐらい厄介だ」辛抱強くジョージの相手をしてくれるのがありがたかった。

「でもね、ぼく、ネズミに飛びかかりたかったよ、そんな気持ちになった」

「それは猫の本能だ」ごみばこが説明した。「猫は生まれながらのハンターで、おまえにもその本能があるから飛びかかりたくなったのさ」

「パパも狩りをするの？」

ごみばこがぼくと視線を合わせた。

「ジョージ、ぼくはあまり狩りが好きじゃないんだ。狩りをせざるをえなかった時期もあって、その話はいずれするけど、いまはあまりやらないようにしてる」ごみばこがにやにやしているが、口をはさんでこなかった。

「でもぼくはやってもいい？」ジョージが訊いた。

「ジョージ、おれと来ればやり方を教えてやるよ。でもいいか、おれは仕事でやってるんだ。おまえみたいな飼い猫は狩りにこだわる必要はない」

「ありがとう！　やってもいい、パパ？」ぼくを見る目に期待がこもっている。

「いいよ、行っておいで」ぼくは戸口に座って、ごみばこと狩りをするジョージを眺めた。

正直言って、すでにぼくよりはるかにうまい。生まれつきの天才だ。

「それで」しばらくして、日の当たるレストランの裏口でくつろいでいたとき、ごみばこが言った。「少しは元気になったのか？」

「ああ、そのこと。まだちょっと辛いよ」ぼくはジョージを見た。「この子にかかりきりで気が紛れてるし、それがクレアの狙いだったのかもしれないけど、たまにスノーボールを失った悲しみで胸が痛むんだ。いまごろどうしてるかなって、ときどき考える……」切ない気持ちで空を見あげたが、なぜそうするのか自分でもわからなかった。

「なあ、こないだあんたが帰ったあと考えたんだがな」ごみばこが言った。「それって、あんたは大好きな存在すべてにちょっとずつ心の一部をあげていて、その相手がそばにいることもあれば、そうじゃないときもあるってことじゃないか？　肝心なのは、あんたの心はすごくでかいってことだ。みんなに分け与えられるほどな」聞いているうちに、ぼくの心の一部を受け取った大好きな相手が脳裏に浮かんで感情がこみあげた――マーガレット、アグネス、スノーボール。ごみばこの言うとおりだ。

「野生猫なのにすごく頭がいいんだね」感動し、ごみばこへの友情で胸がいっぱいになった。

「こういうときのために友だちはいるんだ」

「ぼくはわかんない」ジョージが戸惑った顔でぼくたちを見ている。

「子どもはわからなくていいんだ」ごみばことぼくが同時に応えた。

ごみばこと楽しい時間を過ごすあいだに、街灯に貼られた写真についても話した。ただ、ジョージがほかのことに気を取られているときにした。怖がらせたくないので、ジョージの前で話すのは抵抗があった。

「妙な話だな」少ししてごみばこが口を開いた。「どういうことだろう。みんな家出したとは思えない」

「そうなんだ。例によってぼくは人間たちの問題で頭がいっぱいだったんだけど、さすがに心配になってきた。万が一、本当に近所で猫にとってよからぬことが起きていたらどうしよう。エドガー・ロードで行方不明になった猫はいないけど、近所の猫がいなくなってるから落ち着かないんだ」

「情報を集めてみる」ごみばこはものすごい猫の情報網を持っていて、彼らはたいていのことは知っているし、知らなければ突き止めることができる。以前は彼らに助けられた。

「そうしてくれると助かるよ」あの写真がなんなのか、そもそも心配するようなことなのかまだわからないものの、ごみばこに調べてもらっても無駄にはならない。

家のなかに戻ると、荷造りするフランチェスカのために大きいトーマスが子どもたちをランチに連れだすところだった。ジョージとフランチェスカの部屋へ行くと、ベッドにスーツケースがふたつのっていた。大きいのと小さいの。

「子どもたちの荷物をまとめるほうがはるかに簡単だわ」フランチェスカがため息をつき、大きいスーツケースに服を入れはじめた。

「ミャオ」ぼくはフランチェスカにぴったりくっついていた。たんすまでついていき、服を抱えたフランチェスカと一緒にベッドに戻った。

「ジョージはどこ？」ぼくは周囲を見渡した。どこにもいない。やれやれ、ここでかくれんぼは勘弁してほしい。スーツケースに服を詰めるフランチェスカの横でぼくは部屋じゅうを探しまわった。すると、いきなり服が宙を舞った。

「きゃっ！」フランチェスカの悲鳴とともに、スーツケースからジョージが飛びだした。

「びっくりするじゃない！」笑っている。ジョージは嬉しそうに喉を鳴らしていて、服を散らかしたとはいえ無事だとわかってほっとした。そのあと、ジョージは新しいゲームみたいにスーツケースに何度ももぐりこんだので、しまいにはぼくも一緒に居間に閉じこめられてしまった。こうでもしないと子どもたちがいないあいだに荷造りを終えられないと言われた。ぼくはジョージを叱った。遊んでいただけなのはわかっているが、フランチェスカのそばにいたかった。

「終わったわ」しばらくするとフランチェスカがやってきて居間のドアを閉め、どさりとソファに腰かけた。「仔猫がいると赤ちゃんがいるみたいね。危ないことはさせられないわ」ぼくは喉を鳴らして賛成しながら膝に飛び乗った。「アルフィー、寂しくなるわ。ほんの数週間だけど、こんなに長く会えないのは初めてだもの」背中や頭を撫でてもらい、ぼくは嬉しくなって体をこすりつけた。大きいトーマスのことも恋しくなりますように。「もちろんトーマスに会えないのも寂しいわ」ぼくの心を読んだようにフランチェスカがつづけた。「でもトーマスは仕事ばかりで、どうせほとんど会えない。もっと家族と過ごしてほしいと言ってるのよ。子どもたちはあっと言う間に大きくなるもの」ぼくはミャオと答えた。そう、子どもは成長が早い。ジョージですら驚異的なスピードで成長している気がする。あのチビすけはどこに行ったんだろうと、しょっちゅう考える。「すぐ帰ってくるけど、あなたがいるあいだ、もうふたりきりになる機会がないかもしれないから、いまのうちに言っておくわね。元気でいるのよ」頭にキスしてくれた。ふたりだけのとき、フランチェスカはよく話しかけてくれて、親友にしてもらえたようで嬉しい。ぼくには数えきれないほど親友がいる。

「ママ、ママ、聞いて！　ハッピー・セットを食べたんだよ」小さなトーマスが箱を持って居間に駆けこんできた。「おもちゃがついてた！」

「マクドナルドに行ったの？」驚いている。

「ぼくたちがパパに頼んだんだ。友だちはみんな行ってるのに、行ったことがなかったから」アレクセイが不安そうにしている。デリケートな子だから、言い争いが嫌いなのだ。

「いいのよ、パパは甘いものね。あまり健康的とは言えないけど、害にはならないわ。トーマス、今日は特別だったんでしょう?」

「ああ。この子たちが行きたいところへ連れていってやりたかったんだ。寂しくなるよ」ちょっと元気がない。

「わたしたちも寂しくなるわ」久しぶりにやさしい声になっている。本心なのか、子どもたちのためなのかわからない。「でも、夕食は体にいいものを食べるわよ、ジャンクフードでなく」フランチェスカがほほえんだ。

「ピザは?」小さいトーマスが訊いた。

「体にいいものと言ったでしょう」笑っている。

「野菜がのったピザは?」アレクセイの言葉に、全員が笑い声をあげた。


残りの週末は、あっという間に過ぎていった。アレクセイと小さいトーマスはジョージのために突撃訓練所をつくり、ジョージを大喜びさせた。トンネルや障害物、ボールやおもちゃの車が並べられ、普段から注目の的になるのが好きなジョージは嬉々として一周するタイムを計ってもらった。ちょっとした騒動も起きた。段ボールでつくった細めのトンネルにジョージがはまってしまったのだ。でもさんざん励ましたりなだめたりするうちに、ついに抜けることができた。経験不足のわりにはまずまずの結末だ。フランチェスカの機嫌もよくなった。トーマスもずっと一緒だったから、これならいつも店にいる必要はなさそうに思えた。

夜になって帰るときは残念でたまらなかった。みんなに会えなくなるのが寂しかった。またしてもぼくを救ってくれたごみばこにも。ごみばこが街灯の猫の謎を解こうとしてくれるとわかり、気が楽になった。もちろんアレクセイに会えなくなるのがいちばん辛いけれど、小さいトーマスやフランチェスカに会えないのも寂しい。ポーランドに行く彼らは、それぞれぼくの心の一部を持っていく。それを近いうちに持ち帰ってくれるように願うばかりだ。本当に、心からそう願う。

Chapter 21

大きいトーマスの車で家に帰ると、ポリーがいた。マットはジョナサンと飲みに行ったらしい。職探しに進展はなく、まだ落ちこんでるんじゃないかとポリーが心配したのだ。クレアは飲みに行けばふたりとも気が晴れるかもしれないと期待している。

子どもたちはテレビの前に座らせておくことになった。無料のベビーシッター代わりにテレビを使うのは好ましくないとされているが、クレアは世間一般の母親のなかに本気でそう思ってる人なんかいないと考えている。子どもたちはだれがジョージを抱っこするかで揉め、結局順番に抱っこすることになった。次々に手渡されてもジョージは平気な顔でいる。相変わらず注目の的になるのが好きな子だ。ぼくはポリーとクレアとキッチンに腰を据えた。子どもたちの様子がわかるようにドアをあけてあるが、こうすればとりあえずおとなの時間も確保できる。

「仕事とマットの様子はその後どうなの？　会うのはずいぶん久しぶりな気がするわ」クレアが言った。

「仕事のせいよ。楽しいけど、ほんとは勤務時間を少し減らしたいの。でも無理。お金がいるし、大きなプロジェクトをふたつ抱えていて、どちらも急ぎの仕事だからほとんど毎晩家でも仕事をしてるわ。子どもたちにはめったに会えないし、会えてもくたくたでテレビを見せることしかできない」

「いまのわたしみたいに？　自分を責めてはだめよ、ポリー、体を休めなきゃ。わたしたちは別にひどい母親じゃないわ。あなただって骨休めが必要よ」

「ええ。それはよくわかってる。自分に厳しいところがあるのは自覚してるけど、うしろめたさをぬぐえないのよ」ヘンリーを産んだあと産後鬱になったとき、ポリーはいい母親ではないと感じていて、そのことでいまも自分を責めているが、ポリーはりっぱな母親だ。ぼくが毎日見ている。

「でも仕事は楽しいんでしょう？」

「ええ、とても。それに、結果を認めてもらえるのが嬉しいの。ばかげた話だけど、誇らしい気持ちになる。もう仕事をしない生活に戻れるとは思えない。マットの仕事は早く見つかってほしいけど、それはわたしが仕事をやめたいからじゃない。ほんとはやめたくないの。ただマットは家にいるのをすごくいやがってるのよ。見ていられないほど打ちひしがれてる」

「でも、あなたにできることはないわ。せいぜい支えになるぐらいよ。それに近いうちに仕事が見つかるわよ。面接は受けてるんでしょう?」

「ええ、わたしは楽観的に考えようとしてるんだけど、マットはどう見てもマイナス思考になってるわ。本来は楽天的な人なのに、いまはすっかりふさぎこんでるの」ため息をついている。「それはそうと、週末はどうだった?」

「良くもあり悪くもありよ。父のおかげでいろんなことをきちんと理解できたわ。あまり待たずに養子がほしければ、大きな子も受け入れないとだめなんですって。それでも手続きには時間がかかるし、父や父の口利きがあっても先は長い。もし承認されたとしても、赤ちゃんや小さな子を希望すると、待たされることになる。わたしは大きい子もすてきだと思うのよ。学校に通えばいいし、サマーにヘンリーみたいな年上のきょうだいができるもの。でもジョナサンは、大きい子だと赤ちゃんより愛情を持つのがさらに難しくなると思ってるの」

「反対してるの?」

「理解はできるの。というか、彼の身になって考えれば理解はできる、反対する気持ちもね。だって、サマーを心から愛してるのは、血が繋がってるからだと思ってるんだもの。養子をもらっても同じ気持ちになれないんじゃないかと不安で、一緒に暮らす子どもを妥協策だと思いたくないのよ」

「ある意味、やさしさよね」ポリーが言った。ぼくもそう思う。ジョナサンにはデリケートな面があるが、ブランドもののスーツや強がりの下に隠れてしまっている。

「ええ、接し方に差をつけたくないのよ。そしてなによりも、たとえ相手に悟られなくても、子どもに対する気持ちに差がつくのがいやなの。大事なのはどの子にも同じように愛情を注ぐことで、それができなければ自分を許せないと言ってるわ」

「じゃあ、どうするの？」

「どうするか決めるのは、承認がおりてからにすることにしたわ。でも正直なところジョナサンはちょっとおよび腰で、まあ、いまのわたしたちはあまりうまくいってないのよ」

「いやだ、じゃあみんな揉めてるのね」ポリーがうつむいた。

「そういうこと。いまはわたしたちのなかで唯一本当に別れたターシャが、いちばん元気かもしれないわ」

「いいことじゃない。いろいろ大変だったのに、よく頑張ったもの」

「そうなのよ。実は、ターシャに会わせたい人がいるの。ジョナサンの同僚で、夕食に招待しようと思ってるの。今度の土曜日に。ベビーシッターを見つけられる？」クレアが訊いた。

「ええ。でも、男性を紹介して大丈夫なの？　デイヴと別れたばかりなのに」

「さんざんな結果になる可能性もあるわ。でもターシャは引っ越してからあのフラットにこもりきりで、わたしたちにしか会ってないのよ。自信をつけてあげなきゃ。涙で終わるかもしれないけど、うまく行けば嬉し泣きするのはわたしになるわ」笑い声をあげたクレアにポリーがほほえんだ。

「わかった。とんでもない計画だとは思うけど、来るわ、マットも一緒に。ジョナサンはどう思ってるの?」

「仕切りたがりにもほどがあると思ってるわ。でも、なぜかそんなわたしを愛してもいるの」

「ターシャは?」マニキュアを塗った爪でテーブルをこつこつ叩いている。「彼女にも言い分があるんじゃない?」

「乗り気とは言えないけど、友だちと夕食を食べるのも悪くないと納得してくれたわ」

「つまり、うんと言うまで説得したのね?」

「そうなの」クレアがにっこりしてポリーの腕をつかんだ。「みんなで力を合わせて解決するのよ。いつもどおり」

「ミヤオ!」ぼくはテーブルに飛び乗った。よかった、ようやく建設的な意見が聞けた。まあ、実際に解決するのはぼくだろうけど。

「ママ、ママ! あたしの番なのに、サマーがジョージを抱っこさせてくれないの」マーサが怒った顔で戸口に現れた。

「いらっしゃい」クレアが言った。「一緒に解決しましょう」ポリーと笑顔で居間へ歩いていく。テレビにできることにも限界があるらしい。

ジョナサンの帰宅はかなり遅かった。クレアが起きて待っていたので、ぼくもつきあった。ジョージは隣で寝息を立てている。ジョージが寝ているときに出す音を聞くのは大好きだ。いつまでも寝顔を見ていられる。まあ、自分が寝るまでだけど。

「おかえりなさい、どうだった？」ただいまのキスをしたジョナサンにクレアが尋ねた。

「参ったよ。何時間も前に帰ろうとしたのに、帰してもらえなかった」

「気にしないで。それよりマットは大丈夫なの？」

「そうでもない。でも心配はいらないと思う。時間が必要なだけだ。明日は忙しいから、もう寝るよ」クレアの返事も聞かずに階段へ向かってしまった。クレアはちょっと悲しそうな顔でキッチンを片づけてから二階へ行った。

「ジョージ」ぼくはそっとジョージをつついた。このままここで寝かせておいてもいいが、やっぱりベッドで寝たい。ジョージが片目をあけてぼくを見た。「ベッドに行くよ」

「パパ？」小さな足を伸ばしながらジョージが言った。

「ん？」

「なんでみんな悲しい顔してるの？」

「なんのこと？」背中がぴくぴくした。張り詰めた雰囲気に気づいたのだろうか。

「週末はすごく楽しかったのに、フランチェスカもトーマスも悲しそうだったし、ポリーはちょっと辛そうで、クレアはみんなばらばらだって話してた。ターシャも。あのまま元気にならなかったらどうなるの？」切なそうな顔を見ると胸が張り裂けそうになったが、同時に誇らしくもあった。とても鋭い子に育ってる。父親そっくり――ジョナサンならそう言うだろう。

「ジョージ、心配しなくても大丈夫だよ。元通りにしよう、一緒に。ぼくの務めは折に触れて家族の力になることで、おまえの言うとおり、いまのみんなにはかつてないほどぼくたちの助けが必要だ。でもきっとなんとかなる。ぼくに任せておけ」

「パパならきっとできるね」ベッドに向かいながらジョージが言った。

小さなジョージに寄り添ったまま、考えをめぐらせた。これでアレクセイとジョージになにもかもうまく行くと約束したことになるのに、どこから手をつければいいのかわからない。いつだって乗り越えなきゃいけないハードルはあるものだけど、今回は多すぎる気がした。家族に共通しているのは愛し合っていることで、本当にばらばらになるとは思わないが、助けが必要なのもたしかだ。それも早急に。またしても、やることリストが増えてしまった。

リストのかなり下のほうへ押しやられているとはいえ、自分の傷ついた心にも折り合いをつけなきゃならないし、指導やさまざまな世話が必要なジョージに加えて人間の家族全員、少なくとも大人たちのことも考える必要がある。とりあえず子どもたちは大丈夫だろう。でもアレクセイは両親がうまくいっていないことに気づいてるから、そのうちほかの子たちもそれぞれの家庭でなごやかとは言えない雰囲気を感じ取るかもしれない。仔猫と同じで、子どももどんなに幼くても雰囲気を感じ取るものだ。つまり、ぼくには守るべき子どもと、問題を解決するべき大人がいて、しかもその方法をすぐ考えるとジョージとアレクセイに約束したことになる。

眠ろうとしても、頭が冴《さ》えて眠れなかった。

フランチェスカは遠くへ行ってしまうのに、どうやって大きいトーマスに、家族のために長時間働くと家族そのものに危機が訪れるとわからせればいいんだろう。ポリーとマットには、交換した役割はどちらにも合っていないけれど、きっと立て直せるとどうやってわからせればいいんだろう。そしてクレアとジョナサン。そう、あのふたりがある意味いちばん心配だ。クレアのお父さんに諭されたにもかかわらず、心が離れてしまっている。ジョナサンはいまだに血の繋がらない子どもは愛せないと思ってるけど、とんでもない。ジョージに対するぼくの気持ちがその証拠だ。たとえ血が繋がった子でも、これ以上は愛せない。どうしてジョナサンにはそれがわからないんだろう。どうしてクレアはそう言ってやらないんだろう。またしても、すべてぼくがやるしかない。猫のちっぽけな肩に重い責任を負い、みんなを幸せにするために長く険しい道を進むのだ。そのうえ、街灯に貼られた写真の謎も解かなければならない。よからぬことが起きているなら、真相を突き止めないと。それも急いで。

これからどうするか考えると髭がうずいたが、とにかくやるしかない。

Chapter 22

フランチェスカがポーランドへ行ってから、トーマスはしょっちゅううちに来てジョナサンとビールを飲んでいる。フランチェスカがいないと魂が抜けたようだ。職探しに進展がないマットは役立たずになった気分でいる。ポリーはいまの暮らしに慣れ、仕事と子どもたちの世話を上手にさばいているが、マットの反応が心配でまだ仕事の話をまともにできずにいる。クレアとジョナサンは何度もソーシャルワーカーに会い、里親になることが承認されるかもうすぐ連絡が来るはずだ。どうやらそのせいでふたりのあいだの溝がいっそう広がったらしく、相変わらずお互いよそよそしい。みんなの状況はわかっているのに、どうすればいいのかさっぱりわからない。

今夜はターシャが夕食を食べに来ることになっていて、ぼくも会ったことのないジョナサンの友だちだか同僚だかも来るので、いいアイデアが浮かべばいいと期待していた。みんなまた元気になるのかとしつこく訊いてくるジョージに対しては、うまくはぐらかしながら、すぐそうなるようにぼくが手を打つと答えている。でも、実際は途方に暮れていた。

「タイガー、今回はこれまでと違うんだ」

「いつだって違うわよ、アルフィー。これまであなたがしてきたことを忘れたの？　数えきれないほど危ない目に遭ってきたじゃない。木からおりられなくなったり、危うく殺されかけたり。いまはジョージがいるんだから、干渉せずに人間に任せておいたら？」一理あるが、それはできない。ぼくはそういう猫じゃない。

「ジョージのためでもあるんだ。ジョージと子どもたちのためにも、なにを失いかけてるか、大人たちにわからせる必要がある。みんなをひとつにするには、ぼくが我が身を危険にさらすしかない気がするんだよ」

「言いたいことはわかるけど、どうするつもり？　自分に火をつけるの？　うまく切り抜けられる危険なんてそんなにないし、やれることはすべてやったんじゃない？」険しい顔をしている。

たしかにそうだ。これまでたくさんのことを乗り越え、できることはもうあまりなさそうだ。いくら命が九つあろうと、これ以上失うのは避けたい。もっと安全に問題を解決する方法を考えたほうがよさそうだ。

「わかったよ。ちょっと考えてみる。それにひょっとしたら、あくまでひょっとしたらだけど、みんなが自力で解決する可能性もある。でももしだめだったら、どうするか一緒に考えてよ」

「いいわ。でも、行方不明の猫はどうするの？」ぼくのことをよくわかってる。

「ごみばこに調べてもらってる。ぼくとしてはいまも深刻なことじゃなくて、あくまで妙な話ならいいと思ってるんだ。でも当面は成り行きを見守るしかない」

「ミャウ、ミャウ、ミャウ」上を見ると、ジョージが前足で枝にしがみついていた。

「鳥をつかまえようとしたんだ」ジョージが言った。「落ちちゃうよ」

大変だ。「そこにいろ、ジョージ。すぐ行く」おろおろするぼくをタイガーが目で制した。

「大丈夫よ、ジョージ」落ち着いた声で話しかけている。「飛びおりてごらんなさい。下は草だし、枝を放せば足から着地するわ」ジョージは不安そうにこちらを見ているが、タイガーの言うとおりだ。地面までそれほど距離はない。これからはあまりおろおろしないようにしよう。

「聞こえただろ、ジョージ。大丈夫だ。ぼくたちがついてる」ようやくジョージが枝を放し、四本足で着地した。

「わあ、おもしろかった。もう一回やってもいい？」楽しそうだ。

「今日はだめ」タイガーがぼくと同時に答えた。タイガーにほほえみかけると、笑顔が返ってきた。お互いに子育てが上手になってきた。そう思うとタイガーへの愛おしさがこみあげた。でもいまはそんなことを考えてる場合じゃない。もっと大事なことがある。

そのあと、ジョージと家に帰って夕食にイワシを食べた。ジョージには体じゅうくまなく毛づくろいさせた。みんなが来るから、精一杯おしゃれしないと。下ごしらえしておいた料理をつくりはじめたクレアは、とてもきれいだった。ワンピースにハイヒールを履き、髪をうしろへ流していて、お化粧もしているが自然に見える。料理しながらハミングしていた。ジョナサンは二階でサマーをお風呂に入れ、寝る用意をさせている。娘と笑っているから、いくらか機嫌がよさそうだ。水が跳ねる音やキャッキャッとはしゃぐ声が聞こえる。みんなが来る日はいつもわくわくする。社交的なぼくは人間といるのが大好きだし、みんな人前では喧嘩しないから今夜は言い争いになることもないだろう。和気あいあいとした楽しい集まりになるはずで、いまのぼくにはそれがなにより必要な気がした。

最初に来たのはターシャだった。ジーンズにきらきらしたトップスにハイヒールという出で立ちだ。持ってきたワインをクレアに渡したターシャが、飛びついたジョージを抱きあげた。

「落ち着いて、ジョージ」にこにこしている。ジョージはきらきら光る服をうっとり見ていた。小さな鏡がたくさんついてるみたいだから、そこに映る自分を見つめているに違いない。ターシャはやさしくジョージを撫でてからそっと床におろし、クレアからワインが入ったグラスを受け取った。

「大丈夫?」

「緊張してるわ。初対面の男性が来ると言われたせいもあるけど、エリヤがあいつといるんだもの」

「ええ、でもデイヴのお母さんも一緒なんでしょう?」外泊にはデイヴの母親の家でならという条件がつけられたのだ。ターシャは母親がいないとエリヤが危険な目に遭うと思っているらしい。ぼくにはよくわからないが、たったひとりの孫がかわいくてしかたないデイヴのお母さんは喜んでいるに違いない。

「わかってる、お母さんのパットがいてくれてよかった。かわいそうに息子のしたことにすごく罪悪感を抱いてるから、いつでも好きなときにエリヤに会えることを忘れないでって言い聞かせてるの。とにかく、つまらないことは考えないようにするわ」

「今夜はただの気楽な夕食会よ。たまたま初対面の独身男性も来るけど、心配するようなことにはならないわ」

「わたしが酔っ払ってばかな真似をするかもしれないわよ」

「ターシャ、そんなことないわ、やるとしたらわたし。さあ、座ってくつろいで」

ぼくはターシャの膝に飛び乗った。ぼくを撫でるうちに、ターシャが落ち着いてきたのがわかった。喉を鳴らして、きっとうまくいくよと伝えると、にっこりしてくれた。ジョナサンがキッチンにやってきた。ジーンズにぴしっとアイロンのかかったシャツを着ていて、すごくかっこいい。

「やあ、ターシャ」頬にキスしている。そのあとクレアにもキスして冷蔵庫からビールを出し、うろうろしはじめた。「なにか手伝おうか？」

「いいえ、用意はすんでるわ」クレアはこういうことは見事に切りまわす。テーブルにはろうそくと食器が並んでいるが、ごちゃごちゃしすぎてはいない。ワイングラスはぴかぴかで、おいしそうなにおいがするが、魚はないようだ。

「ねえ、どんな人なの？」ターシャが訊いた。「わたしと引き合わせるつもりじゃないでしょうけど、そう思えてしかたないのよ！」

「ターシャ、きみの予想はあたってるよ。ぼくのきれいな奥さんに抜かりはない」ジョナサンが笑った。クレアも珍しく笑顔で、それはふたりが本当は固い絆で結ばれているなによりの証拠だ。「まあ、ともかく、マックスは四十四歳のバツイチで、大学生の子どもがひとりいる。つまり、結婚が早かったんだ。結婚生活は二十年だった。特に揉めたわけじゃない。少しずつ心が離れていったらしい」

「同じ会社で働いてるの？」

「ああ、ぼくみたいに株を取引きしてる。いい仕事についてる気持ちのいい男だよ。ちなみにかなりおもしろいやつだ。ゴルフが好きだが、その点は責めないようにしてる」ゴルフがなにか知らないが、ジョナサンは正真正銘のサッカー好きで、試合を見るのが家だろうがパブだろうがいつもビールを飲む。ゴルフも似たようなものなんだろう。

「すてきな人みたいね。でもだれかとつきあう気になれるかわからないの。早すぎるかもしれない」

「ばか言わないで」クレアが割って入った。「その人と結婚しろとは言ってないわ。でも新しい人に会っても害にはならないし、たまにデートするぐらいなんでもないわ。女だって食事はしなきゃいけないんだから」

「おいおい、なにか忘れてないか？　ターシャはマックスを気に入らないかもしれないぞ」ジョナサンが茶化した。

「あら、ぜったい気に入るわよ。すごくハンサムだもの」クレアの言葉にジョナサンが傷ついたふりをした。

食事をするスペースの隅に柔らかい椅子があり、そこにいるジョージのところへ行くと、ジョージはにやにやしていた。気持ちはわかる。みんなが笑顔でくつろいでいるのを見ると嬉しくなる。チャイムが鳴り、目の前でくり広げられる光景を見るうちに、気分が前向きになった。タイガーの言うとおり、この調子ならすべて解決するかもしれない。

クレアが言ったことは本当だった。マックスはすごくハンサムだ。長身で髪に白いものが混じり、笑顔がやさしい。ぼくとジョージをかわいいと撫でまわすマックスを、その場で好きになった。ターシャもかなり気に入ったようで、顔を赤らめてさかんに髪をいじっていた。ポリーとマットも機嫌がよく、それどころか相手に対する態度に愛情がこもっていた。普段は三組の夫婦のなかでいちばんべたべたしていて、映画に出てくるカップルみたいにいつも手をつないだり抱き合ったりキスしたりしているのに、最近はあまりしていなかった。だから元通りのふたりを見ていると、ほのぼのした気持ちになった。映画みたいなキスはしていないが、ポリーはマットの腕に手をかけているし、マットはフォークを持っていないときはポリーの脚に手を置いている。笑い声にあふれた楽しい時間は久しぶりで、考えてみればジョージにとってはうちに来てから初めてのはずだ。

短い時間しかたっていないのに、ジョージがいない日々を思いだせないぐらいなのが不思議でならなかった。スノーボールと過ごした日々を忘れたわけではないけれど、ジョージはこれまでのなによりも、だれよりもぼくの生活の一部になっている。ジョージがいなかったころのことは、ほかの猫に起きたことのような気がする。これって、おかしいのかな。

「そういうわけで、来週、上司と夕食に行かなきゃいけないのよ。クレア、子どもたちを預かってもらえる?」ポリーが訊いた。

「もちろん。いつ?　ジョナサンがいれば喜んで預かるわ」

「木曜日よ」

「ぼくは大丈夫だ」ジョナサンが言った。

「なんだか不思議だよ。ぼくが働いてたときは、上司との夕食の席にしょっちゅう耐えなきゃいけなかったのはポリーだったのに、いまはぼくが奥さんの上司に愛想を振りまかなきゃいけないなんて。ポリーほどうまくやる自信がないよ」マットの口調に苦々しさはない。

「みんなあなたに好感を持ってくれるわよ。ぎこちない席になるのは認めるわ。でも、わたしはあなたの会社の夕食会に数えきれないほどつきあわされたのよ」

「ああ、そうだな。きみはいつも目がくらむほどきれいだった。心配するな、精一杯頑張るよ」マットがポリーの頬にキスした。

「そうね、わたしのママ友たちにも愛想を振りまいているものね」ポリーが茶化した。

「愛想を振りまく？　ぼくは彼女たちにつかまらないように、必死に避けてるんだぞ。あの連中は怖いだけじゃなく、しつこく無脂肪ラテやピラティスに誘ってくるんだ」マットが笑い、みんなも笑い声をあげた。

「仕事はなにをしてるんだい、マット」マックスが訊いた。ぼくは固唾《かたず》を呑んだ。

「いまはなにもしてない。いや、なにもしてないわけじゃないな。主夫をしてる。デジタルデザイン会社に勤めてたんだが、倒産してね。就職志望は山ほど出したが、いまはぼくの年齢に合うポストがあまりないんだ」

「ピラティスを始めるはめになるぞ」ジョナサンが軽口を言った。

ジョージは隣でぐっすり眠っているが、ぼくはみんなの話に耳を傾けていた。どうやらマックスの兄弟が、マットが以前勤めていたような会社の共同経営者で、その会社のことはマットも知っているようだった。求人しているかどうかマックスは知らなかったが、喜んで兄弟に訊いてみると言った。マットはすごく喜んでいて、ぼくは世界は狭いものだとつくづく思った。はしゃぐターシャを見てクレアもジョナサンも嬉しそうだし、マットとポリーは愛し合っているのがよくわかる。今度ばかりはぼくの助けがなくても問題が解決するかもしれない。そんな期待に胸を躍らせているうちに、眠ってしまった。

別れを告げるターシャとポリーの声で目が覚めた。ジョージはぴくりとも動かなかったが、ぼくは外まで見送ってなにも問題がないか確認した。みんな楽しそうにはしゃいでいて、ぼくが玄関から出たことに気づかなかった。門のところへ行くと、手をつないで帰っていくマットとポリーが見え、心が温かくなった。マックスは、タクシーを待たせてターシャを送ると申しでた。ドライバーに話しかけ、ポリーとマットの家とは逆の方角にあるフラットへターシャと一緒に歩きだした。

「まだ立ち直っていないだろうが、今夜は楽しかった。だからもしよかったら、いつか夕食でも……」マックスの声が聞こえる。やっぱりいい人だ。ハンサムなだけでなく、やさしい。

「喜んで」ターシャが答えた。笑みをこらえきれない様子で、月光を浴びた顔がとてもきれいだ。マックスが足を止めて携帯電話を出し、ターシャから連絡先を教わっている。ぼくは満足して家に戻った。

猫ドアから入ろうとして、弾き飛ばされてしまった。

「うわっ」夜は鍵をかけてあるのをうっかり忘れていた。いつになったら覚えるんだ？ちょっと焦った。朝まで締めだされたらどうしよう。ジョージが目を覚ましたとき、そばにいなかったら？　キッチンの窓枠に飛び乗ると、ジョナサンがいたのでほっとした。グラスを片手に流しを見つめている。

「ミャオ！」大声を張りあげ、ひりひりする頭をガラスにぶつけた。

「なんだ？」ジョナサンがびくっとしてグラスを落とした。ぼくは裏口へ走った。「びっくりして死ぬかと思ったぞ、アルフィー」ぼくはジョナサンをにらんで横をすり抜けた。自由を奪われた気持ちがわかるもんか。そう言ってやりたいが、とうぜんながら猫のぼくにできっこない。

Chapter 23

今夜はヴィクとヘザーの家で隣人監視活動の集会がある。ぼくは居間の窓からふたりの家に次々と入っていく人々を眺めた。ポリーとクレアも参加する。落ちこんでいるマットに集会は無理だとポリーが言ったので、クレアが援軍を申しでたのだ。ターシャはエリヤの世話があるので行けないのをちょっと残念がり、みんなを笑わせた。でもみんなの言うとおり、これからいくらでも出席する機会はあるはずだ。冗談はさておき、集会で役に立つ情報を聞けるかもしれないから、ぼくも出席できないのは残念だった。

仕事帰りでスーツ姿のポリーとジーンズにセーターを着たクレアがグッドウィン家に入っていくのを、うらやましく思った。でもジョナサンと一緒にクレアの帰りを待つしかない。サマーはベッドに入り、ジョージも肘掛椅子で眠っているので、ぼくはジョナサンとソファに座ってニュースを見た。とりあえず猫に関するものはなかったので、街灯の猫の件はまだ大ニュースにはなっていないようだが、やっぱり気になった。貼り紙は増えているのに、ぼくの仲間がだれも行方不明になっていないのも変だ。ごみばこにはまだ会えていないが、なにが起きているにせよ、エドガー・ロードだけ巻きこまれずにすんでるなんてことがありえるだろうか。そもそもなにが起きているんだろう。いずれにせよ、集会でその話をするはずだから、あとで聞けるだろう。

いつのまにかジョナサンは眠ってしまった。よくあることで、いびきをかいたりよだれを垂らしたりしているのに、目を覚ますと寝てないと言い張るのだ。ジョージもぐっすり眠ってるのを確認してから、体をほぐすために庭に出た。猫ドアを抜けると、目の前にタイガーがいて驚いた。月の光で毛がきらめき、深刻な顔をしている。

「どうしたの？」ぼくは訊いた。

「よかった、家のなかに入らなきゃいけないかと思ってたわ」

「タイガー、言っただろ。クレアもジョナサンも気にしないよ」ジョナサンはちょっと大騒ぎするかもしれないが、結果的には大丈夫なはずだ。それにどうせいまはいびきをかいて眠ってる。

「ずっと待ってて寒かったけど、どうしてもあなたに会いたかったの」きらめく瞳に不安が浮かんでいる。

「なにがあったの？」

「街灯の猫よ、深刻なことが起きてるみたい」

「やっぱり。だからグッドウィン家で集会があるんだね」

「ええ。うちの飼い主はやきもきしていて、注意しろって言われたわ。外に出してもらえなくなるかもしれない。でも、最悪なのはそのことじゃないの。今夜新しいポスターが貼りだされて……」

「なんだい、タイガー」タイガーは動揺するとしどろもどろになることがある。ぼくは辛抱強くなろうとしたが、辛抱強さはぼくの長所じゃない。

「ピンキーだったのよ！　ピンキーの写真だったの」

「どこかの冷蔵庫にいるだけじゃないの？」一応訊いてみたものの、悪い予感がした。

「行方不明なのよ、アルフィー。街灯に写真が貼られてる。つまり、本気で心配する必要があるのか考えてるうちに、知ってる猫がいなくなってしまったのよ、エドガー・ロードの猫が。もう知らん顔はできないわ。なにかまずいことが起きてるのよ。わたしは大げさに騒ぐタイプじゃないけど、仲間が行方不明になるのを黙って見てなんかいられない」こんなに動揺しているタイガーは初めてだ。

「落ち着いて。わかった、よく考えてみよう。ピンキーが家出するはずがない。飼い主を好きだったもの」

「そうよ。暮らしぶりに満足してたわ」

「うん、だったらやっぱりきみの言うとおり、なにか起きてるんだ。ごみばこに会ってくるよ。このあいだ相談したんだけど、フランチェスカたちがポーランドに行ってるから、そのあと会ってないんだ。でもジョージをどうしよう。あの子を連れていくには遠すぎる」

「わたしが見てるわ。一緒に行きたいけど、だれかがジョージを見てないと」

「わかった。心配しないで、タイガー。ぼくに任せておいて」

「アルフィー、仲間に悪いことが起きてほしくないわ」

「大丈夫」ぼくはありったけの自信を言葉にこめた。「ぼくがそんなことさせないよ」

家に戻ったときは足が震えていた。今回の展開で、自分でも認めたくないほど不安になっていた。身近で起きたからには、もう無視できない。疲れているジョナサンは起きて待つのをやめたようなので、ぼくもジョージをベッドに連れていった。起きていようとしたけれど眠気には勝てず、クレアが帰ってくる前に眠ってしまった。

嬉しいことに、朝食を食べながら集会についてクレアがジョナサンに話していた。

「あの人たちがかなりの変人なのはわかってるけど、どうやら相当の数の猫が行方不明になってるみたいなの。あのふたり、スプレッドシートとか、いろいろつくってたのよ。いくらここがロンドンでも、さすがにちょっとぞっとしたわ」

「冗談だろ」トーストをもぐもぐ噛みながらジョナサンが言った。「スプレッドシートなんかで、どうするつもりなんだ？」そこに注目するところは、さすがにジョナサンだ。

「猫がいなくなった場所を図にしたら、このあたりを三角形に囲う通りに集中してたのよ。飼い主たちも協力して探してるんですって。ねえ、これだけ数が多いと、もう家出とか交通事故なんて言っていられないわ」心配している。ぼくはかわいそうなピンキーのことを考えた。「それに、今度ばかりはグッドウィン夫婦も役に立ってるわ、ただのおせっかいじゃない」

「そうだな、ふたりの言い分ももっともだ。でもどうするつもりでいるんだ？」

「近所を調べてほしいと言われたわ。怪しいことがないか注意して、なによりも自分の猫を守るようにって」

ジョナサンがクレアを見た。「まさかアルフィーとジョージになにかあると思ってるのか？」ようやく深刻に受けとめだしたらしい。「警察には通報してあるのか？」

「ええ。でも迷い猫を最優先で扱ってくれるとは思えないし、わたしたちで早く真相を突き止めれば、犯人に猫をさらわれることもなくなる。外に出さないほうがいいんじゃないかって、みんな悩んでたわ」

「でも、アルフィーは気に入らないと思うぞ。とりあえず、それは最後の手段にしよう」

「早く解決してほしいわ。でないと、そうするしかないもの」

「マットに電話して、仕事から戻ったら一緒にちょっと調べてみるよ」

たいした計画とは思えないが、やらないよりましだ。閉じこめられるなんてとんでもない。そんなことになったら、どうやって街灯の猫たちや家族を助ければいいんだ？

「ジョージ、そんなことしないでこっちへ来なさい」クレアが叱った。ジョナサンが仕事に行ったあと片づけをしていたら、ジョージがここぞとばかりに遊びはじめたのだ。最近戸棚にスーパーのビニール袋がしまってあることに気づき、すっかり気に入ってしまった。いまは袋にもぐりこんでキッチンじゅうをすべっている。サマーは笑いながら追いかけているが、クレアは不機嫌だ。

「危ないのよ」クレアはそう言うが、危なくはない。袋には穴があいているから息はできる。ぼくは親なんだからそれくらい気づいている。ようやくクレアがジョージをつかまえて袋から出した。「ジョナサンが帰ってきたら、戸棚をいたずらできないようにしてもらいますからね。もうビニール袋で遊ぶのはなしよ」ジョージは心底がっかりしている。箱でもじゅうぶん楽しめると、あとで教えてやろう。クレアがあわてた様子でジョージを床におろし、サマーを着替えさせに行った。今日はターシャの仕事が休みなので、子どもたちを連れて一緒に出かけるのだ。ターシャはゆうべマックスとデートだったから、クレアはその話が聞きたくてうずうずしている。ぼくも聞きたいが、残念ながら一緒には行けない。タイガーに子守りをしてもらってごみばこに会いに行くからだ。

「一緒に行ければいいのに」ジョージが言った。

「無理だよ。サマーのベビーカーかなにかにもぐりこまない限り」ぼくは考え事をしながら居間へ行った。そこからだと窓越しに世の中で起きていることが観察できるのだ。

「行ってくるわね、アルフィー、ジョージ」しばらくすると、クレアの声がした。ソファに寝そべってひと眠りしようとしていたぼくは、はっとして飛び起きた。なにかおかしい。なにがおかしいのかわからないし、思い過ごしかもしれないけど、違和感がある。ぼくはジョージを探した。家じゅうを探しても見つからなかった。ため息をつき、また勝手にかくれんぼを始めたんだろうとうんざりした。迷惑もいいところだ。しかたなくいつも隠れる場所を片っ端から見てみたが、いたずら小僧はどこにもいなかった。家のなかにはいないと判断し、外に出た。ぼくが居間にいるあいだにこっそり出たのかもしれない。親失格だ。庭を探しても見当たらず、ぼくはパニックになりそうなのを抑えてタイガーを探しに行った。ありがたいことに、タイガーは家の前庭にいた。

「いなくなったってどういう意味?」タイガーが言った。

「クレアは留守で、ジョージがどこにもいないんだ」どうしよう。街灯の猫が思いだされ、戦慄が走った。ジョージ、ジョージ!

「心当たりは全部探したの?」タイガーもパニックになっている。

「うん。二度探した。見かけてない?」すっかり取り乱していた。

「見てないわ。外に出たとしても、こっちには来てない。公園に行ってみましょう、あの子は公園が好きだから」落ち着きを取り戻している。ぼくにはできないことだ。初めての感情に襲われていた——心の底からの恐怖感。ジョージが隠れるたびに軽くパニックになるけど、家のなかならいくらか余裕を持てた。でも外となると……なにが起きてもおかしくない。

「ひとりで外に出ちゃいけないって言っておいたのに！」目を離すべきじゃなかった。でもジョージがこんなに身勝手とは思わなかった。ひとりで出かけるなと注意したのに。何度も何度も。

タイガーと無言で公園へ走った。ジョージはまだ子どもで、道の渡り方もよくわかってない。危険は至るところにあり、いろいろ教えはしたものの、じゅうぶんではない。

公園にもジョージはいなかった。

ぼくは家に戻ってへたりこんだ。泣きたかった。走ったせいで後ろ足が痛み、生きた心地がしなかった。悲痛な声を出すことしかできなかった。

「ここにいて、アルフィー。ジョージを見かけてないか、みんなに訊いてくる」タイガーも取り乱しているが、懸命に表に出さずにいる。

「タイガー、きみがいなかったらどうなってたかわからないよ」

「すぐ戻るわ」タイガーが駆けだした。ぼくは前庭に横たわり、ジョージを無事に帰してくださいと猫の神さまに祈った。公園ではジョージが隠れそうな木も茂みも花壇もすべて調べたけど、どこにもいなかった。いったいどこにいるんだろう。無事に戻ったら、二度と目を離さないと誓う。一分たりとも。なんであんなに無責任なことをしてしまったんだろう。

何年もたった気がしたころ、タイガーが戻ってきた。元気がない。

「だれも見かけてなかったわ。ああ、どうしよう、本気で心配になってきたわ。外に出たなら、だれかが見てるはずなのに。おかしいわ」ぼくもそう思う。「サーモンも見かけてないのよ。いつも近所を監視してるサーモンですら。クレアがベビーカーを押して出かけるところしか見てないと言ってた。ほかの仲間も探してくれてるわ」

「なにがあったんだろう。神隠しに遭ったみたいだ。街灯の猫がほんとに深刻な問題で、ジョージもさらわれたんだとしたら?」もう半狂乱で息ができない気がする。「あの子がさらわれたなんて、思いたくない」

「アルフィー、かける言葉が見つからない――」タイガーがふいに言葉を切った。「見て」

振り向くと、帰ってくるクレアとターシャが見えた。クレアはサマーのベビーカーを押し、その横を歩くエリヤはターシャと手をつないでいる。サマーの膝にしゃあしゃあと座るジョージを見たとたん、ほっとして力が抜けた。近づいてくるみんなを見つめながら呼吸を整えようとしたが、激しい鼓動が収まらなかった。

「あら、アルフィー、ジョージを探してたの?」クレアが言った。「このいたずらっ子ったら、ベビーカーのわたしのバッグにもぐりこんでたのよ」ジョージを抱きあげている。「子ども用のプレイセンターへ行こうとしてたんだけど、ジョージを連れていくわけにはいかないわ。ほら、ジョージ、あなたはここにいなさい。子どもたちがぐずらないうちに戻らないと」クレアが首を振り、ぼくを撫でて去っていった。

クレアたちがいなくなると、ぼくはタイガーと目を見合わせた。

「二度とこんなことするんじゃないぞ」ぼくはジョージを叱った。こんなに腹が立つのもほっとするのも初めてだった。

「どうして?」

「死ぬほど心配したのよ」タイガーが言った。「ジョージ、人間とひとりで出かけてはだめ。万が一そういうことがあるとしても、アルフィーに言ってからでないと」

「どうして?」

「ぼくもタイガーも心配したし、おまえを大切に思ってるからだ。でもいまはおまえにすごく怒ってる。どういうつもりだ?」まだ幼いジョージに街灯の猫の話をして怖がらせたくないが、危険を意識させたい。子育ては、はたで見るほど簡単じゃない。

「だって、パパはターシャとあの男の人の話を聞きたいって言ってたじゃない。楽しかったみたいだよ。フレンチレストランとかいうところに連れていってもらって、シャンパンとかいうものを飲んで楽しい夜を過ごしたんだって。また会う約束をしたけど、急がない。

ことにしたみたい。ターシャはまだつきあう気になれるかわからないでいるけど、楽しかったことは認めてた」

それを聞けて嬉しかったが、同じくらいまだ怒りと恐怖を感じていた。ターシャが楽しめたのはいいことだし、きちんと聞き取ってきたジョージもりっぱだが、面と向かって言うつもりはなかった。

「たしかに一緒に行きたいとは言ったけど、無理だとも言ったはずだ。行きたいところへどこでも行けるわけじゃない、どんなに行きたくても」ぼくも一度バッグにもぐりこんでみんなと海へ行ったことがあるが、その話をする気はない。「危ないんだ。無謀だし、タイガーもぼくも心配でどうかなりそうだったんだぞ。なかに入っておとなしくしてろ。ぼくは今回の件をどうするか考える」

「ごめんなさい」ジョージがかわいい顔をしてみせた。

「そんな顔をしてもだめだ。お仕置きする。さあ、家に戻って。もうぜったいぼくに黙って出かけるんじゃない」

裏口の猫ドアへジョージを追い立てるぼくにタイガーもついてきた。そして少し離れたところで、ジョージに家のなかへ入るように告げるぼくを見ていた。

「ほっとしたわ」タイガーが言った。「あの子がいなくなったときは、本当にどうしようかと思った」

「うん、ぞっとした。言葉にできないぐらい」

「わかるわ。わたしもあの子を愛してるもの」

「ぼくたちはジョージの親なんだ。家族といるあいだに、親がどんなに心配するものか見てきたけど、いまはその気持ちがよくわかる。家族みんなのことも心配だけど、ジョージに感じた気持ちはまた別だった」うまく説明できない。

「それは、ジョージはあなたの子どもだからよ」タイガーが言った。「とにかく、みんなにジョージは無事だと知らせてくるわ。きっとまだ探してくれてるから」

「ありがとう。それと、タイガー」

「なあに？」

「ジョージはぼくの子どもじゃない、ぼくたちの子だ」

タイガーが鼻をこすりつけて去っていった。ぼくはいろんな感情が混じる複雑な気持ちを抱えたまま〝ぼくたちの子〟に対処するために家に戻った。

その日、ジョージの態度は非の打ちどころがなかった。近づいてはいけないものには近づかず、なにかする前にぼくの確認を取った。いつもこんなにいい子でいてくれると助かるが、そうなったらなったで、いたずらっ子の一面がちょっと懐かしくなるのだろう。サマーが帰ってくると、ジョージをつかまえて服を着せるために二階へ連れていった。帽子やスカーフや人形の服を無理やり着せられれば、お仕置きとしてはじゅうぶんだろう。それでも、あの子が本当に行方不明になりかねないという思いが頭から消えなかった。できるだけ早く街灯の猫の謎を解明しなくては。

Chapter 24

これ以上ぐずぐずしている場合じゃない。ぼくは朝のうちにジョージをタイガーに預け、ごみばこに会いに行った。タイガーがいてくれてよかった。ちらりと振り返ると、二匹が並んで見送っていて、それを見ると胸が痛んだ。こうするのは仲間のためだが、なによりもタイガーとジョージのためだ。道順も、避けるべき危険——たいていは車やへんてこな犬だ——もわかっていたので、できるだけ急いだ。さほど手こずることもなく裏道からごみばこのいる裏庭に到着し、短時間で来られたことに気をよくした。

「よお、アルフィー」ごみばこが言った。「驚いたな、会えて嬉しいよ」

「ぼくが来た理由を聞いたら、気が変わるかもしれないよ」ぼくはその後の展開を話した。「というわけで、街灯の猫は思ってたより深刻な問題の可能性があるんだ。これ以上、仲間が危ない目に遭ってほしくない」

「ああ。手に負えない状況にならないうちに、解決する必要がありそうだな。おれは改めて仲間に会って、緊急事態だと伝えるよ。みんなで協力すれば、なんらかの情報を得られるはずだ。あんたはさしあたって警戒を怠らずにいて、なにかあったらすぐ教えてくれ」

「連絡網をつくろうと思ってる。そうすれば、ぼくが来られないときは、タイガーかだれかに来てもらえるからね。ジョージから目を離したくないんだ、あの子になにかあったらと思うとぞっとする」

「わかった。少し時間がかかるかもしれないが、なにかわかったら、こっちから会いに行く」

「ぼくがどこに住んでるか知ってるの？」

「ああ、興味があったから、トーマスについていったことがある」ぼくの髭が立った。

「たしかにちょっと詮索しすぎだったかもしれない。あんたが住んでるところを見てみたかったんだ。話は違うが、アレクセイたちに会いたいよ」

「ぼくもだよ。早く帰ってきてほしい。行方不明の猫たちも帰ってきてほしい。街灯がただの街灯に戻ってほしいよ」ぼくは不安でいっぱいだったが、ごみばこの存在がなによりも心強かった。

　状況が嘘みたいに好転することがある。時間の経過とともに状況も変わる。さっきまでみんな悲しそうだったのに、次の瞬間には幸せになって……えーっと、どこから話せばいいだろう。

ごみばこに会ったあと家に帰ると、ターシャが来ていてマックスとの二度めのデートについてまくし立てていた。ものすごく幸せそうだった。振られる前からいつのまにかデイヴへの気持ちが冷めていたことに気づき、まだ慎重ではあるけれど幸せになってもいいんだと思いはじめたのだ。そしてクレアもターシャに言ってたけど、幸せはいつ訪れるかわからないから、つかめるときにつかむべきだ。しかもマックスにも子どもがいるから、エリヤを第一に考えるターシャの気持ちを理解している。うまくいけばいいと思う一方で、またターシャが傷つくんじゃないかと心配だった。でも心配性はぼくの性格だから、しかたない。

「とにかく」ターシャが言った。「マックスといても、なんのプレッシャーも感じないの。もちろんこれからどうなるかわからない。でもどうなろうと、彼のおかげで、わたしだけがデイヴとの関係がうまくいくように頑張ってたってわかったわ。エリヤは関係を保とうとする最後の抵抗だったのよ。当時はわからなかったけど、そう思うとうなずけるの」

「思いもしなかったわ」クレアが言った。

「デイヴはとにかくものぐさだったわ。ずっとそれを我慢してたのに、愛してると思いこんでた。まあ、たしかに愛してはいたけど、その価値がない男だったのよ」ターシャがキッチンでサンドイッチを食べているエリヤに目を向けた。向かいに座るサマーはサンドイッチをちぎっては床に投げ、下ではジョージがおいしいものが落ちてくるのを待ちかまえている。幸い、落ちてきたのはチーズの切れ端だった。ジョージの好物。

「サマー、投げたりしないでちゃんと食べなさい」クレアが叱った。「そうね、失って初めてそれがどれほど大事だったか気づくこともあるし、失って初めて、そもそもいらないものだったと気づくこともあるわ」

「最初の旦那さんもそうだったの？」ターシャが訊いた。クレアの最初の夫には会ったことがない。エドガー・ロードに引っ越してきたのは離婚したあとで、あのころのクレアはすごく辛そうだった。

「彼は支配欲のかたまりで、そのあとつきあったジョーはあなたも知ってのとおり、輪をかけてひどかった。たぶんあなたはデイヴといる時間が長すぎて、人生の一部みたいになった彼に慣れてしまって、本当は幸せじゃないことに気づけなかったのかもしれないわ」

「そうね。あなたは気づいてた？」

「正直な答えが聞きたい？　気づかなかったわ。そもそもデイヴのことはあまりよく知らなかったし、ジョナサンも鋭いほうじゃないもの。でもジョナサンは野心家だから、野心のない男は理解できないのよ」

「デイヴには野心がなかったわ。なのに、のんびりしてるだけだと思っていて、どれほどものぐさかわかってなかった。わたしは彼の二倍働いて、住む家を見つけて、ほとんどすべてひとりでやってたのよ。まあ、わたしのことはもういいわ。あなたはどうなの？　エリヤ、果物食べる?」会話をしながら、我が子にもきちんと目を配れる親たちには驚かされる。ジョージのために、ぼくもあのテクニックを身につけないと。うなずいたエリヤを見て、クレアがターシャにバナナを渡した。

「見て」クレアがトースターのうしろから封筒を取ってターシャに差しだした。

「なに?」ターシャがなかの手紙を出して読んだ。「すごいじゃない、認められたのね!」

「ええ。認可がおりて、ソーシャルワーカーには、大きい子どもでよければあまり待たずに養子にできると言われたわ。でも、ジョナサンにはまだ話してないの」

立ちあがってクレアを抱きしめている。

「手紙はいつ届いたの?」

「先週よ。ばかみたいでしょう? どうしても養子がほしいから、ジョナサンにいやだと言われたら自分がどんな気持ちになるかわからないのよ」

「大きい子をもらって大丈夫なの?」ターシャは心配そうで、それはぼくも同じだ。

「ええ。動機は間違ってないし、さんざん考えたことだもの。サマーにきょうだいをつくってやりたいし、家族も増やしたい。赤ちゃんは現実的じゃないわ。わたしたちはもうそんなに若くないし、待ってる人が大勢いるから、赤ちゃんをもらえるころにはサマーは大学生になってしまう」考えこんだ顔をしている。ぼくはクレアの考えは甘いと思う。サマーが大学生になる? あんなふうに威張り散らしていたら、大学に入るはるか以前に退学になるに決まってる。「とにかく、我が家はすてきな家庭で、愛にあふれてるから、どんな子でも喜んで受け入れるつもりよ。そもそも、家族の愛情に恵まれない子どもがいると思うとやりきれないの。そういう子にはわたしたちが必要で、わたしたちにもそういう子が必要なのよ」

「すばらしいわ、クレア」

「ただ、逃げ腰のジョナサンを説得しきれなくて、どうすればいいかわからないのよ」

ぼくはテーブルに飛び乗った。もっとジョナサンの気持ちに寄り添って理解を示し、どんな子が来てもりっぱな親になれるとちゃんと説明すれば、ジョナサンも考えを変えると言ってやりたかった。でも、どうやって伝えればいいんだろう。なんだかクレアはクレアの道を、ジョナサンはジョナサンの道を進んでいて、同じ場所に向かっていない気がする。

ぼくは頭でターシャをこづいた。

「クレア、気持ちはわかるとジョナサンに言いなさいよ」ぼくの心を読んだようにターシャが言った。「やさしく」

「強引すぎると言いたいのね？」

「あなたはこうと決めたら突き進むタイプで、それはすばらしいことだし、いろんな意味で長所でもあるその性格はわたしたちがあなたを好きな理由でもあるけど、今回はもっと穏やかにアプローチしてみたら？」

「やってみるけど、自信がないわ。頭のなかではもう息子のために予備の部屋の改装を始めてるんだもの」

「男の子なの？」

「きっと男の子よ。そんな気がするの」クレアが笑った。「言いたいことはわかるわ」

ぼくはこみあげる絶望感を抑えこんだ。クレアはなにをすればいいかわかっているのに、できる自信がないのだ。子どもが増えるのはいいことだと思う。みんなのためになるし、自分がジョージに抱く気持ちを思えば、養子をもらうのは建設的ですばらしいことなのもわかるけれど、クレアは一方的に話すのではなくジョナサンに納得してもらう必要がある。心配なのはそこだ。もしふたりの意見が一致しなかったら、どうなるんだろう？

ターシャがエリヤに昼寝をさせるために帰っていくと、クレアもサマーを二階に連れていったので、ぼくはジョージを連れて外に出た。しばらく葉っぱで遊んだりハエを追いかけたりしてから、マットが家にいるか見に行った。こういうときはポリーがいないのが寂しかった。仕事を始める前はしょっちゅう一緒に過ごしたのに。でもマットのことも大好きなことに変わりはない。最近は一緒にいてもあまり楽しくないだけだ。

猫ドアから家に入った。居間に行くと、驚いたことにマットが座るソファのそばの肘掛椅子に大きいトーマスが腰かけていた。トーマスに会うのは久しぶりだったので、ぼくは膝に飛び乗って頭を押しつけた。ジョージはさっそくマットの足元に座っている。

「やあ、久しぶりだな」トーマスが撫でてくれた。ぼくは会えたのが嬉しくて盛大に喉を鳴らした。「ああ、ぼくも会いたかったよ、アルフィー。フランチェスカと子どもたちにも会いたい」

「おいおい、何年も会ってないような口ぶりだな。まだそんなにたってないだろ？」マットの言うとおりだ。「いつ帰ってくるんだ？」

「二週間後だ、学校が始まる前に戻る。もっと早く帰ってきてほしいと言ったんだが、向こうで楽しくやってるし、どうせぼくは仕事だろうと言われてしまった」

「トーマス、ぼくがいま家にいるのは自分で選んでこうなったわけじゃないが、わかったことがあるんだ。初めてこんなに長く子どもたちと過ごしたら、あの子たちは毎日違うことを、新しいことをする。それを見るのが嬉しいんだ。無職になって、一家の大黒柱じゃなくなったのをずっと気に病んでたけど、よく考えたら、子どもたちと過ごす時間が楽しくてたまらない。だから決めたんだ。運よく仕事が見つかったあとも、あの子たちと過ごす時間をたっぷり取ろうって」ジョージがマットの膝に飛び乗って顔を舐めた。いいぞ。

トーマスに撫でてもらっていなかったら、ぼくも同じことをしていた。

「わかってる、でも仕事が……店が二軒に増えた。それに働いてるのは家族のためだ」

「ああ、きみはよくやってるよ。店も繁盛してるしね。でも店長がいるんだから、ある程度は任せてもっと休みを取るべきだ。家族に会えなければ、家族のために働いても意味がない」ぼくではここまで上手にできなかっただろう。食洗機の使い方も知らなかったマットが、ずいぶん進歩したものだ。

「そうだな。たしかにみんながいなくなってから、会いたくてたまらない。帰ってきてさえくれれば、きちんと話せるのに」

それは違う。毛がぞくぞくした。トーマスは間違ってる。みんなに帰ってきてもらうんじゃなくて、トーマスが迎えに行くべきだ。ポーランドに行くべきだ。でも、どうやって伝えよう。ぼくはマットを見つめ、テレパシーで気持ちを伝えようとした。

「話は違うが、面接を受けたんだ。ジョナサンの同僚に、兄弟がデザイン事務所をやってる人がいてね。正社員でなくフリー契約だが、いい会社だし、採用されれば時間の融通もつくかもしれない。ポリーも望めば仕事をつづけられるうえに、ぼくも子どもたちとゆっくり過ごせる」

「ポリーには話したのか?」

マットが首を振った。「最近は、あまり会話がないんだ」

「お互いに、いつからこんなに人生がややこしくなったんだろうな」トーマスの疑問に、ぼくは答えられなかった。たしかにややこしい問題だけど、トーマスもマットもどうすればいいかわからないみたいで、それがもどかしかった。

Chapter 25

「つまり、またなにかたくらもうとしてるってこと？」公園の茂みの陰で、タイガーがため息をついた。そばでせっせと葉っぱを集めるジョージは、鼻の頭に泥をつけている。すごくかわいい。

「簡単に言えば、そうなんだ。みんなが自力でなんとかしてくれるかと思ってたけど、だめだった。問題は、大々的な計画を立てなきゃいけないことなんだよ」ぼくは言った。

「過去最大の計画を」

「なにをどうしたいの？」

「まず、トーマスにはポーランドにフランチェスカたちを迎えに行ってほしい。クレアとジョナサンは、ばらばらではなく力を合わせて養子問題に取り組んでほしい。マットとポリーは、昔みたいにきちんと話し合って、ふたりで仕事と子育ての両立ができるようにしてほしい。それにターシャは、新しいボーイフレンドとつきあうことに、もっと自信を持ってほしい。だって、マックスはターシャにもエリヤにもぴったりの相手な気がするもの。

もっとも、いまはみんなのなかでターシャがいちばん幸せそうだけど。それと、街灯の猫たちを飼い主のもとに返してあげたい。もちろんピンキーも」

「それだけ？」声に皮肉がこもっている。タイガーはときどき、すごい皮肉屋になる。

「たくさんありすぎるのはわかってるけど、実際いまはやらなきゃいけないことだらけなんだ」

「でも、どうするつもりなの？　そもそも、どこから手をつけるの？　死にかけたり木からおりられなくなったりしても、全部を実現するのは無理よ」これまでにぼくが立てた計画の話を持ちだしている。

「わかってる。九つあった命も残り少なくなってるから、危険を冒すつもりはない」

「でもパパ」ジョージがかわいい声で言った。「どうやってトーマスをポーランドへ行かせるの？」

「そこなんだよ。とにかく共通点を見つけないと」ぼくはあれこれ考えはじめた。考えるとおなかが空く。ランチの時間じゃないのにおなかが鳴りはじめ、蝶がいたので跳びかかった。とうぜん失敗し、花壇に突っこんでしまった。転んだのを見てタイガーが笑っている。

「とりあえず、街灯の猫の問題はごみばこが調べてくれてるけど、家族の問題はぼくたちでしっかり考えないと。大々的な計画について具体的なアイデアが浮かぶかもしれないから、明日また会おう」ジョージはきょとんとしていて、タイガーはおもしろがっている。ぼくは頭から花びらを払い落とし、残り少ない威厳をかき集めた。

ジョージと家へ帰る途中でターシャに会った。

「あら、こんにちは」ジョージがターシャの脚にすり寄った。ターシャにすくいあげられ、きつく抱きしめられてもがいている。

「ごめん、ごめん。きつすぎたわね」ジョージが返事代わりに喉を鳴らした。媚びを売るのがうまいやつだ。そのとき、ターシャの目が赤いことに気づいた。まだ通りの真ん中だったけど、ぼくは脚に体をこすりつけた。「アルフィー、どうすればいいかわからないのよ」ターシャがジョージを抱いたまま、近くにある低い塀に腰かけた。ぼくも隣に飛び乗った。

「ミャオ?」

「マックスのこと。彼のことは好きだけど、不安でたまらないの。エリヤやお金のことでデイヴと揉めてるし」

「ニャッ」ぼくはデイヴに対する不快感を伝えた。

「そう、デイヴはろくでなしだった。でもマックスは……すごくいい人。なのに少し時間がほしいと伝えてしまった。自信がないの、また男性とつきあえるか。もう頭がごちゃごちゃ」

ぼくはいらいらした。ターシャにじゃない。ターシャの気持ちは理解できる。ぼくだってスノーボールの次の相手を探す気になれずにいる。でもスノーボールはデイヴみたいなろくでなしじゃなかった。幸せはつかめるときにつかむものだと、ターシャに気づいてほしい。愛情豊かなジョージと一緒にターシャを慰めるうちに、クレアとジョナサンをくっつけたときのことを思いだした。名前を口にするのもおぞましい男と別れたあと、ジョナサンとつきあう心の準備ができていないと言うクレアを、ターシャはあんなやつのせいでジョナサンみたいにすてきな男性を失ったら後悔するわよと諭した。自分のことになると、あの洞察力が働かないいんだろうか。

「ミャオ!」幸せになるチャンスを逃しちゃだめだよ――ぼくはそう伝えようとしたが、伝わらないようだった。

その夜は、また眠れなかった。どうすればいいかあれこれ考えて目が冴えてしまった。幸いジョージはぐっすり眠っているけど、クレアとジョナサンの部屋から話し声がする。ぼくはドアに近づいた。

「もうやめて、なんでそんなに意地悪なことを言うの?」クレアの声が震え、いまにも泣きそうだ。

「意地悪で言ってるんじゃない。本心を言ってるんだ。本心を聞きたかったんだろう?

ぼくはよその子を愛せると思えない、大きな子ならなおさらだ。大きな子はもう個性がはっきりしていて、しかもその個性は悲惨な生い立ちから生まれたものだろうから、きっと並はずれた配慮が必要になる。養子をほしいかどうかの問題じゃない。それ以前にぼくにはできる気がしない。何度無理だと言えばいいんだ?」ジョナサンは本気で怒っている。

「あなたならできるわ。わたしたちならできる。あなただけの問題じゃないのよ、家族みんなの問題なの」

「その家族はいま、崩壊の危機にある」

「今度は脅すつもり?」

「そうじゃない。ぼくは自分の気持ちを話してるのに、きみが信じようとしないんだ。それどころか理性的に話し合おうともしないじゃないか」

「信じられるわけないわ。わたしが愛してる人が、わたしを脅すはずないもの」ジョナサンがもどかしそうな声を漏らし、静かになった。ぼくは物陰に隠れ、ドアをあけて予備の部屋へ向かうクレアを見つめた。その部屋で、クレアはまた泣きながら眠りについた。

Chapter 26

「非常事態だ」翌日、いつものたまり場に集まった仲間にぼくは宣言した。みんなで力を合わせる必要がある。大股で行ったり来たりしていると司令官になった気分だったけど、だれも姿勢を正して聞いてはいない。エルビスは仰向けになって日向ぼっこをしているし、タイガーは前足のあいだに愛くるしく寝転ぶジョージをはさんで座っている。ロッキーとネリーは並んで座り、ティンカーベルはヨガ好きの人間が嫉妬しそうな体勢で足の裏側を舐めている。ピンキーの姿がないことが、ここに集まった理由を痛感させた。

「あら、ずいぶん深刻な感じじゃね」ネリーが勢いこんだ。騒ぎが大好きなのだ。

「行方不明の猫たちを見つけるだけでなく、人間の家族もなんとかしなきゃいけない」

「なるほど、で、おれたちにどうしてほしいんだ？」エルビスが訊いた。

「まずは行方不明の猫たちだ。ピンキーがいなくなって、みんな不安になってる。なにが起きてるのかわからないし、いつぼくたちのだれかが同じ目に遭わないとも限らないからね」ちらりとジョージを窺ったが、タイガーに鼻を押しつけられて聞いていないようなので、ほっとした。

「どこかの土地では猫を食べるって聞いたことがあるわ」ネリーの言葉がみんなを震えあがらせた。

「そんなばかな」ロッキーはそう言ったが、恐怖で縮みあがっている。「猫を食べるはずない」

「でも、それなら行方不明の猫たちになにがあったんだろう」エルビスが言った。

「見当もつかないよ。でも友だちのごみばこが調べてくれてるから、なにかわかるまで待つのがいちばんだと思う。なにか突き止められるのは、ごみばこしかいない。でも、問題はほかにもあるから、どうすればいいかみんなも一緒に考えてほしいんだ。大掛かりな計画を」ぼくは家族の問題を洗いざらい話して聞かせた。

「おれの家族が外国へ行くときは、旅行会社に頼んでたぞ」ロッキーがあまり役に立たない発言をした。

「そういう問題じゃない気がするな」ぼくは言った。「実際にトーマスをポーランドまで家族を迎えに行かせるのは無理だってわかってるけど、そうするべきだってわからせたいんだ」

「ああ、そういうことか」ティンカーベルが言った。「つまり、どれだけ愛し合っていて、お互いが必要な存在か、家族みんなが気づくようなことをしたいんだな」

「そう！　そうなんだよ！」一気にティンカーベルのことが大好きになった。仲間になってくれてよかった。タイガーに視線を走らせると、ジョージをうっとり見つめていた。やれやれ、みんなあの子のとりこになっている。まあ、ぼくもそうだけど。「タイガー、ちょっとはジョージから目を離して話を聞いてくれないかな」

「それだ！」ロッキーが叫んだ。

「それって？」ぼくは訊いた。タイガーも顔をあげている。

「ジョージだよ。みんなジョージに夢中だから、それを利用するんだ」得意げだ。

「みんなぼくを大好きなんだよ」ジョージが言った。

「ジョージ、あんまりうぬぼれるんじゃない」ぼくはいさめた。

「だれに似たのかしらね」タイガーの言葉にみんなが笑い声をあげたが、ぼくは笑わなかった。

「でも、この子の魅力は使えるぞ」とエルビス。「たとえば、ジョージを危ない目に遭わせれば、みんな協力して助けようとするんじゃないか？」

「この子を危ない目に遭わせるなんて許さないわよ！」ネリーが声を荒らげた。ジョージが怯えてタイガーのうしろに隠れている。

「もちろん、そんなことしないよ。ほんとにやるんじゃなくて、人間にそう思わせるんだ」エルビスが言った。「街灯の猫たちを探すんだろ？　もしアルフィーの家族がジョージも行方不明になったと思ったら、自分たちの問題は棚上げにして、協力して探すんじゃないか？」

「ジョージもさらわれたと思わせるってこと？」脳みそが高速で回転しはじめた。「うまい手かもしれないな。ぼくが入院したことが、家族が会うきっかけになったもの。ぼくが原因でクレアとジョナサンは愛し合うようになったし、ほかのみんなも友だちになった」

「それはそうだけど、ジョージを危ない目に遭わせるわけにはいかないわ」タイガーが言った。「あなたとは違うんだから」

計画がかたちになりはじめ、胸が高鳴って髭と毛並みがむずむずした。「ジョージが行方不明になったふりをしたらどうかな？」

「どうやって？」とタイガー。

「まだはっきりしないけど、隠れる場所を見つけて、きみに付き添ってもらうとか。きみがついていれば安全だし、みんなはジョージがいなくなったと思うはずだ」

「どのぐらい？　あんまり長くはだめよ。みんながかわいそうだもの」

「そうだね。あまり長くするのはやめよう。このあいだは、ジョージの姿がちょっと見えなくなっただけでぞっとした。でも、みんなが心配して相談するぐらいのあいだは隠れている必要がある」

「わかった！」ネリーが言った。「そしたら、わたしたちでジョージを探すのね」全員の視線がネリーに向いた。

「ほんとに行方不明になるわけじゃないんだから、探す必要はないわ」タイガーが容赦なく否定した。

「ああ、そうね」納得したようには見えない。

「意地が悪くないか？　人間を心配させるなんて」ティンカーベルが迷っている。

「そんなことないよ。お互いの大切さを思いださせるためには、思いきったことをやるしかない。ジョージを隠せば、一緒に探しまわるあいだにきちんと話すようになるし、ジョージが無事に見つかれば、ほっとして大喜びするだろうから、きっと問題も解決する。間違いない」そう願いたい。

「本気なの？」タイガーはまだ半信半疑でいる。

「断言はできないけど、もっといいアイデアがある？」

「わたしがジョージをさらって、みんなを死ぬほど心配させたあと見つかるようにして、みんなをまた仲良くさせるほかに？　正直言って、ないわ」

「ほんとにさらうわけじゃないよ」

「そんなのわかってるわよ。ねえ、アルフィー、よく考えて。きっとみんなすごく心配するわ。それにティンカーベルの言うとおり、意気悪な気がする。ただでさえいろいろ悩んでるのに、これ以上苦しめたら気の毒よ」

「そうだけど、目を覚まさせたいんだ。みんな大事なことを忘れてる。たしかに心配させるなんてひどいと思うけど、さほど長い時間じゃない。以前もあったじゃないか。ほかに集中するものができると、どんなに相手が大切な存在か気づくようになる。人間はそういうものなんだよ。ほかに方法がないんだから、やるしかない。そのあいだに、本当に行方不明になった猫たちの真相は、ごみばこが突き止めてくれるよ、きっと」わくわくしてきた。ぜったいうまくいく。

「なにかあったら、あなたの責任よ」タイガーは不満そうだ。「しょうがないわね、協力するわ。しばらくジョージに付き添う役目も引き受ける。でも具体的な手筈《てはず》を整えてちょうだい。どこに隠れるの？　ジョージの食事はどうするの？　どうやって寒い思いをさせないようにするの？」

「みんなで協力するわ、アルフィー」ネリーが言った。「きっとわたしたちの結束も強まるわね」ようやくネリーにもわかったようだ。

「ねえ、タイガー」ぼくは言った。「自分がなにをしようとしてるかは、よくわかってる」うぬぼれをこらえきれなかった。この計画は筋がとおっている。行方不明のジョージを探すうちに、みんなどれほど相手を必要としているか気づいて、きちんと話をするようになるはずだ。マットとポリーも、クレアとジョナサンも。トーマスはポーランドに家族を迎えに行かなければと気づき、ターシャは愛の大切さに気づいてマックスにチャンスをあげるだろう。大切なみんなのために、自分はいつもハッピーエンドを追い求めている気がした。実際にそうだけど、別に悪いことじゃない。愛情深い猫なら、だれだってやることだ。

Chapter 27

ぼくは計画を煮詰めた。細かいところはまだ百パーセント決まっていない。今回の計画は危険を伴うわけじゃないけれど、後方支援は複雑で、考えることがたくさんある。ごみばこもやってきて、約束どおり情報網——ごみばこみたいな野生猫もいれば、飼い猫もいる——を駆使して街灯の猫の謎を調べてくれていた。

庭に面した窓から外を見ていると、ごみばこに合図された。ぼくは急いで裏口から外に出て庭にまわった。

「なにかわかった？」

「ちょっと手こずってる。心配した飼い主に、外に出してもらえない仲間がいるんだ。地元の猫たちのあいだでは大騒ぎになってる」

「じゃあ、なにもわからないの？」

「いまのところは。でも親友のミスターBが調査中で、今夜会うことになってる。おれが知る限り、あいつほど頭が切れるやつはいない。あんたはとりあえず落ち着いて、チビすけから目を離さないようにしてろ。今夜なにか聞けるかもしれない。明日の同じ時間にまた来るから、気をつけていてくれ。おれはもう行く。ランチの時間だし、うっとうしいネズミどもを追っ払わないと」

ごみばこに別れを告げたぼくは、不安を抱えて家に戻った。家族のための計画に危険はないものの、街灯の猫の問題は本質が見えない。ただでさえやらなきゃいけないことが山盛りなのに、さらに増えている。

それにジョージが面倒を起こす回数が日増しに増え、目先の課題を考えようにも気が散ってしょうがない。手に負えなくなりつつある。このあいだはジョナサンのお気に入りのネクタイにじゃれつき、じゃれるのに飽きたころには、ネクタイは身につけるのがちょっとはばかられる状態になっていた。ジョナサンはかんかんになり、とうぜんながらなぜかクレアとぼくのせいにした。そんなことに怒るよりもっと大事なことがあるはずだとクレアに言われても、さらに腹を立てただけだった。その日の夜はふたりとも口をきかなくなっていたのに、ジョージは自分がなにをしたかわかっていなかった。とりあえず説明はしてみたものの、もっと大きな目で見るべきだとわかっていた。以前、家族のだれかが話していたように、子どもが相手のときは優先順位をつける必要がある。ジョナサンのネクタイをだめにするくらい、たいしたことじゃない。ネクタイは山ほど持ってるんだから。クレアは正しい。ジョナサンは大事なことを心配するべきで、それはくだらないネクタイじゃない。そのあとしばらくジョージはジョナサンから隠れるようになってしまったので、ジョナサンはかっとなる傾向があるけど、たいていすぐ頭が冷えると改めて言い聞かせた。ぼくもしょっちゅうジョナサンに怒られるが、どうせすぐ怒りは冷める。

こんなこともあった。ある朝、クレアが朝食にスモークサーモンを食べていることに気づいたジョージは、クレアがうしろを向いているすきにテーブルに飛び乗って、お皿からサーモンを食べてしまった。ジョナサンはおもしろがっていたが、きれい好きで食事中に猫がテーブルに乗るのをいやがるクレアは違った。そのときはクレアが腹を立てた。ジョージを床におろし、衛生観念について延々お説教したが、ジョージは聞いていなかった。ぼくも途中で飽きたぐらいだし、ジョージはぼくより集中力がつづかないんだからとうぜんだ。そのあと、ほとぼりが冷めるまでジョージを連れてマットとポリーの家へ行った。

マットは面接に行く用意をしていた。〝条件〟とかいうものの話をするらしく、それについてまだポリーときちんと話していないせいで、神経質になっていた。ポリーと自分がどうやって仕事とほかのことを両立すればいいかわからず、話すのを先延ばしにしているのだ。マットが珍しく声を荒らげると、体も大きくなって動きも俊敏になったジョージが足元に隠れたせいで、マットはつまずいて肘をぶつけた。その結果、いっそう動揺してしまった。ぼくは公園にジョージを連れていくことにした。厄介事があとを追ってこないように祈った。幸い、祈りは叶《かな》えられた。

その日の夕方、予備の部屋のカーテンをよじ登っているジョージを発見した。登れることに気づいて有頂天になっていたが、頂上にたどり着く直前におり方がわからないことに気づいたらしい。ぼくはおろおろするジョージをなだめた。爪が布に刺さってあわてふためくジョージを落ち着かせるまでかなり時間がかかり、ようやくひとつずつ爪をはずしたときは、カーテンにいくつか裂け目ができていた。ぼくはだれも気づかないように祈り、念のためにしばらくその部屋に近づくなとジョージに告げた。

そして今朝、ジョージはキッチンのカウンターからシリアルの箱を落とし、床じゅうに中身をぶちまけた。さらに空になった箱にもぐりこみ、キッチンを走りまわった。サマーは大喜びで、悲鳴をあげるクレアの横でジョナサンが怒鳴った。「動画を撮ってネットにアップすれば、このチビのおかげでシリアルを買う金を稼げるんじゃないか?」言うまでもないが、シリアルの箱からジョージを出してやったのはぼくだった。コーンフレークの破片にまみれていても、上機嫌のジョージはかわいらしくて、本気で叱る気になれなかった。

幸か不幸か、みんなだれかに腹を立てていたので、怒られずにすんだ。ぼくがいたずらしたわけじゃないが、ジョージのしたことはぼくの責任だから、ネクタイのときみたいに怒られかねない。

街灯の猫の件はごみばこが調べてくれているので、ぼくは家族の問題を解決する計画に集中することにした。仲間を集めて計画の詳細を詰めるのだ。ジョージはよく理解できないようだった。大きくなっているとはいえ、仔猫には複雑すぎる。でも、みんなの問題を解決するうえで大事な役割を果たすんだと根気強く説明してやると、その響きに満足していた。それに考えれば考えるほど、この計画に危険はまったくない。ぼくを守ってくれるタイガーなら、ジョージも守ってくれるに違いない。

相談を始めようとしたとき、大きな影がのっそり現れた。

「なにをたくらんでる?」サーモンだ。まずい、いまいちばん会いたくない相手だ。計画のことを嗅ぎつけられたら、邪魔されかねない。

「あのね」止める間もなくジョージがしゃべりだした。「ぼく、地球を救うんだよ」ありがたい、今回の計画をちょっと取り違えている。

「なんだって?」口調は穏やかだが、貪欲に噂話を探しているはずだ。タイガーが前足でそっとジョージの口を覆って黙らせた。

「遊んでただけだよ」ぼくは愛想よく言った。「きみが心配するようなことはなにもない」

「おまえらはしょっちゅうここに集まって、なにかたくらんでる」サーモンが噛みついてきた。友だちごっこもこれまでだ。

「そんなんじゃない。たいていは昼寝したり日差しを浴びたり、葉っぱで遊んだりしてる」ロッキーが言った。

「ぶらぶらしてるだけさ、友だちと。あんたもたまにはやってみろよ」とエルビス。「友だちがいればだけどな」

「そんな暇あるか。おれがおまえらみたいにしてたら、この通りは破滅しちまう。まあ、せいぜい遊んでろ。おれにはもっと大事な用がある」サーモンがくるりと向きを変えて去っていった。

「サーモンはなにを言ってたの？　それになんでぼくの口をふさいだの？」ジョージが訊いた。

「あいつのことはあとで教えるよ」ぼくは答えた。「いまは計画を詰めるほうが大事だ。ロッキー、きみから頼む」

それぞれのアイデアに、ぼくは耳を傾けた。みんな真剣に考えてくれたようで、嬉しかった。なにもかもすんなり行きそうだ。これまでぼくが立てた計画のなかでいちばん簡単だけれど、いちばん大事なものでもある。

作戦開始は明日の土曜日になった。明日なら仕事が休みだから、みんな家にいるはずだ。つまり、最終調整できるのは今日しかない。でもぼくには自信があった。みんなで話し合い、落ち度がないことを確認した。手違いなど起こらないと断言できる。

「ちょっと思ったんだけど」ネリーが口を開いた。あまり聞きたくなかった。ネリーはときどきばかみたいなことを言うのだ。「タイガーの庭の隅にある物置を使ったらどう？」

　全員の目がネリーに向いた。どこにジョージを隠すかがずっと障害になっていた。タイガーの家に連れていくわけにはいかない。飼い主はタイガーを溺愛しているが、ほかの猫はあまり好きじゃないのだ。タイガーの親友で魅力たっぷりのぼくですら、何度か追い払われた。でもネリーの思いつきは、まさに天才的だ。あの物置はぼろぼろでドアに裂け目があるから、簡単にもぐりこめる。それにタイガーの飼い主はもうあそこを使っていない。

「悪くないわ」タイガーがしぶしぶ認めた。「じゃあ、あとはなにが必要かね。食べ物、暖かく快適にしていられるもの、水。遊ぶものもいるかしら」

「しばらくいるだけだぞ。夏じゅういるわけじゃない」ロッキーが言い返した。

「でもジョージの食べ物はいるよ。毛布も。それに水も必要だ」ぼくは訴えた。

「食べ物と水は、わたしがこっそり家に入れてとらせるわ」タイガーが言った。「そもそもどうやって食べ物や食器を物置に運びこむのよ」

「たしかに。じゃあ、人間がいないときにジョージを家のなかに連れていってよ。どうせいつも食べきれないほどもらってるから、ジョージの分もあるはずだ」これは事実だ。タイガーは食べ物をもらいすぎで、痩せるためにたくさん運動する必要に迫られている。

「毛布はおれが引きずっていくよ」エルビスが言った。「家に山ほどあるし、いちばん力があるのはおれだからな」

「それはどうかかな」そう言ったのはティンカーベルだ。どっちが力持ちかわからないが、

しかった。

「じゃあ一緒に毛布を持ってきたら？　そのほうが楽でしょ？」タイガーがそつなくアドバイスした。エルビスとティンカーベルが顔を見合わせ、うなずいた。協力し合う姿が嬉しかった。

「おもちゃはどうするの？　ジョージを退屈させたくないわ」タイガーが言った。

「うちからいくつか持っていくよ」口ではそう言ったものの、どうやって運べばいいかわからない。「とにかく決行は明日なんだから、今日じゅうにすべて決めないと」不安で声が震えてしまった。

「アルフィー、大丈夫よ。計画は万全だもの、手違いが起きるはずないわ」ネリーが言った。

ぼくは黙っていた。経験上、ネリーの言葉はあてにならない気がした。

そのあと、計画について改めておさらいした。ジョージはまだ理解しきれていないが、ヒーローになることに舞いあがっていた。すべてうまく行けばそうなれると、ぼくが言って聞かせたのだ。でも今回は、これまでのどの計画より不安になっていた。危険だからじゃない。むしろ危険の度合いはいちばん低い。計画の成功にかかっているものが、たくさんあるからだ。

帰る途中でマットとポリーの家に寄った。ポリーはマーサを病院に連れていくために半休を取っていて、いい兆候だと思ったけれど、すぐそうでもないとわかった。ジョージはヘンリーとマーサと遊ぶために居間へ走っていったが、ぼくはキッチンで言い争うポリーとマットの声に耳を澄ました。

「ええ、わたしだってあなたに新しい仕事が見つかったのはよかったと思ってるけど、いまはわたしも仕事をしていることや、子どもがふたりいることを忘れてるんじゃない？」

「忘れてなんかいないさ。でも、きみはどうしたいんだ？　仕事をつづけたいのか？」

「つづけたいわ。最初は迷ってたけど、いずれ復職できるようにインテリアデザインの講座も受けたし、いまは働くのが楽しいの。最近は仕事にも慣れてきて勤務時間を減らしたから、家事とのバランスもうまく取れるようになったと思ってた。なのに、いまになってあきらめろって言うの？」声は荒らげていないが、怒っている。

「そんなこと言ってない。でも子どもたちはどうするんだ？　ヘンリーは学校だが帰る時間が早いし、マーサは週に三日しか幼稚園に行ってないんだぞ」マットは疲れているようだ。

「あなたもわたしも正社員じゃないのよ。わたしは契約社員だし、あなたの仕事は半年契約なんだから、また振りだしに戻るかもしれないわ」

「明るい話が聞けて嬉しいよ」

「なにそれ、そういうあなたとは話す気になれないわ。子どもたちのところへ行ってくる」ポリーが怒ってキッチンを出ていった。

ぼくはジョージを迎えに行き、そろそろ帰ろうと告げた。帰る前に少しヘンリーとマーサと遊んでやった。この子たちのことが心配だった。

家に帰ると、キッチンのテーブルでクレアが泣いていた。それを見たジョージも悲しそうにしている。今日はどこもうまくいかないようだ。サマーはどこだろうと思ったとき、ジョナサンがキッチンにやってきた。

「クレア、頼むから泣かないでくれよ」クレアの隣に腰をおろしている。

「あなたと話ができるように、サマーをターシャに預けたのに、話せてないわ」

「そんなこと言われても困るよ」

「養子を迎えたいの」

「まだなにも決まっちゃいない」

「わたしの気持ちはわかってるくせに」涙が頬を流れ落ちていて、それを見ると悲しくなった。

「ああ、でもぼくにどうしてほしいのかわからない」

「いいえ、ジョナサン、どうしてほしいか、ちゃんとわかってるはずよ」どちらも口に出した言葉は少ないけれど、すべて本心だ。

「ジムに行って、そのあとトーマスの店に行ってくるよ」

「そっちのほうが大事なのね？」

「そうじゃない。でもトーマスと約束したんだ。フランチェスカたちがいなくて辛い思いをしてる。それに、これ以上話しても無駄だ」

「じゃあ、勝手にすればいいわ」クレアが怒鳴った。こんなに怒っているのを見るのは初めてだった。

サマーを連れたターシャが来たときはクレアも泣きやんでいたが、手にワイングラスを持っていた。

「つきあってくれない？」クレアが言った。泣き腫らした目を見たターシャは、急いでサマーとエリヤを居間に連れていき、おもちゃを与えた。

「いいわ、一杯だけなら。エリヤがちょっと疲れてるの」

「幼稚園で疲れたのね。ごめんなさい、ターシャ。またジョナサンと喧嘩になったの」

「そんなことだろうと思ったわ。さあ、座って」ふたりが腰をおろすと、ジョージは子どもたちと遊びに行ったが、ぼくはその場に留まった。

「細かい話をして退屈させるつもりはないわ。どうせ目新しいことはないもの。気を紛らわせてちょうだい。始まったばかりのロマンスはどうなってるの？」

「ああ、そのこと。訊いたことを後悔するかもしれないわよ。マックスには、少し時間がほしいと頼んだの。彼は親切でやさしくて文句のつけどころがないけど、このあいだのデートで怖くなっちゃったのよ」

「どうして？」

「彼をどんどん好きになるのが怖いの。また傷つくようなことになったら、耐えられる自信がない」

「ターシャ、お互い困ったものね。すてきな男性がいるのに、避けてるなんて」クレアの瞳にまた涙が浮かんでいる。

「そうね。たしかにわたしたちがやってるのは、そういうことだわ」ターシャが悲しそうにつぶやいた。

ぼくは明日が来るのが待ち遠しかった。成功するチャンスは一度しかない。今度の計画にはすごくたくさんのことがかかっている。うまくいくように、ぼくは全身全霊で祈った。

Chapter 28

またしても眠れぬ夜を迎えていた。明日のことが心配でたまらない。とりあえずジョージがぐっすり眠っているのがせめてもの救いだ。いくら今回の計画に危険な要素がなかろうと、ジョージがぼくと離れてひと晩過ごすと思うと気が気でないし、タイガーが一緒だとわかっていても、きっと落ち着かない思いをするだろう。ジョージがそばにいないと、なにか足りない気持ちになるはずだ。でも、忙しくしていられることだけはたしかだ。ジョージを探すために家族全員を集め、一丸となって捜索にあたらせる必要がある。ぼくの役割は大きい。大きいどころか成功の要だ。ジョージとタイガーは隠れていればいいけれど、ぼくはみんなを動員し、ばらばらにではなく協力するように仕向けなければならない。正直言って、いまのぼくは不安のかたまりだ。爪の先から髭の先まで、びくびくしている。

生きていくのはほんとに大変で、すごくややこしい。乗り越えなきゃいけない壁が次々現れる。ジョージの寝顔を見ていると、これからこの子に降りかかる困難やトラブルから守ってやれるように祈らずにいられなかった。それが無理なら、せめて自分で立ち向かえる力を身につけさせてやりたい。親でいると心配が尽きず、これからもジョージのことで気を揉みつづけるに違いない。

いつのまにか眠ってしまったらしく、ジョージに髭で鼻をくすぐられて目が覚めた。

「パパ、朝だよ!」

「しーっ。あまり音をたてないようにしよう。みんなが起きないうちに出かけないといけないからね」

ジョージは早起きで、たいてい夜明けに目を覚ますので、一旦タイガーにジョージを預けてからぼくだけベッドに戻って寝ているふりをして、みんなが起きてきたときはベッドにぼくしかいないようにする計画だ。ぼくが大騒ぎしてこれ見よがしに心配してみせれば、捜索が始まるだろう。計画の第一段階は単純だ。

出かける前にジョージに水を飲ませた。いまだにクレアは食べ物を出しっぱなしにするのをいやがるので、朝食はタイガーが家のなかで食べさせてくれると期待するしかない。できるだけ音をたてずに外に出た。ジョージを連れてタイガーの家へ行き、裏口へまわった。猫ドアを軽く押して、来たことを知らせた。

「頑張れよ」ぼくはジョージに声をかけた。愛おしさと感慨とわずかな恐怖を同時に感じていた。

「うん、パパ。でも早く迎えに来てね」

ぼくは鼻をこすりつけた。「わかってる。でもタイガーが一緒だから、心配ない。ただ、ぜったい言われたとおりにするんだぞ、いいね？」

「わかった」真剣な顔をしている。タイガーが起きているといいのだが。小鳥が鳴きはじめたら起きると話していた。間もなく、タイガーが現れた。

「来たよ」ぼくは震えていた。

「大丈夫よ、アルフィー、きっとうまくいくわ。ここからはわたしに任せて。ジョージ、ちょっと待っててね。うちの家族は早起きだから、だれもいないのを確認したら戻ってきて、こっそり朝食を食べさせてあげる。すぐ戻るわ」

「ちゃんと聞いてたか、ジョージ？」ジョージは昇りはじめた太陽や頭上を飛ぶ鳥を見つめていて、どこかうわの空だ。タイガーが家のなかに姿を消した。

「聞いてたよ。待つ。朝食」

「じゃあ、ぼくはもう行くよ。忘れるなよ、タイガーの言うとおりにするんだぞ」ぼくは鼻でキスをして、いろんな感情がこみあげないうちにその場を離れた。ジョージはあのまま待ちつづけ、タイガーはすぐ戻ってくるだろうから、そうしたら計画の始まりだ。

「タイガーママの言うこと、ちゃんと聞くよ」ジョージは別れ際にこう言った。ぼくはすごく誇らしかった。

急いで家に戻り、みんなが寝ているうちにまんまとベッドにもぐりこんだ。疲れていたので、いつのまにか本当に眠ってしまった。

「ジョージはどこ？」目をあけると、クレアとサマーに見おろされていた。ぼくは周囲を見渡してあくびをした。

「ミャオ？」

「ジョナサン、ジョナサン」クレアが声をかけ、寝室に入っていった。眠そうなジョナサンが廊下に出てきた。

「アルフィー、ジョージは下にいるのか？」目をこすっている。

「ミャオ！」知らない——ぼくは訴えた。

「大変だわ」クレアがなかば飛ぶように階段を駆けおり、ジョナサンもサマーを抱きあげてあとを追った。ぼくも階段をおりた。とうぜんながら、ジョージの姿はどこにもない。

「だから夜も猫ドアに鍵をかけないでおくのは、まだ早すぎると言ったのよ」クレアがジョナサンを責めた。

「でも、みんなも大丈夫だと言ってたし、このあいだはアルフィーが一晩じゅう締めだされそうになったじゃないか。そもそも、ずっと閉じこめておくわけにはいかないだろ」

「ああ、アルフィー、なんでちゃんとジョージを見てなかったの？」クレアが二階へ駆け戻り、また探しはじめた。

つまり、いまはまだジョナサンとぼくを責めているのだ。あんまりだと思うけど、計画は始まったばかりで、朝も早いからしょうがない。クレアもジョナサンもコーヒーを飲んでいないし、あまりしゃべっていない。普段はこんな状態のふたりを避けている。

ぼくは裏口の前で大声で鳴いた。ジョナサンが子ども用の椅子にサマーを座らせてミルクを飲ませ、コーヒーを淹《い》れているあいだも、クレアが二階でドアを開け閉めする音が聞こえた。

「二階にはいないわ」クレアがキッチンに戻ってきた。「いったい、どこにいるの？　ひとりで出かけたことなんか一度もないし、いつもは毎朝いちばんにキッチンにいるのに」すでに家じゅう探しまわったが、もちろんジョージは見つかっていない。

「落ち着け」ジョナサンがクレアを抱きしめた。「サマーを見てやってくれ。ぼくは急いでスウェットに着替えて、探しに行ってくる」

「マットにも手伝ってくれるように頼んでくれる？」

「ああ、心配するな」クレアにキスする姿を見て、ぼくはしめしめと思った。早くも計画どおりだ。

ジョナサンと外に出て、マットの家へ向かった。幸いみんな起きて着替えもすませていたので、話を聞いたマットがすぐ外に出てきた。

「大変なことになったわね」玄関でポリーが言った。「わたしはどうすればいい？　クレアのそばにいましょうか。でもジョージが来るかもしれないから、ここにいたほうがいいかしら」

「きみはここにいてくれ。携帯を持っていくから連絡は取れる」マットがポリーにキスすると、ポリーがマットをきつく抱きしめた。

「きっと無事でいるわ。仔猫がどういうものか知ってるでしょう？　厄介事ばかり起こすものなのよ」

エドガー・ロードを調べるふたりに、ぼくもついていった。タイガーの家の門のところで小さな声が聞こえたので、振り向くとタイガーが合図していた。ぼくはジョナサンたちが離れるのを待った。

「タイガー、早くもうまくいってるよ！」

「でも、ジョージはどこにいるの？」

「どういう意味？」

「今朝、だれもいないのを確認してくると言ったでしょ。戻ったら、ジョージがいなかったのよ。そこらじゅう探したけど見つからなかったから、計画が変更になって、あなたと一緒にいるんだと思ってた」パニックになりかけている。

「きみと一緒じゃないの？」みぞおちから戦慄が泡になって沸きあがった。

「ええ、戻ったときにはいなかったの。どこにも。だから、てっきりあなたと一緒にいて、計画が変更になったと思ったのよ！　蝶が一回はばたくぐらいの時間で戻ったのに！」

「そんな、まさか。ぼくはジョージを裏口に残して、みんなが起きないうちに帰ったんだ。そのあとは見かけてない。きみといるとばかり思ってた。待ってるように言ったら、わかったと答えたのに」取り乱しているのが自分でもわかる。

「とにかく、落ち着きましょう。うちにいないのは間違いないわ。あなたのうちを調べてみない？」

「戻ってもクレアがいるし、もうクレアが家じゅう調べた」うまく息ができない。「今朝うちに帰ったあとはまっすぐベッドに行った。寝ちゃったけど、そんなに長くじゃない」

「じゃあ、ジョージは本当に行方不明なの？」

「ああ、どうしよう、ジョージがいなくなっちゃった！」これは現実なのだ。「ジョナサンとマットが探してるけど、ぼくたちも本当に探さないと」血の気が引いた。まだ事態をうまく呑みこめない。

「大変だわ。この計画は、始まる前から失敗してたのよ」

「まさかこんなことになるなんて」

　ジョージが戻ってるか確認しに急いで家へ戻った。心配でどうにかなりそうだったが、同時にジョージに少し腹が立っていた。あれほど待ってろと言ったのに、いくらもしないうちにふらふらどこかへ行ってしまったのだ。いけないことだと知りながら。でも、自分にはもっと腹が立った。一緒に待つか、一《いち》か八《ばち》か家のなかに連れていってほしいとタイガーに頼むべきだった。猫さらいがいるといけないから、見つかりにくい裏口をわざわざ選んだのに。そもそもジョージがあそこにいるのが猫さらいにわかったはずがない。でも、もし見られていたら？　まさか、ありえない。

あそこでじっとしていればいいだけだったのに、なんでできなかったんだ？　どこに行ったんだろう。思考が同じところをぐるぐるまわり、楽しそうにぐるぐるまわっていたジョージの姿が思いだされた。パニックになりかけながら、冷静になろうとした。なんとしてもあの子を見つけないと！

家に帰ってもジョージの姿はなく、クレアがターシャに電話していた。ぼくと同じぐらいうろたえている。ごく単純な計画だったのに、始まったとたんに崩壊したのは、ほかならぬぼくのせいだ。

「アルフィー」裏庭をくまなく探すぼくにタイガーが言った。「自分を責めてもなんの役にも立たないわ。しっかり考えないと。仲間を集めて手分けして探しましょう。あの子が好きな場所を探すのよ」

「うちにはいないし、ポリーのうちにもいないのはわかってるし、ターシャが探してるってことは、ターシャの家にもいないんだ。だとすると、公園か通りの先かな。でも、それなら仲間が見かけているはずだ……」ほかに思いつかない。

「とりあえず、あなたは捜索の指揮をとりながら、人間たちから目を離さずにいて。わたしもうちに気をつけてるわ。あそこにいなきゃいけないのをジョージが思いだすかもしれないから。どう?」

「それ以上いいアイデアを思いつかないよ。思いつけばいいのに」突っ伏して泣きたい気分だが、そんなことをしてもジョージは見つからない。

「じゃあ、一緒にみんなを探して、段取りをつけるのを手伝って。なんとしてもあの子を見つけないと。ああ、いったいどこに行っちゃったの? どうしてわたし、目を離したりしたのかしら」ぼくと同じ気持ちらしい。

「どこに行ったか見当もつかないよ。でもタイガー、きみのせいじゃない。きみは家のなかが安全か確認する必要があった。何度も言うようだけど、ジョージはあそこできみを待ってるはずだったんだ。なんでいなくなったんだ? 待ってるって言ってたのに」

「そんなに待たせなかったのよ。急いで一階をチェックして、すぐ戻ったわ」

「わかってるよ、きみは悪くない。ぼくが一緒に待っていればよかったんだ」

「でも、そんなことしたらクレアたちが寝ているうちに帰れなかったかもしれないし、それが計画が成功するかどうかの鍵だったのよ」

「よし、もうこの話はやめて、ジョージを探すことに集中しよう」振り向いて走りだそうとしたとき、近づいてくるごみばこが見えた。ここで会えたことに救われた思いだった。

「ああ、よかった。ごみばこ、ジョージがいなくなったんだ」

「なんだって？　あのチビすけが？」

「うん」ぼくは作戦の話をした。「タイガーの家の裏口で別れたときは、まだ暗かった。どうしよう、このまま見つからなかったらどうしよう」

「落ち着け、街灯の猫の謎はミスターBが調べてる。あいつほど適任の猫はいない。これから会いに行って状況を話してくる。大丈夫だ、アルフィー、おれに任せておけば、必ず無事に見つけてやる」ごみばこにそう言われても、安心できなかった。

最初に会ったのはロッキーだった。ロッキーはエルビスを探しに行き、エルビスはネリーを探し、ネリーがティンカーベルを呼びに行って、全員が通りの先で集合した。ぼくは状況をざっと説明した。

「ジョージを探すふりをしてほしいんでしょ？」ネリーが言った。ああ、もう！

「そうじゃない。作戦どおりにいかずに、ほんとにいなくなったんだ」

「嘘でしょ、かわいいおちびちゃんがほんとにいなくなっちゃったの？」泣きだしたネリーをエルビスがなだめた。仲間たちの目に動揺が浮かんでいる。

それぞれの役割を決めると、タイガーはうちに帰っていった。ぼくもうちに戻ったが、依然としてジョージの姿はなかった。体の一部がなくなった気がした。どうか怖い思いをしたり、危ない目に遭ったりしていませんように。

猫ドアから家のなかに入った。

「見つかった?」寝巻姿のクレアが駆けつけてきた。ぼくは悲しい目で見つめることしかできなかった。クレアが抱きあげてくれた。「心配ないわ。きっとジョナサンとマットが見つけてくれる」クレアがぎゅっとぼくを抱きしめてから床におろした。さっきは怒鳴ったりしてごめんなさい。ぼくはしょんぼり喉を鳴らした。チャイムが鳴り、クレアが玄関をあけるとターシャがいた。

「エリヤはどうしたの?」

「今日はおばあちゃんに会う日なの。朝早く迎えに来てくれたから、手伝えるわ。なにをすればいい?」

「ここに来るあいだ、ジョージを見かけなかった?」期待せずに尋ねている。

「ええ、ずっと通りの両側に気をつけてたけど、見なかった。でも、仔猫は隠れるのが好きだってなにかで読んだことがあるから、隠れてるだけかもしれないわ」

いそうな場所は何度も調べたから、隠れているんじゃない。

「サマーの朝食はすんだの?」ターシャが訊いた。

「まだ!」サマーの大声で、ターシャが笑みを浮かべた。

「クレア、着替えてらっしゃいよ。わたしはサマーにトーストでも食べさせるわ」

「ありがとう、ターシャ」二階へ向かうクレアの瞳で涙が光っていた。

お昼には全員が我が家のキッチンに集合していた。クレアとジョナサン、ポリーとマットがテーブルを囲み、ターシャは子どもたちのために居間に遊び場をつくった。ふたたびチャイムが鳴り、だれかがジョージを連れてきてくれたのかと期待したけれど、玄関先にいたのはトーマスだった。

「遅くなってすまない。作戦を練ろう」トーマスも腰をおろした。

「仕事はいいの？」クレアが訊いた。

「仕事より大事なことがある。アルフィー、心配するな、必ずジョージを見つけてやるからな」トーマスに撫でられると、安心感がこみあげた。大柄なトーマスがいてくれると心強かった。かすかな希望の光を感じた。

「見つからなかったら、どうすればいいかわからない」泣きだしたクレアの肩にジョナサンが腕をまわした。

「必ず見つかるよ」ジョナサンの声がかすれている。怒鳴ることもあるけれど、本当はやさしいのだ。でも声には決意がこもっていた。

「なにがなんでも見つけないと」ポリーのきれいな顔が真っ青だ。マットがポリーを抱きしめている。みんながまた仲良くしているのに、なぜかぼくの気持ちは晴れなかった。

「マックスに連絡してみる？」ターシャが照れくさそうに切りだした。みんながターシャを見た。「力になってくれるかもしれないわ、物事を筋道立てて考えるのが得意だもの」

「いい考えだ」ジョナサンに言われ、ターシャが顔を輝かせた。ほかの部屋に電話をかけに行くターシャを追ったぼくは、話を聞くうちにターシャがマックスを受け入れつつあることに気づいた。力を貸してほしいと頼むのはマックスを信頼しているからで、経験したことがないほど最低の気分にもかかわらず、少しほっとした。

ターシャが子どもたちと家に残り、クレアとジョナサンは歩いてエドガー・ロードのはずれにある公園へ向かう途中でグッドウィン家に寄ることになった。ジョージを見つける人がいるとしたら、詮索屋のこのふたりしかいないとジョナサンが言ったのだ。マットとポリーは通りの反対側を探し、トーマスは車で周辺をまわる予定だ。日が落ちるまでに見つからなかったら、SNSに告知を出し、ポスターもつくろうという話になった。ジョージが街灯の猫になるかもしれない！　でも、みんなそうならないように望みをかけていた。ぼくもそんなことにならないように、ひたすら祈りつづけた。

そもそも、ぼくの作戦にはほころびがあったのだ。たとえうまくいったとしても、ジョージを外泊させることでこんなにみんなを心配させるのはひどすぎる。どれほど目を覚ます必要があろうと、ここまで苦しむ筋合いはない。それなのにジョージは本当に行方不明で、すべてはぼくの責任なのだ。

あの子になにかあったら、ぜったいに、一生自分を許せない。

Chapter 29

お茶の時間になるころには、心身ともに疲れ果てていた。家族のことも心配だが、ジョージが戻らないことのほうがはるかに心配だった。大人たちはまだ探しているけれどこれといった成果がないので、仲間に手がかりがないか訊きに行くことにした。外に出たとたん、サーモンがのっそり現れた。

「おい、アルフィー、いったい何事だ?」目を細めている。「近所の猫は首を切られたニワトリみたいに走りまわってるし、おまえの家族がうちに来たと思ったら、ジョージを探すと言ってすぐ飛びだしていったぞ」

「じゃあ、もうわかってるじゃないか。ジョージがいなくなった。話せば長いけど、とにかくあの子を探さなきゃいけないんだ」

「まさかと思ったが、やっぱりそうか。またおまえのくだらない計画ならいいと思ってたんだ」

言いがかりだと言ってやりたいが、今度ばかりは反論できない。「ほんとにいなくなったんだ。どうすればいいかわからないよ。みんな取り乱してる。あの子まで街灯の猫になったらどうしよう」

「おれの飼い主は、ジョージも写真の連中と同じ目に遭ったのかもしれないと言ってる。写真の猫たちは人間が探してるが、ジョージまで行方不明になったからには、おれたち猫も力を合わせて探そう。おれもこれから探しに行くから、なにかわかったら知らせるよ」

口調がやさしい。初めてのことだ。

「ほんと?」

「ああ、あのチビはとびきりかわいいからな。さすがのおれもついやさしい気持ちになっちまう。心配するな、アルフィー、必ず見つかるさ」

「でも、もしさらわれて、ほかの街灯の猫と一緒にいたら?」

「それなら、少なくともひとりじゃないってことだ。アルフィー、悪いほうにばかり考えるな」

ぼくは立ち去るサーモンを呆然《ぼうぜん》と見送った。ジョージはサーモンすらとりこにしたのだ。

いまやジョージは隠れているんじゃなくて行方不明なのは確実で、怖い思いをしてるんじゃないかと思うと耐えられなかった。しかも、もうすぐ日が暮れる。仲間はペアになって捜索にあたっていた。ネリーはティンカーベルと、ロッキーはエルビスと。ぼくはずっとタイガーといる。いまほどタイガーがなくてはならない存在になったことはなかった。

彼女がいてくれるおかげで正気を失わずにいられる気がした。いや、ほぼ失わずに。丸まって泣きじゃくりたかったけれど、ジョージを見つけるまでひたすら手を尽くすしかない。見つけるまでやめる気はない。

集まった仲間からこれまでにどこを探したか報告を受けたが、一向に手がかりはなく、みんなの焦りの色が強まった。落胆に包まれるなか、ぼくはあとどれだけ耐えられるかわからなかった。

「うちに帰って、なにかわかったか確かめてみる」ぼくは言った。「みんなはここでごみばこを待っててよ。できるだけ急いで戻ってくるから」仲間が暗い顔でうなずいた。今回の作戦でみんながひとつになるとネリーは言ってたけど、いくらなんでも度を越している。みんな心配で取り乱していた。猫を苦しめる人間がうろついてるかもしれないと思うとピンキーが、そしてなによりジョージが心配だった。

重い足取りで家に帰ると、なぜか家族がキッチンに集まっていた。なんでジョージを探しに行ってないんだ？

「ミャオ」怒りの声をあげたぼくに、みんなが振り向いた。ジョナサン、クレア、マット、ポリー、トーマス、ターシャ。驚いたことにマックスもいる。ターシャと手をつないでいるけど、どういうことだろう。そのとき、テーブルに置かれたポスターが目に入った。街灯に貼られているポスターに似ているが、写真に写っているのはジョージだった。ぼくの心臓がふたつに引き裂かれた。

「おかえり、アルフィー。だめだったのね？」クレアは泣いていたのか、ひどい顔だ。それどころか、みんなげっそりしている。ぼくは無言でクレアを見た。子どもたちはどこかと気にする気力もなかった。

「こんなに早くポスターをつくってくれてありがとう、マックス」ジョナサンが言った。

「これ以上、時間を無駄にできない」ポスターを貼る場所をみんなに指示している。ぼくはクレアの膝に乗り、ジョージのかわいい顔を見つめた。

「あなたのおかげで助かったわ、マックス」ターシャの頬がまたピンク色に染まっている。どうやらこのふたりの問題は解決したようだが、喜ぶ元気がなかった。少なくともいまは。ぼくは床に飛びおり、また外に出た。ジョージの居場所の手がかりは一向につかめない。

「どうだった？」門のところで待っていたタイガーに期待をこめて尋ねた。

「ごみばこはまだ来てないわ。みんなはまた探しに行った。ほかにどうすればいいかわからないから」

「今度ばかりは、さすがのぼくもなにも思いつかない。今夜はジョージがうちに来てから初めてひとりで過ごす夜になる。耐えられる自信がないよ」

「ねえ、アルフィー、ここで一緒にごみばこを待たない？　なんなら朝まで待ってもいいわ。そうすれば、どちらかが家に戻らなきゃいけなくなっても、残ったほうがここにいられるでしょう?」

「そうだね。すっかり役立たずになった気分だよ」

「アルフィー、必ず見つかるわ、大丈夫よ」ぼくはタイガーと茂みの脇にうずくまったが、眠れるとは思えなかった。


玄関からマットとジョナサンとトーマスが出てきた。ポスターを抱えている。

「よし、貼り終えたら、またここで会おう」ジョナサンが言い、三人で歩きだした。マットとトーマスが一方へ、ジョナサンが反対側へ。

「写真を貼るんだ、街灯に」ぼくはタイガーに説明した。改めて現実を突きつけられたタイガーが、動揺を隠せずにいる。

「ぼくがくだらない作戦にこだわりさえしなければ」後悔してもしきれない。

「アルフィー、あなたのせいじゃないわ。ほんのちょっとジョージをひとりにしただけだもの」

「そうだけど、そもそもひとりにするべきじゃなかったんだ。きみが戻るまで一緒にいるべきだった。作戦の内容がどうだろうと、あの子をひとりにするべきじゃなかった」

「でも、時間は巻き戻せないわ。それに自分を責めてもなんのたしにもならない。アルフィー、前向きに考えるのよ。あなたほど前向きな猫はいないじゃない」

「いまはそんな気になれないよ」

「辛いのはわかるわ。わたしだって、ジョージがいなくなるまで、だれかをここまで恋しく思うことがあるなんて思わなかったもの」悲しそうだ。「でも必ず見つかるわ。見つけないと」

「早くごみばこが来てくれないかな」

また玄関があき、エリヤを抱いたターシャが出てきた。マックスも一緒だ。

「ほんとにぼくがエリヤを抱かなくて大丈夫なのか？」マックスが尋ねた。

「慣れてるもの」

「でもターシャ、無理しなくていいんだよ。約束しただろう、時間をかけようって。ぼくは本気でそう思ってる。だから手伝わせてくれ」心からの言葉に聞こえる。ぼくはこの人がほんとに好きになった。

「そうね。なんでもひとりでやるのに慣れてしまったみたい。こんなわたしに我慢できる？」

「我慢なら任せてくれ」

ぼくはこれ以上我慢できる自信はない。

ぼくはタイガーと、ターシャのフラットへ歩いていくふたりの後ろ姿を見つめた。マックスがエリヤを抱いている。それはとても心温まる光景で、ジョージのことをここまで心配していなかったら、嬉しくて胸がいっぱいになっていただろう。

「ジョージにはあなたが必要よ、アルフィー」出し抜けにタイガーが言った。「あの子にはわたしたちが必要なの。あの子に親代わりになると約束したも同然なんだから、守ってやらないと。なにがあろうと」

「うん、タイガー。お互いに気をしっかり持とう。落ちこんでる場合じゃない」なんとしてもジョージを見つけだす。ぼくは目をつぶり、どうか見つかりますようにと心から祈った。

Chapter 30

はっと目が覚めた。いつのまにか茂みの下で眠ってしまったが、まだ暗い。隣で眠るタイガーは安らかな顔をしていて、一瞬、何事もなかったと錯覚しかけた。ぼくは伸びをして、あたりを見まわした。相変わらずごみばこの気配はなく、仲間の姿も見当たらない。じっとしていられず、少し歩きまわってこわばった足をほぐした。またタイガーの隣で横になろうとしたとき、大きいトーマスが通りを歩いてくるのに気づいた。どうしたんだろう。ジョージが見つかったんだろうか。一縷《いちる》の望みにすがって駆け寄ると、ぼくに気づいたトーマスに抱きあげられた。

「アルフィー、真夜中だぞ」トーマスがぼくを抱いたまま庭を囲う塀に腰かけた。ミャオ――わかってるよ。トーマスこそどうしたの？「いろいろ考えてたんだ。ジョージがいなくなって途方に暮れてるおまえを見て、フランチェスカと子どもたちがいなくなった自分がどれほど途方に暮れているか気づかされた。今夜はみんなが眠っているあいだにジョージを探しに来たんだが、なんの役にも立てなくて情けないよ」ぼくはトーマスの首筋に顔をこすりつけた。同じ気持ちだった。「アルフィー、すまない。ジョージのことはぼくも心配だが、やらなきゃいけないことがあるんだ。明日、みんなをポーランドに迎えに行こうと思う。それまでにジョージが見つかればいいが、見つからなくても行くつもりだ。どうかわかってくれ」

大柄でがっしりした体格のトーマスが悲しそうにしている。気持ちはよくわかった。そもそも今回の計画には、トーマスをポーランドに行かせることも含まれていた。考えてみれば悲しい皮肉だ。ターシャはマックスに心を開き、トーマスは家族を迎えに行こうとしているのに、ぼくはジョージを失ってしまった。達成感はなく、苦しみしか感じないぼくは、みんなのことはどうでもいいからジョージに帰ってきてほしいと思いそうになる最低の自分を抑えこんだ。いくらなんでも身勝手だ。その瞬間、なによりもジョージが大事で、自分にとってあの子の幸せと無事がすべてに優先するんだと思い知らされた。家族を愛しているし、みんなには幸せでいてほしいけれど、そのためにジョージを犠牲にする気はない。ぼくはトーマスにいっそう強く体を押しつけた。急に体も心も凍りそうに感じられ、ぬくもりがほしかった。

しばらくすると、トーマスはジョージを探しに行った。ジョージが見つからないのに自分だけ捜索をやめることに罪悪感を抱き、睡眠時間を削って最後にもう一度探しに来てくれたのだ。でも、どうせ成果はないだろうというやりきれない暗澹たる予感がした。ぼくは希望を失いかけていた。これからどうやって生きていけばいいんだろう。どうすればまた眠ったり食べたり幸せを感じたりできるだろう。ジョージが戻らない限り、無理に決まってる。

夜が明け、タイガーが目を覚まして伸びをした。結局一晩じゅう外で過ごしたが、ぼくはあのあと眠れなかった。太陽が顔を出したころ、トーマスが戻ってきた。ジョージを抱いてるんじゃないかと期待したが、手ぶらで玄関へ歩いていく。隣に目をやると、タイガーがうなずいた。家に戻って、なにかわかったか確かめよう。チャイムを鳴らすトーマスと待っていると、ジョナサンが玄関をあけた。寝巻の上にガウンをはおり、髪は見たこともないほどくしゃくしゃで顔色が悪いから、あまり寝ていないのだろう。ジョナサンが無言で脇に寄り、トーマスとぼくを招き入れた。

「だめだったか?」歩きながらジョナサンが尋ね、キッチンでコーヒーを淹れはじめた。

「何時間も歩きまわったが、影もかたちもなかった。実は話があるんだ。今日ポーランドへ行くことにした。チケットはもう取ってあるし、店は店長に任せる」

「家族を迎えに行くんだな?」ジョナサンの口元にかすかに笑みが見て取れる。

「ジョージが行方不明になってるときに本当に申し訳ないが、フランチェスカと子どもがどれほど大切な存在か、どうしても伝えたいんだ」

「行ってこいよ、ジョージはぼくたちで見つける。必ず見つかる気がするんだ。だから気にするな。なにかあったらメールする。でも、まずはコーヒーだ。死にそうな顔をしてるぞ」

「じゃあ、ぼくはいま鏡を見てるのかな」トーマスが冗談で返した。

「こんなに辛い思いをするとは思わなかったよ。それにアルフィーがかわいそうでね。でも、必ず見つけだす」だれに言い聞かせているんだろう――ぼく？　トーマス？　それとも自分？

やがてトーマスが帰ったあと、クレアたちも起きてきた。元気がなく、サマーですらいつもと様子が違うから、異変を感じ取っているのだろう。子どもはとても敏感だけれど、猫ほどではない。クレアは顔に気持ちが表れ、泣いていたのがわかる。何度もぼくを抱きしめては、ごめんなさいと謝った。ジョナサンは心配そうにぼくたちをちらちら見ながら、トーマスから聞いた話をクレアに伝えた。

「トーマスが目を覚ましてくれてよかった」クレアが言った。「でも、正直に言えば、そのためにジョージを失わずにすんだらよかったのにと思うわ」

「ジョージを失ってまで叶えたいものなんてあるものか」ジョナサンが断言した。

ぼくは少し水を飲んでからなにか食べようとしたが、食べ物が喉に詰まる気がした。戸棚にある空っぽのジョージの食器が目に入り、胸が張り裂けそうだった。簡単に毛づくろいをすませ、どうするか相談しているクレアとジョナサンの話に耳を澄ました。

「あちこち歩きまわったし、ポスターも貼ったし、ヴィクとヘザーも調べてくれてる。ここでじっとして電話が鳴るのを待つのが、いちばん確実かもしれないな」ジョナサンが言った。

「そうね。トーマスが一晩じゅう探してくれたし、昨日はわたしたちがさんざん探しまわった。ヴィクとヘザーは警察にも連絡してくれたそうよ。家にいればなにか知らせが届くかもしれない。ひょっとしたらジョージが帰ってくるかもしれないわ」

あんなふうに楽観的になれたら、どんなにいいだろう。でも、ふたりにちょっと腹も立った。なにもせずにじっとしていればいいと思っているらしい。ぼくには無理だ。出かけてなにかせずにはいられない。たとえ無駄でも。

外に出て家の前へまわると、タイガーが不安そうになにかを見ていた。

「どうしたの？」ぼくはタイガーに駆け寄った。

「あなたの友だちが来たわ」そわそわしている。「だれかと一緒よ」目を細めて遠くを見ると、こちらへ来るごみばこが見えた。希望で胸がふくらんだが、一緒にいるのはジョージではなく、大きな黒猫だった。タイガーとぼくは姿勢を正して待ちかまえた。

「アルフィー、もう少し人目につかないところで話せないか？」ごみばこが黒猫を示した。ぼくは無言で朝まで隠れていた茂みへ案内した。「よし、最初に大事なことを片づけよう。

こいつはミスターBだ。ミスターB、アルフィーとタイガーだ」それぞれが軽く会釈した。

「今回の件にはミスターBが適任だ。探しもののプロだからな。スノーボールがいなくなったときも力になってもらった」

「よく覚えてる」ミスターBが言った。「きれいな白猫で、ちょっとばかり困ったことになっていた。それはともかく、ごみばこから街灯の猫の話を聞いて少し調べてみた。どうやら謎が解けた気がする」

「ほんと？」息ができない。ジョージが見つかったの？

「いささか苦労したが、運よく手がかりがつかめた。どうやら不意打ちで猫をつかまえてるやつがいるらしい」

「じゃあ、ほんとに猫さらいがいるの？」タイガーが震えあがっている。

「ああ。犯人の正体はわからないし、目的もわからないが、広範囲にわたる捜査のすえ、猫たちが連れていかれたと思われる家を突き止めた。あくまで思われるだけで、百パーセント断言はできない。だが近くでしばらく張りこんだ結果、尋常ではない数の猫の声がするとの報告を受けた」すごくプロっぽい。またごみばこに借りができた。

「ジョージもそこにいるの？」

「わからない。突き止めた家の場所はここからさほど遠くないが、なかに入るのはかなり手こずりそうだ。やけに高い門があって、飛び乗れないから家のなかの様子がわからない。

門から延びるフェンスがぐるりと庭を囲んでいる。フェンスの隙間からのぞくことはできるが、カーテンがすべて閉まっていて明かりもついていない。だが、かなりの数の猫がいるのは確認できた」

「どうやって？」タイガーが尋ねた。

「いい質問だ」ミスターＢが答えた。「かなり騒々しかった。ただ幸いなことに、必ずしも窮状にある猫の声ではなかった。一般家庭にしては異常な数の猫の声がするだけだ。それに、裏庭の物置には、大量の猫缶と猫用ビスケットがぎっしり詰まっていた」ぼくはぞっとした。猫缶は好きじゃない。「フェンスの向こう側に見たことのない生き物がいて、家を見張ってる。高い門、閉め切ったカーテン、キャットフードに見張り。これらの証拠から考えて、あの家に住んでる人間がなにか隠しているのは――正確に言えば大量の猫を隠しているのは、間違いない」

「理屈は合うね」確信はできないけれど、ほかに手がかりはない。

「アルフィー、はっきりしたことはわからないが、ジョージがその家にいるならすぐ調べるべきだ。作戦を立てよう」ごみばこが言った。うっすら希望が湧いてくるのを感じた。ジョージが行方不明になってからなにかわかったのは初めてなんだから、気をしっかり持たなければ。あの子のために。

作戦を立てる？　その役目にぴったりな猫がここにいる。

Chapter 31

ぼくは不安でたまらなかった。これまで実行してきた作戦のなかで、今回ほど成否に多くのことがかかっているものはなかった。うまくいけばジョージだけでなく、もしかすると街灯の猫たちも助けられるはずだ。ありったけの仲間を集め、なにをするか説明した。ミスターBとごみばこから細かく話を聞いたので、必要な情報は把握できているし、タイガーと問題の家にも連れていってもらった。聞いたとおり家は真っ暗だったが、かすかに猫の声が聞こえた。高い門は太刀打ちできそうにないけれど、周囲を囲うフェンスは頑張ればなんとかなりそうだった。

救いは、監視にあたる生き物がニワトリだったことだ。フェンスに沿ってつくられた囲いでニワトリが放し飼いにされているので、庭に入るにはそこを突っ切るしかない。フェンスの隙間になんとか鼻先を突っこむと、怒ったニワトリたちが大騒ぎして首をひょこひょこ突きだしてきたけれど、田舎にニワトリの友だちがたくさんいる――ちょっと話を大きくしただけだ――と話したら、態度を和らげてくれた。少なくとも、フェンス越しにくちばしでつつこうとはしなくなった。意思の疎通はすんなりとはいかなかったものの、協力してほしいと必死で訴えたら、おとなしくなったからわかってくれたんだと思う。ニワトリに関する知識が思いがけず役に立った。田舎で過ごして、つくづくよかったと思った。

「たいしたもんだ」ごみばこが言った。「でもあのフェンスに登るのは、ちょっと厄介だぞ」たしかに。かなり高さがあり、てっぺんに鉄条網が巻いてある。あまり安全そうには見えない。

「うん。でも集中すればできると思う」虚勢を張ってみたが、本当は爪先まで震えていた。

「アルフィー、本気なの？　引っかかったらかなり痛そうだし、あなたは足が……」タイガーが心配している。

「タイガー、あの子があそこにいるなら、やるしかない。なんとか乗り越えてみせる」みんな心配そうだったが、ごみばこが一緒に来てくれることになった。ぼくたちはミスターBとごみばこに見張りを頼んで一旦その場を離れた。救出を開始する前に、やることがたくさんある。

「それで、どうやるんだ？」話を聞いたロッキーが尋ねた。

ぼくは救出作戦の全容を詳しく説明した。話し終えたときには、それがどれほど難しい作戦か全員が理解していた。「じゃあ、行ってくる。ごみばことミスターBが待ってる」

ぼくはタイガーを見た。問題の家の場所を知っているのはタイガーだけだから、万が一のときは大事な存在になる。「家族のことも解決しなきゃいけないけど、みんなでサーモンを探してくれたら助かる。タイガー、サーモンにあの家の場所を教えてやってくれない?」そして、サーモンになにをしてほしいか具体的に説明した。仲間みんなに協力してほしいが、ほとんどはあくまでサポート役にすぎない。役に立つと思ってもらうことが肝心なのだ。ティンカーベルはタイガーを手伝い、ロッキーとネリーとエルビスはタイガーたちに状況を報告し、手違いがあったときは警告してもらうことにした。みんなすごく張り切っていた。怖いけれど、アドレナリンが駆けめぐっていた。みんなでジョージを助けるのだ。

この作戦はぼくたち猫だけじゃできないからリスクがある。家族を巻きこむのは簡単ではないだろう。でも、仲間は自分の役割をわかっているから、うまくいくはずだ。

「頑張れよ、アルフィー。おれたちがついてる。ジョージと無事に帰ってくるのを待ってるぞ」エルビスが言った。

「あなたって、ほんとに勇気があるのね」ネリーも横から声をかけてくれた。

ぼくは深呼吸して、作戦に取り掛かった。

最初にうちに寄った。作戦には人間が不可欠で、できればジョナサンとマットがよかった。どちらも元気で体力があるから、あのふたりに来てもらえば作戦は半分成功したも同然だ。まあ、半分は言いすぎかもしれない。ぼくにも相棒のごみばこにも、やることがたくさんある。

問題の家に着いたらすべてはあっという間に終わるはずだが、まずは少なくとも何人か家族を連れてあそこへ行く必要がある。

キッチンに入った。ジョージがいないと、妙な違和感があった。一緒に暮らしてさほどたっていないのに、この家に欠かせない存在になっている。ぼくは子どもたちに食事をさせているクレアとターシャのところへ行った。ポリーとマットはうろうろ歩きまわっている。ジョナサンは電話中だ。

「ああ、アルフィー、帰ってきたのね」クレアが言った。「まだなにもわからない？」

「ミャオ」ぼくは大きく息を吸いこんだ。「ミャオ、ミャオ、ミャオ、ミャオ」大声で鳴きつづけた。みんながこっちを見ている。よし、注目を集めたぞ。くるりと向きを変え、鳴きながら玄関へ走った。こうすれば、みんなが追ってくるはずだ。

玄関で足を止め、キッチンの話し声に耳を澄ました。だれも追いかけてこない。

「頭がどうかしちゃったの？」ターシャが言っている。

「驚いたな、あいつにあんな声が出せるとは思いもしなかったよ」とジョナサン。落ち着け――ぼくは自分に言い聞かせた――思ったより難しそうだ。

キッチンに戻り、同じことをくり返した。大声でミャオミャオ鳴き、精一杯声を張りあげたのに、みんなぽかんと見ているだけで、ついにサマーが泣きだした。大丈夫だと慰めるクレアにもどかしさを覚えたが、クレアも不安そうだ。ぼくはジョナサンのところへ行った。頼みの綱はジョナサンだけだが、この綱はかなり細い。人間は賢いと言われてるけど、ほんとだろうか。みんなを見てるとあまりそうは思えない。後ろ足で立ちあがって脚を叩いたのに、ジョナサンはぼくを見つめるだけだった。

「どうした、アルフィー」

「ミャオ！」ここまでしても戸惑った顔をしている。気は進まないけれど、あとで許してくれるだろうし、ほかに手はない。ぼくは思いきりジョナサンを引っかいた。

「痛い！　なにするんだ」

ジョナサンがぼくをにらんだので、ここぞとばかりに「ミャオ！」と叫んで玄関へ走った。

「ついてきてほしいのよ」ようやくクレアが気づいた。「なにか知ってるんじゃない？」

玄関の前に座って頭をドアにぶつけ、さらに気持ちを伝えると、ついにマットとジョナサンとポリーが来てくれた。この調子だと、やってほしいことをしてもらう前にへとへとになりそうだ。ぼくはジョナサンがあけた玄関から飛びだし、ジョナサンが追いかけてくるのを見てほっとした。

「なんなの？」ポリーも玄関先まで出てきた。

「さあ、でもジョナサンとついていってみるよ。きみたちは子どもたちとここにいてくれ。なにかわかったら連絡する」追いかけてくるマットが通りから叫んだ。ぼくはしっかり記憶に留めた道順をたどった。疲れているけど、急がないと。あのおかしな家にジョージがいるなら、できるだけ早く助けだしたい。

幸い道順の記憶は正確で、到着した家でミスターBとごみばこが待っていた。マットとジョナサンがどう思うかわからなかったが、ミスターBはするりと物陰に隠れ、ごみばことぼくだけになった。

「チビすけを見かけた気がする」ごみばこがささやいた。「一瞬カーテンがあいたとき、見えた気がするんだ」

「そうだといいけど」期待で胸が高鳴った。「用意はいい？」ごみばこがうなずいた。

マットとジョナサンが高い門をあけようとしている。がんがん叩いているが、あかないようだ。

「どういうことだ？」マットが言った。

「さあ。アルフィーはほんとに頭がどうかしたのかもしれない。狂猫病かなにかで」ぼくはジョナサンに向かって大声で鳴いた。冗談を言ってる場合じゃない。「悪かったよ、アルフィー。それで、この家はなんなんだ？　それとそのでかい猫は？」

「もしかしたら、トーマスの店の猫じゃないか？」マットが戸惑っている。

「だとすると、なにがあってもおかしくないな」そう言うジョナサンを、ごみばことフェンスのほうへ案内した。そしてニワトリに声をかけて気を引いた。ニワトリたちはビーズみたいな小さな目でぼくを見つめるだけで騒ぐことはなかったので、追い払う気はないと判断した。ぼくは深呼吸してフェンスによじ登った。簡単ではなかった。針金はすべりやすく、高さもある。

「おい、なにをしてるんだ？」マットが言った。マットもジョナサンも手を貸すつもりはないらしい。

「ひょっとして、ジョージがなかにいるとか？」

「それ以外、アルフィーがあんなことをするはずがない。高いところが嫌いなんだから」

ぼくはふたりには目もくれず、隣にいるごみばこに励まされながら登りつづけた。とりあえずぼくたちがここに来た理由はわかってもらえたから、なにか役に立つことをしてくれるかもしれない。永遠とも思える時間がかかった気がしたが、なんとかてっぺんの鉄条網を乗り越え、おりる心の準備をした。おりるのは登るよりはるかに怖そうで、体がすくんだ。

「警察に電話しよう」ジョナサンが言った。

「電話して、なんて言うんだ？」

「この家に猫さらいがいるかもしれないって」フェンスの頂上から見おろすと、ジョナサンが携帯電話を出していた。

「なにを根拠に？」

「そうだな、うちの猫が閉じこめられてる。少なくとも、もうすぐそうなる。ほら、アルフィーが入ろうとしてる」

視界の隅で、不安そうに電話をかけるジョナサンが見えた。

「信じてもらえないんじゃないか？」マットが言った。「でも、自分の猫がいると言えば、なんとかなるかもしれない」

「ああ。それにそのほうが無難だ。ここに猫さらいがいるなら、物騒なやつかもしれないから、ぼくたちだけで踏みこむわけにはいかない」

「たしかにそうだな。やはり警察を呼ぶか」マットはまだ迷っている。

「大丈夫だ、アルフィー」ごみばこが小声で言った。「おれを見てろ。つかめる場所をつかんで、すばやくおりれば、すぐ地面につく」

恐怖感が消えなかった。マットが言ったとおり、高いところは苦手なのだ。それに、これから行こうとしているところはとんでもなく危険かもしれない。ジョナサンが警察に電話してくれてよかった。

ぼくは自分を励まし、地面についたごみばこを見て、自分にもできると言い聞かせた。

ジョージのためならできる。少し無様な着地になったが、なんとかやり遂げた。ごみばこはまだニワトリをちょっと怖がっているようだったが、上手に囲いから跳びだした。ぼくはニワトリに話しかけた。

「よく聞いてほしいんだ。これからきみたちを追いかけるけど、怪我はさせないって約束する。大騒ぎしてほしいだけだよ」

「コッコッコッ」きっとニワトリ語の「わかった」に違いない。

ぼくは覚悟を決めて追いかけた。ニワトリたちがあわてて逃げまわり、ぼくの言葉を理解してくれたらしく、大騒ぎを始めた。疲れをよそに追いつづけると、騒ぎはいっそう激しくなった。必要以上にうるさい気もしたけど、ニワトリは大げさに騒ぐ傾向がある。なにもしてないのに、抜けた羽毛が舞いはじめた。

「なんでニワトリを追いかけてるんだ？　田舎に行ったときは怖がってたのに」ジョナサンの声が聞こえる。「アルフィー、やめろ。おい、やめるんだ！」怒鳴られても、とうぜんやめるつもりはない。

ようやくドアがあき、だらしない格好の女性が出てきた。叫びながらぼくのほうへ走ってきたすきに、ごみばこがするりと家に入った。よし、作戦の第一段階成功だ！

「あっちへお行き！」女性が怒鳴った。女王みたいな口ぶりだ。「しっしっ！」そうはいかない。ぼくはさらに激しく追いかけた。ごみばこが家のなかをしっかり調べるまでやめるわけにはいかない。幸い、女性はドアを閉め忘れていた。計画では、ごみばこがなかにいる猫たちに外へ出るように言うことになっている。この人が行方不明の猫を閉じこめている可能性が高いが、これだけのことをしてるんだから、そうであってほしい。さもないと、ちょっと気まずいことになる。

「すみません」ジョナサンが女性に声をかけた。たじろいでいるのか声が震えている。女性がジョナサンたちに気づいた。「アルフィー、囲いから出ろ！」ぼくは言われたとおり、ピョンと囲いから出て女性の横へ行った。女性は靴を片方しか履いていなくて、反対の足は穴のあいた靴下がむきだしだ。危ない人には見えないが、白髪交じりの髪はぼさぼさで、パジャマの上にぶかぶかのセーターを着ている。

「あの、申し訳ありませんでした。でも、門をあけていただけたら、アルフィーも出てくると思います」マットがそう言って、ちらりとジョナサンに視線を走らせた。ふたりで振り向いている。警察が来ないか確かめているのだろう。

「お断りするわ。この子はもう、うちの子だもの」女性がぼくを見た。「まあ、ブリティッシュ・ブルーは初めてよ。とってもハンサムね」ぼくの髭が立った——気づいてくれてありがとう。いやいや、ここに来た理由を忘れちゃいけない。

「その子はぼくたちの猫ですよ」マットが言い返した。「返してください」フェンスに近づいたマットにジョナサンもつづいた。

「ミャー！」ぼくは叫んだ。

ぼくを見た女性がマットとジョナサンに目を向け、次に開いたドアのほうへ振り向いて悲鳴をあげた。

「だめーっ！」戸口から出てきたごみばこのあとから、何匹も猫が出てくる。ごみばこの隣にジョージがいるのを見たとたん、鼓動が速まった。

「ミャオ」ぼくはジョージに駆け寄った。「無事でよかった」全力で顔をこすりつけた。

「パパ、きっと来てくれるってわかってたよ」

「その話はあとだ。離れるなよ」ピンキーも出てきた。全部で二十匹ぐらいいる。ピンキーが走ってきた。

「ああ、よかった。アルフィー、ありがとう、おかげで助かったわ」気が動転しているようだ。「出られてほっとした。あそこにいるのはいやでたまらなかったの、冷蔵庫に入っても気が休まらなかったわ」

「もう大丈夫だよ」

でも、大丈夫と言いきれないのはわかっていた。まだ庭に閉じこめられている。

「本当に猫をさらってたんだな！」騒ぎに負けない声でジョナサンが怒鳴った。見た目も大きさもさまざまな猫が大声で鳴きながら走りまわっている。

「そんなことしてないわ」女性が応えた。

「でも、探してた仔猫がここにいるし、アルフィーまで取ろうとしたじゃないか！」マットが言った。

「みんなうちの子よ。うちの子だって言ってるでしょ」女性が金切り声をあげた。ぼくは正気なのか不安になった。女性が猫たちを――ぼくも含めて――つかまえようとしたとき、ふたつのことが起きた。パトカーのサイレンが近づくなか、ヴィクとヘザー・グッドウィンがジョナサンたちのところへ走ってきたのだ。うしろにサーモンもいる。彼らを見て、これほど嬉しかったことはなかった。それどころか会えて嬉しいと思ったことは一度もないから、そういう意味でもかなり特殊な状況と言える。

「何事だ？」ヴィクが言った。

「猫さらいなんです」マットが答えた。

ぼくはぴったりジョージにくっついていた。どうすれば出られるかわからないけど、とりあえずジョージは見つけた。ほかの猫たちは外に出られて嬉しいらしく、ぐるぐる走りまわって自由を満喫している。

「なんですって？　あの人が？」ヘザーが耳を疑っている。「市民逮捕するわ！」そう叫んだが、フェンスの向こうにいるのにどうやるつもりなんだろう。

「さらってなんかいないわ。みんなうちの子よ」女性が言い張った。

「もうすぐ警察が来ます」マットがみんなに言っている。

「よし。そこのご婦人、嘘をついても無駄だぞ」ヴィクがポスターの束を振ってみせた。

「ここにいるのは、みんな行方不明になった猫だ」

「ジョージもです」とジョナサン。

「最悪の猫泥棒だわ」ヘザーが責め立てた。

「そんな……」女性は降参したようだ。「うちの子にしたかっただけよ」

パトカーが停《と》まり、警察官がふたり降りてきた。

「いったい何事ですか?」ひとりに尋ねられ、ヴィクが説明を始めた。


そのあと起きた大騒ぎのあいだに、ぼくはジョージの無事を確認した。ピンキーが面倒を見てくれたらしく、ほかの猫たちも仲良くしてくれたようだ。さらわれたとわかり、みんなかなり動揺していた。ヘンリエッタという名前の犯人はやさしかったものの、猫たちを外に出そうとしなかったので家のなかはめちゃくちゃで、閉じこめられたみんなは頭がどうかなりそうになっていた。でもヘンリエッタは意地悪ではなく、ぼくにはそれがなにより大事だった。

ジョージから聞いたところによると、タイガーの家の裏口にわずかなあいだひとりでいたとき、ヘンリエッタにさらわれたらしい。きっとずっと様子を窺っていたんだろう。不注意だった自分にぞっとした。

「入れてください」警察官が言った。

「入れたくないわ」ヘンリエッタがためらいがちに応えた。

「入れてくれないと、無理やり入りますよ。これ以上問題を大きくしないほうがいいのでは？」

ようやくなかに入れてもらった警察官たちにマットとジョナサンがつづき、ヴィクとヘザーも加わった。そして困惑する警察官に懸命に事情を説明した。

「逮捕するべきだ」ヴィクが言った。

「牢屋《ろうや》に閉じこめて」ヘザーも息巻いている。

「その前に、猫たちをどうするか考えないと。警察署に連れていくわけにはいきません」

警察官はちょっとびくついている。

「その必要はないわ」ヘザーが言った。「飼い主に電話すれば、すぐ迎えに来るわ。見て、ポスターを持ってきたの。全部コピーを取って、どんな猫を探せばいいかわかるようにしてたのよ。無駄に隣人監視活動をやってるわけじゃないわ」

「助かります、グッドウィンさん。では、ええと、お名前は？」

「ボビントン・スミスよ。でもヘンリエッタと呼んで」奇妙な女性が答えた。そして片手まで差しだしたので、警察官が戸惑った表情で握手した。

「署まで同行願います」警察官が言った。「ただ、申し訳ありませんが、ここが片づくまで車のなかでお待ちください」もうひとりの警察官が無線で連絡を入れたが、この状況を説明するには少し時間がかかりそうだった。マットがジョージを抱きあげ、ジョナサンはクレアに電話で事情を話しはじめたので、ようやくごみばことミスターBと話す機会を持てた。

「なんてお礼を言ったらいいかわからないよ、ミスターB。おかげで本当に助かった。それにごみばこ、やっぱりきみは最高の友だちだ。きみたちがいなかったら、みんな閉じこめられたままだった」

「まあ、おれにはよくわからないが、あの子が無事でなによりだ」ごみばこが言った。「ほかの連中も無事でよかったが、あの子は特別だ」ぼくたちは顔をすり寄せあった。「それに、アルフィー、あんたもよく頑張ったな。フェンス、高所恐怖症、ニワトリ。よくやった」

「邪魔して悪いが、おれはここで失礼する。おれを必要としてるやつがいるかもしれないからな」ミスターBが言った。そして、だれにも気づかれないうちに、もっと言えば引き取り手を見つけられないうちに、ごみばこと一緒に去っていったので、ほっとした。

警察官に延々質問されたあと、ようやく帰宅を許された。ヘザーとヴィクは飼い主たちを待つことになったが、あくまで警察に協力するためだと言っていた。まさに水を得た魚のグッドウィン夫妻を見て、ぼくはサーモンににやりと笑いかけた。ふたりともこの機会を大いに楽しんでいるが、市民逮捕ができずにがっかりしているのだろう。

　ジョージはマットに、ぼくはジョナサンに抱かれて、並んで家路をたどりながら、今回の作戦は大成功だったと思った。だれも怪我をしていないし、ぼくも鉄条網でいくつか引っかき傷をつくった程度ですみ、ニワトリは元気だし、ジョージも無事に取り戻した。

　ニワトリたちにはお礼を言っておいた。もう友だちになった気がした。

「コッコッ」ニワトリたちは頭をひょこひょこさせてそう応えただけだけど、「どういたしまして」と言ったんだと思う。

　ほっとして全身から力が抜けた。ぼくは仲間を信頼し、仲間はその信頼にりっぱに応えてくれた。エドガー・ロードに近づくと、門の前で待つタイガーが見えた。ミャオと鳴くと、ジョナサンがおろしてくれた。

「ジョージは無事だったよ」つい顔がほころんでしまう。

「アルフィー、やったのね！」タイガーはすごく嬉しそうで、それを見たとたん、かつてないほど親しみを感じた。

「みんなでやったんだ」ぼくはタイガーに顔をこすりつけた。世界一幸せな猫になった気がした。

Chapter 32

ジョージを連れて帰ったとたん、大騒ぎになった。クレアは泣き崩れ、サマーも泣きながら駆け寄ってきて、小さな胸にジョージを抱きしめて「悪い子」と言った。ジョージはなぜ叱られるのかわからないようだったので、表情で安心させてやった。ポリーと子どもたちも集まってきて、ことの顛末《てんまつ》を聞きたがった。

「アルフィーのお手柄だったんだよ」ジョナサンは、いまだになにがなんだかわからないと言いたげな顔だ。「ここでやたらと騒いだあと、ついていったら一軒の家に案内された。どうやって見つけたんだ?」ぼくに訊いてきたので、首をかしげてみせた。「きっと仲間の猫に協力してもらったんだろうな。とにかく、その家についたアルフィーは、命がけの行動に出た。少なくとも九つある命のひとつをかけた」ジョナサンの話は、実際に起きたことより大好きなアクション映画みたいだった。たしかにドラマチックだったけど、ジョナサンの説明ほどじゃない。

「そのヘンリエッタという人は、以前キャットシッターをしてたんだけど、預かった猫を返そうとしなかったからクビになったんだ」マットが言った。「そのせいでちょっと頭のねじがゆるんでしまって、見かけた猫を片っ端から連れ帰るようになったらしい。二十四ぐらいいたよ、ぼろぼろの大きな家に」

「どんなにおいがしたか想像してみてくれよ、クレア。きみならぜったい耐えられない」ジョナサンがつけくわえた。人間って、つくづく変なところにこだわる動物だ。

みんな大喜びでジョージをちやほやしたが、マットとジョナサンの説明が終わったときはぼくがヒーローとしてもてはやされた。クレアはぼくたちにスモークサーモンをごちそうしてくれて、奮闘したあとだったのでありがたかった。

みんな、サーモンを食べるぼくたちから離れようとせず、ほっとしてしきりにしゃべっていた。

「ターシャにはもう連絡したのか？」ジョナサンが訊いた。

「ええ、メールしたわ。エリヤの具合が悪くて出かけられないけど、マックスが来てるから一緒にお祝いするそうよ。トーマスは？　だれか知らせた？」

「ぼくがメールしておいた」ジョナサンが答えた。「それに、ほら」差しだした携帯の画面にトーマス一家の写真が映っていた。「家族そろって自撮りしてる。万事丸く収まったんだ」

にっこりしている。ぼくはほっとした。ジョージは本来の場所に戻ってきた。それどころか、みんな本来の場所に戻った気がする。

食事と毛づくろいを終えてジョージと寄り添ったぼくは、どれほどジョージを愛しているかみんなに見せたくなった。そうすれば、みんなもどれほど愛し合っているかわかるかもしれない。

「感心するわ」ポリーが言った。「アルフィーは我が子みたいにジョージをかわいがってる。本当の父親でも、ここまで愛せないんじゃないかしら」クレアがポリーに目をやり、ジョナサンを見た。ジョナサンはぼくを見つめてから、腕を伸ばしてクレアの手を握った。

「それにぼくたちは、我が子と同じぐらいこの子たちを愛してる」マットが言った。

「そうね」クレアは目に涙を浮かべ、ジョナサンの手を握りしめている。あとでポリーに感謝の気持ちを伝えなくちゃ。あんな言い方をするなんて、なんて知恵がまわるんだろう。

「ポリー」マットが声をかけた。「今日ジョージを探しながら、ずっと考えていたんだ。不安でたまらないのはみんなと同じだったけど、なんだか家族をなくした気がした。だから、ぼくたち家族のためになにがいいか、どうすればふたりとも働けるか、考えるべきだと思った。どちらかが惨めな気分では、だれも幸せになれない」

「お互いにずっとひどい状態だったものね」ポリーが言った。「子どもたちに悪いことをしたわ」ぼくは横になったまま喉を鳴らして同意した――たしかにそうだった。

「ベビーシッターを雇う手もあるし、家賃の代わりに家事をしてもらう学生に部屋を提供する手もある」ジョナサンが言った。「大勢の親がやってることだ」

「探すのはわたしが手伝うわ」とクレア。すごく手際がいいから、すぐに見つけるに違いない。「それに、ふたりの言うとおりだわ。最近はみんな、少しぎくしゃくしてた。今回のことは、きっと関係修復を始めるために必要な警鐘だったのよ」ジョナサンを見ている。

「話し合おう。きちんと、あとで」ジョナサンが屈んでクレアにキスした。

ヘンリーがキッチンにやってきて父親のところへ行った。むくれている。

「どうした?」マットが尋ねた。

「マーサとサマーがぼくに女の子の恰好《かっこう》をさせて、お茶会ごっこをさせようとするんだ」不満そうだ。

「やれやれ、あのふたりは威張り屋だからな。おいで、ヘンリー、ほかの遊びを見つけてやるよ」ジョナサンがヘンリーの手を取った。

「iPadで遊んでもいい?」

「いいよ、でもサマーたちと取り合いになるから、キッチンでやるんだぞ」ジョナサンがヘンリーの髪をくしゃくしゃ撫で、iPadを取りに行った。隅の椅子に腰かけたヘンリーは、サマーたちから逃げられて満足そうだ。

ジョージのぬくもりを感じながら、ぼくは思った。みんながその気になれば、なにもかもすんなりうまくいくものだ。

「シャンパンをあけよう」戻ってきたジョナサンが宣言した。「ジョージの無事の帰還を祝って」冷蔵庫からシャンパンを出している。

「こんなに怖い思いをしたのは、アルフィーが入院して生死をさまよっていたとき以来だわ」クレアが初めてぼくが立てた作戦の話を始めた。あの作戦は命がけのものだった。成功したものの、危うく死にかけた。

「あのころは、まだ知り合ってなかったのよね。嘘みたい、あなたたちがいない人生なんて想像できないわ」ポリーが言った。

「アルフィーがいなかったら、そしてジョージがいなかったら、こんなふうに久しぶりにゆっくり話すこともなかったんだから、あの子たちに乾杯しよう」マットが提案した。

「なんだか全部アルフィーがもくろんだみたいだな」ジョナサンが笑っている。

「あきれた。アルフィーのことになると、あなたってほんとにどうかしてるわ。そんなわけないじゃない。でもマットの言うとおりよ。わたしたちの人生はアルフィーたちのおかげで豊かになった。だからあの子たちに乾杯しましょう」クレアがジョナサンの腕をやさしく叩いている。

ジョナサンが立ちあがって咳払いした。

「大切な家族と友人に乾杯――家族には、かわいくて賢い猫たちも含まれる。あの子たちがいないと、ぼくたちは迷子になってしまう。ジョージみたいに。アルフィーとジョージに乾杯」ジョナサンがグラスを掲げると、みんなも乾杯の言葉を口にしてグラスを合わせた。

ぼくは胸がいっぱいになった。幸せで胸がいっぱいで、破裂しそうだった。

ジョージが本当に行方不明になったことと、もともとの作戦が大失敗に終わったことを別にすれば、最終的にはまさにぼくが望んだとおりの結果になった。ジョージを失ってまで叶えたいとは思っていなかったし、二度と一瞬でもあの子をひとりにする気はないけれど、無事に戻ってきたんだから、いつまでも失敗をくよくよ考えていないで将来に目を向けるべきだ。その夜クレアとジョナサンが話しているのは、まさにその将来についてと思われた。

「養子はいろんな意味で大事なことだと思うの」クレアが言った。「子どもには温かい家庭が必要で、わたしたちにはそれがある。世界には、わたしたちが与えられるものを持っていない子どもが大勢いるのよ」

「それはわかってるし、与えたいとも思う。でも怖いんだ。サマーのようにその子を愛せなかったら？　あの子のことは、自分でも信じられないほど愛してる、いまだに驚くことがある」

「でも、もし愛せたら？　ジョナサン、あなたは自分がどれほど広い心を持ってるか気づいてないのよ。あなたはどの子にも同じように接する。アレクセイ、小さいトーマス、エリヤ、ヘンリー、マーサ。どの子も家族みたいに接してるわ」

「ああ、あの子たちには愛情を感じてる。でも一緒に暮らしてるわけじゃない。ぼくは父親じゃない」

「でもいまはアルフィーとジョージの父親みたいになってるわ。サマーだけでなく」

「できる気がすることもあるけれど、怖いんだ。そもそもアルフィーとジョージが子どもみたいに話してるけど、あの子たちは猫だぞ」

出会ったころのジョナサンは、必ずしもぼくを歓迎していなくて、いま住んでるこの家から何度もぼくを追いだしたものだけど、あのころのジョナサンはいまとは別人だった。ぼくはジョナサンを手なずけ、おかしなところはクレアが直してくれた。いまのジョナサンはどこから見ても最高の父親だ。まあ、もちろんぼくを除いてだけど。

「怖いのはよくわかるわ。ごめんなさい、養子をもらうと決めつけて、それがどれほどのことかよく考えていなかった。でも、自分のことしか考えてないわけじゃないのよ。養子をもらって家族が増えるのは、家族みんなにとっていいことだと思うの。きょうだいができたらサマーはきっと喜ぶだろうし、どんな子が来てもわたしたちは温かい家庭を与えられるんだもの、その子がサマーより年上でお兄ちゃんになろうが関係ないわ」

「お兄ちゃん？　まさか、もう決めたのにぼくに話してないいんじゃないだろうな」

クレアならやりかねない。ジョナサンはますます怯えきっている。

「そんなことするわけないじゃない」やれやれ、よかった。「でも、イメージしてるのは男の子なの。サマーの面倒を見てくれるお兄ちゃん。サマーを守るその子を、わたしたちが守るのよ」目に涙を浮かべるクレアを見て、ぼくは感極まった。まさに理想的だ。ひとりぼっちの子どもを、ぼくたちの家に迎え入れるのだ。それはふたりがぼくにしてくれたことにほかならない。

「できればそうしたいし、もうひとり子どももほしいと思ってる。でももし、その子に然《しか》るべき感情を抱けなかったら？　親だと思えなかったら？」

「大丈夫よ、きっと思えるわ。ぴったりの子がくれば、必ず親だと思える」

「なんで言いきれるんだ？」

「理由？　アルフィーとジョージよ」

Chapter 33

ジョージが行方不明になってから半年がたった。もう赤ちゃんじゃないので、面倒を起こすこともなくなった――なんてことはなくて、いつもなにかたくらんでいる。幸い、かくれんぼは卒業した。きっと長いあいだヘンリエッタの家に閉じこめられたせいで、隠れるのにうんざりしたんだろう。地元の新聞は、ヘンリエッタを頭のおかしい猫おばさんと呼んだ。たしかにそうだが、あの人にはちょっと同情している。本当はただの猫好きなのだ。だからって通りで猫をさらっていいわけではないけれど。まあ、それはともかく、ジョージは大変な目に遭ったくせに、いまも袋や箱やカーテンで遊んだり、飛び乗ったりよじ登ったりするのが大好きだ。何度叱ったかわからないけど、猫だろうと人間だろうと、それが親の大事な務めだとわかってきた。

ただ、愛されているのをわからせてもいる。そばにいてほしがっているときにすぐ顔をこすりつけてやれるように、いつもそばにいる。もちろん、ぼくがジョージにそばにいてほしいときもある。どれほど愛されているかわからせるのが、ぼくのいちばん大事な務めだ。ジョージが我が家に来たばかりのころどんなに不本意だったか、失恋したばかりでどんなにひとりにしてほしかったかを思いだすと不思議でならないが、クレアは明らかにやるべきことを心得ていた。

ジョージには、人間が暮らしていくうえでぼくたち猫がどれほど大事な存在か伝授している。ジョージは少々図に乗って、サマーをいまより威張らなくさせるのが目下の目標だと言っている。さすがのぼくでも難しいと思うし、サマーはいまだにジョージで赤ちゃんごっこをするのをやめようとしないのだから、ジョージにとっては高すぎる目標だろう。でも、ジョージはだんだんぼくに似てきて、血は繋がっていなくても、これ以上ないほど愛している。父親そっくりな息子は情報集めに熱心で、近所の猫全員を魅了し、あのサーモンすら例外ではない。みんなほぼあの子の言いなりだ。

タイガーも、ジョージのりっぱな母親代わりになった。タイガーは相変わらず皮肉屋で批判的で、感情に流されやすいぼくと違って容赦ないところがあるけれど、我が子のように親身にジョージの面倒を見ている。タイガーとぼくとジョージはすばらしいチームになった。確固たる絆で結ばれ、以前に増して一緒に過ごしている。クレアとジョナサンもそれに気づき、ぼくとタイガーを長年連れ添った夫婦みたいだと言っている。おもしろがっているようだけど、ぼくは違う。それほど年寄りじゃない。

ほかの仲間も、以前とは違うかたちで生活の一部になった。ジョージとピンキーが行方不明になったことで、意外な絆が生まれたのだ。エドガー・ロードの猫は侮りがたいグループになり、言うまでもないがごみばこのことも、惜しみない友情にすごく感謝している。

家族はみんなまた仲良くなり、この状態がこのままずっとつづくように願っている。これまでもつづいたためしがないから、つづかないのはわかっているけれど、幸せな時間を満喫し、心配するのは必要になってからでいいとわかってきた。

本格的にエドガー・ロードの住人になったターシャのフラットには、ジョージとしょっちゅう遊びに行っている。マックスとの関係は明らかに〝つきあっている〟段階で、ターシャは慎重だけれど、幸せそうだ。デイヴともエリヤをめぐる問題で同意に達し、それはターシャがなにより望んでいたことだった。かわいいエリヤはのんびり屋でいつも楽しそうだ。大きくなったけれど、かわいさではだれにも負けない。大人たちはいつかサマーと結婚するんじゃないかと冗談を言ってるけど、はっきり言って、やめたほうがいいと思う。サマーなら、悠々とエリヤを負かしてしまうだろう。エリヤは強い雌鶏《めんどり》にいつもつつかれてる雄鶏《おんどり》みたいに言いなりになるに決まってる。田舎で過ごした休暇と救出作戦のあいだに、この言い回しを知った。もちろんサマーのことは大好きだし、威張り屋のところも大好きで、その矛先がぼくに向かなければいいと思ってるだけだ。

このあいだは、クレアとジョナサンに大事な用事があったので、しばらくジョージとフランチェスカのうちに泊まった。フランチェスカたちはすごく幸せそうで、アレクセイももう両親のことは心配していないと話していた。大きいトーマスは忙しく、三つめの店を開く計画を立てているけれど、いい打開策を取り入れたので、ずっと店にいる必要はなくなった。トーマスはメニューを考え、経営はパートナーが担当し、店は優秀なシェフと店長に任せている。もっと大きな家に引っ越す話までしているから、あっという間に大きくなる子どもたちも広々したところで暮らせそうだ。気持ちはわかるけど、ごみばこに会えなくなるのが心配だった。ジョージもぼくも、ごみばこと過ごすのが大好きなのだ。ごみばこがジョージは狩りの名人だと言ったことは気に入らないものの、ジョージを止めるつもりはない。狩りは猫の本能で、ぼくが変わってるだけだ。それでも知り合いの猫のなかでいちばん賢いごみばこと過ごすのは楽しいから、フランチェスカたちが引っ越しても会う方法を見つけるつもりでいる。ごみばこの住処《すみか》に行く道はもう知ってるから問題ない。フランチェスカは、またエドガー・ロードに住めたらすてきだと言ってるけど、いまのところ真剣に考えてはいない。ジョナサンは『わが家は十一人』みたいになるぞとふざけているが、どういう意味かはわからない。フランチェスカたちがこの通りに戻ってきたらいいと思う。頻繁に通える家が増えるし、またまともな通い猫になった気分になれるだろう。家は多いに越したことはない。

うちに帰ったとき、ジョージにこのことを説明しようとした。ジョージはあの事件が少しトラウマになっていたが、主な原因はほかの猫の鳴き声だ。

「ここがおまえの家だぞ」ぼくは言った。「それを忘れるなよ」

「でも、マットとポリーのうちは？」

「あそこもおまえの家だ」

「フランチェスカとトーマスの家も？」

「そう、あそこもおまえの家。でもほかは違う」ちょっといらいらしてきた。

「ターシャのとこは？」

「いいか、ジョージ、みんなおまえの家だって言ってるんだ。いまおまえが言った家はすべて。でもいちばん簡単な考え方は、ぼくがいるところがおまえのうちだ」これで伝わったらしい。


しばらく時間はかかったものの、ポリーとマットの問題も解決した。いまはふたりとも働き、どちらも仕事に夢中だが、家族との時間も大事にして、ルーシーというベビーシッターも雇った。ときどきほかの家族もルーシーを雇っていて、すごくいい人なのでみんなに好かれている。それにポリーとマットは週に一度デートすると決めた。すっかり以前のラブラブ状態だ。ポリーはかつてのきれいで幸せそうな姿を取り戻し、マットも穏やかになって家で過ごす時間を楽しんでいる――片づけに至るまで。みんなで旅行の計画を立てているが、ぼくとジョージは混ぜてもらえそうにない。マーサはどんどん大きくなっているし、ヘンリーも同じだ。もうマーサやサマーと遊ばなくなり、アレクセイと小さいトーマスがポーランドから戻ったあとは、ほっとしてまた男の子同士で遊ぶようになった。

クレアとジョナサンとサマーも元気だ。ジョージとサマーの仲がいいのを、ぼくは好ましく思っている。ぼくとアレクセイみたいな関係になってほしい。ぼくもジョージもどの子も大好きだけど、サマーとアレクセイにはとりわけ親近感を抱いていて、それはぼくはアレクセイと一緒に育ったようなものだし、サマーはジョージと一緒に育ったからだ。最近三歳になったサマーのために開かれたすてきなパーティで、クレアとジョナサンが重大発表をした。それからいろいろあったけど、詳しいことはどうでもいい。なにしろ今日は大事な日なのだ。今日でまたすべてが変わるはずで、今度こそいい変化になってほしい。

全員が期待と不安でそわそわしている。ぼくも落ち着かない。みんないちばんすてきに見えるように身なりを整えた。ジョナサンは洒落《しゃれ》たズボンとシャツ、クレアは花柄のワンピース、サマーは誕生日にもらったお姫さまのドレス。本人によるとそれがとっておきの服らしい。実際はしょっちゅうその服を着ているのだが、たしかにすごくかわいく見える。ぼくはジョージに徹底的に毛づくろいをさせ、自分も同じようにした。自分で言うのもなんだけど、どちらもものすごくハンサムだ。

みんななにをしたらいいかわからず、そわそわしながら待ちつづけた。待っているときはいつもそうだが、なかなか時間が進まなかった。

もちろんクレアとジョナサンはその子に会ったことがある——養子になるかもしれない

子に。これまで何度も会いに行ったが、今日は一緒に暮らせるか試すために、その子がうちに来るのだ。そのままここで暮らすことはできない。まずは居心地がいいと思ってもらわないとだめなのだ。でも、思わないはずがない。うちはどの部屋も愛に満ちている。新しい環境に慣れれば、きっと馴染める。ぼくもそうだったし、ジョージもそうだった。

伸びをしたとき、チャイムが鳴った。

「来たわ。わたし、変じゃない？」クレアが落ち着きなく髪を整えた。このところクレアはすごく機嫌がよくて、将来への期待で胸を躍らせている。これは運命で、なるべくしてなったことだと言いつづけている。どうやらジョナサンもついにそれを認めたようだ。

「きれいだよ」ジョナサンがクレアの手を取った。クレアと玄関へ向かうジョナサンは、ちょっと汗ばんでいた。

「あたしも！」サマーが両親を追いかけ、ジョージとぼくもあとを追った。

ジョナサンが玄関をあけ、男の子と手をつないだ女性を招き入れた。ヘンリーと同い年ぐらいのその子はびくびくしていて、女性の手をきつく握りしめていた。かわいそうに。この子にはぜったい猫が必要だ。ひと目でわかる。

「いらっしゃい、マリー」クレアが女性と握手した。

「こんにちは」マリーが応えた。

クレアが床に膝をついた。「よく来たわね、トビー。我が家へようこそ」やさしく話しかけている。トビーがクレアと目を合わせておずおずほほえんだ。

「トビー」サマーが前に跳びだしてにっこりした。「あたし、お姫さまよ」

「やあ、サマー」少し気が楽になったようだが、まだもじもじしている。ぼくはトビーとサマーの前にひざまずくクレアを見つめた。ジョナサンは少しうしろに立っている。

自己紹介しよう。トビーは混乱していて、幼いこの子にそんな気持ちは処理しきれない。最初の家をなくしたときのぼくは、若すぎてよく理解できなかったし、あれは生まれてから最悪の時期だった。ぼくなりの方法で、いまどんな気持ちかわかるとトビーに伝えよう。

「ミャオ」ぼくはトビーの脚に体をこすりつけた。

「猫だ！」トビーがしゃがんで撫でてくれた。クレアとサマーも真似をしている。ジョージもやってきた。

「もう一匹いる！」膝にすり寄るジョージを見て、トビーがいっそう顔を輝かせた。この子なら大丈夫。明らかに猫好きだ。サマーがくすくす笑いだし、それを見てトビーも笑いだした。クレアの目から涙があふれそうになっていて、ぼくは胸がいっぱいになった。きっとぼくと同じことを考えているのだ、間違いない。この子はうちの子だ。

しばらくみんなで床で遊んだ。ソーシャルワーカーのマリーは少し離れて見ていたが、ジョナサンはその場で釘づけになったままだ。ぼくはジョナサンのところへ行って、軽く頭で小突いた。

「おなかが空いてる人?」ようやくジョナサンが口を開き、ぼくを見てからみんなを見た。

「はい!」サマーが元気よく答えた。

「トビーは?」ジョナサンに訊かれ、トビーが恥ずかしそうにうなずいた。みんなの視線がジョナサンに集まった。めったにないことだがジョナサンの目に涙が浮かび、声がかすれている。みんな自慢の家族だけど、そのときはだれよりもジョナサンを誇りに思った。

ジョナサンがトビーに片手を差しだした。トビーは一瞬ためらってから、その手を取った。ジョナサンがそっとトビーを立たせ、小さな手を握る手に力をこめた。そして言った。

「おいで、坊主」

Chapter 34

帰る時間が来ると、トビーは帰りたくないと言い、みんなもさよならを言う気になれなかった。トビーはまだ遠慮がちで不安そうだが、一緒に過ごす時間を楽しんだのは間違いない。五歳の子が新しい家族と暮らさなきゃいけないことが、信じられなかった。こういうことがあるたびに、心が痛んで当惑し、とにかく間違ってると思う。でも、トビーという三人を見れば、この子が新しい家に行かなきゃいけないなら、我が家がうってつけだと断言できる。

マリーがクレアとジョナサンを呼び、今回は大成功だったから、ここで暮らす許可が出るまで訪問の回数を増やすつもりだし、許可が出るのも時間の問題だろうと伝えた。クレアはほっとした様子で、ジョナサンは顔を輝かせた。みんなが思っていたとおり、血が繋がっていない子でも愛せる証拠だ。早くも瞳に愛があふれている。ハグとキスとまたすぐ来てねという約束が何度もくり返されたあと、トビーが帰っていくと、みんな気が抜けてしまった。

「じゃあ、トビーはうちで暮らすの？」ベッドで寝かしつけようとしたとき、ジョージに訊かれた。

「そうだよ。クレアがママになって、ジョナサンがパパになるんだ」

「パパとタイガーみたいに？」

「そう、それと同じだ」

「ぼく、パパのこともタイガーママのことも大好きだよ」ぼくはおやすみのキスをしてやった。一日で猫が受けとめられる感情には限りがあり、今日は幸福感が限界に達していた。

「ジョナサン、帰したくなかったわ」サマーとジョージが眠ったあと、クレアが言った。

「ぼくもだ。いたたまれなかった。きみの言うとおりだったよ。ひと目でうちの子だとわかった。理由はわからないが、あの子の目を見たとたん、かわいくてたまらなくなったんだ。その場で愛情がこみあげてきた」また泣いている。今日はずっと泣きっぱなしだ。

「ああ、ジョナサン、愛してるわ。あなたみたいな父親ができたら、トビーは世界一幸せな子になるわ」

「あの子が乗り越えてきたことを思えば、世界一幸せになる権利がある」

「その話はやめて、将来に目を向けるのよ」

「サッカーに連れていくのが待ちきれないよ」ジョナサンが笑おうとした。

「サマーも行きたがるかもしれないわよ」クレアが釘を刺した。

「もちろん一緒に連れていくよ。女だからって差別はしない。でも、本当にきみの言うとおりだった。これで文句のつけようのない家族になる気がする。ぼくたち、サマー、アルフィー、ジョージ、そしてトビー。すごくしっくりくる。それどころかすばらしいよ」

「わたしも、いまはとにかくすごく幸せ。あの子がここで暮らす日が待ちきれないわ」

「最初はいろいろ大変かもしれない。トビーには時間と気配りが必要になるだろうし、サマーものけ者にされた気分にならないようにしてやらないと」ジョナサンは常に良識の代弁者だ。

「わかってるわ。だからわたしは一年間仕事を休むのよ。ふたりに気を配る時間はたっぷりあるわ。やりがいがある代わりに簡単なことではないけれど、わたしたちならぜったいうまくやれるわ」

「これからは、もっときみの言うことを聞いたほうがよさそうだな」ジョナサンが笑った。

「やっとわかったのね。そろそろ気づくころだと思ってたわ。でもまじめな話、わたしたちなら大丈夫よ」

「いいや、クレア。大丈夫どころじゃないさ」

　ぼくはジョージがぐっすり眠っているのを確認し、出かけることにした。クレアとジョナサンがソファで寄り添う居間を通り抜け、外に出た。会いたい相手がいた。これまでたくさんのことを人間の家族に伝え、半年前の作戦も大失敗ながら最終的にはうまくいった。でもぼくも家族からたくさんのことを学んだ。力を合わせるみんなの姿や、愛情を再確認する親たちや、新しい愛を探す様子を見て目が覚めた。人間だろうと猫だろうと、親になると世の中の見方が変わる。愛情と子育てのかたちはさまざまだ。たとえば最初の飼い主のマーガレットには子どもがいなかったけれど、アグネスとぼくを我が子同然にかわいがってくれた。イワシは言うまでもなく、愛情と思いやりをたっぷりぼくたちに注いでくれた。サマーが生まれる前のクレアとジョナサンもそうだった。人間はペットの親代わりで、ペットは人間の親代わりなのだ。愛情にルールはない、お互いに相手の面倒を見るだけだ。ぼくが学んだのはそのことだ。それと同時に、永遠につづくものはないことにも気づいた。だから幸せはつかめるときにつかまないといけない。自分にとって大切なものをしっかりつかみ、大切に育む必要がある。大切な相手に日々感謝する必要がある。ジョージが行方不明になったとき、だれもがなにかを学んだが、いちばん多くを学んだのはぼくかもしれない。

まだそれほど遅い時間ではないけれど、猫ドアをそっとノックして裏庭で待った。間もなくタイガーが出てきた。藍色の空で満月が明るく輝き、星がまたたくすてきな夜だ。ぼくたちは半年前の作戦で手違いが起きた裏口に並んで座り、黙って月を見あげた。

「今日はどうだったの？」しばらくたってから、タイガーが髭を振って尋ねた。

「上出来だったよ、最高だった。ぼくがなにかたくらんでたとしても、これ以上の結果にはならなかったと思う。トビーはすごくいい子なんだ。これまで里親が見つからなかったのはかわいそうだけど、おかげでうちの子になれる。きみもきっと好きになるよ」

「心配する仔猫が増えるのね」タイガーが笑みを漏らした。「でも、やたらと問題を解決しようとするのは、そろそろやめてもいいんじゃない？」

「それは無理だよ。いずれにしても、トビーはジョージほどやんちゃじゃないし、サマーほど威張り屋でもない。でももちろん心配はすると思うし、大好きになるだろうから、できることはなんでもしてあげるつもりだよ」

「それがあなたの性分だものね」

「うん。でもいまは、ジョージと家族のことで力になってくれてる相手を、もっと大切にしなきゃと思ってるんだ」気持ちははっきりしてるのに、うまく言葉にできない。

「具体的な相手がいるの？」タイガーが訊いた。

「わかってるくせに。きみだよ、タイガー。きみはいつもそばにいてくれた。スノーボールのことがあったあとも親友でいてくれたし、いまは共同親だ」

「共同親なんて、聞いたことないわ」ちょっときまりが悪そうなのは、ぼくを好きだと告白したときの話を持ちだされたからだろう。

「愛にはいろんなかたちや大きさがあるとわかったんだ。スノーボールは初恋だったから、さわやかで生き生きした愛だったけど、お互いにあまり責任は感じてなかった。まだ少し恋しいけど、世界じゅうのイワシをもらってもあのころに戻りたいとは思わない」

「ほんと？」

「タイガー、うまく言えないけど、なにかあったとき、きみはいつもそばにいてくれて、これからもずっとそんなふうにしていたいんだ」

「なにが言いたいの？」

「ぼくたちのことだよ。ぼくたちは親友で、父親と母親で、相手を大切に思ってる。長年連れ添った夫婦みたいってよくからかわれるけど、その意味がわかったんだ。若いころみたいな情熱的な愛じゃないかもしれないけど、もっと穏やかな愛情をぼくたちは相手に抱いてる」こんな話をするのは、ばつが悪いこと甚だしい。

「つまりあなたも、わたしたちは長年連れ添った夫婦みたいだと思ってるの？」タイガーが軽くからかってきた。

「うん。まあ、そんなに年は取ってないけど、相手をだれより高く買っていて、どんなときもなによりジョージを優先して愛情を注ぐ夫婦だ。一緒に楽しいときを過ごして、一緒に笑って、相手に深い深い愛情を抱いてる夫婦。ぼくはそんな気がしてる。それに、自分では若いつもりでいても、お互いこれからどんどん年を取っていくんだから、目の前にあるのに気づかなかったものに、きちんと目を向けようと思うんだ」

「わたしのことね」

「うん」

「ああ、アルフィー、そんなことを言ってもらえるなんて、夢にも思ってなかった。スノーボールのことがあったから――」

「その話はもうやめよう。わかるまで時間がかかるものもあるんだ。トビーのこともすぐには決まらなかった。ぼくたちも同じだよ」

「でも……わたしたちの関係って、揺るがないものなの？」タイガーの瞳は、ぼくが大好きなものであふれていた――やさしさ、楽しさ、友情、美しさ。ずっといるのが当たり前でタイガーのありがたみに気づかなかったけど、ようやく目が覚めた。

「ぜったい壊れない。この世でいちばん大事なことと同じで、お互いに待っただけのことはあった。もう待つのは終わりだよ」

「ずっとあなたが好きだったのよ、アルフィー」

「うん、紆余曲折《うよきょくせつ》あってごめん。でもこれからお返しをするよ。それに、どこかの仔猫が大喜びしてくれる気がする」

　タイガーと一緒に月を見あげるぼくの胸は、いろんなものでいっぱいだった――家族、仲間の猫たち、タイガー。そしてなによりも、ぼくたちの仔猫のジョージで。

訳者あとがき

そのかわいらしさと健気《けなげ》さで誰をもとりこにする灰色猫アルフィーの物語も、第三弾になりました。これまでに出版された『通い猫アルフィーの奇跡』と『通い猫アルフィーのはつ恋』がみなさんに愛され、こんなに早く最新作をお届けできることを嬉しく思います。

さっそくアルフィーの新しい活躍についてお話ししたいのはやまやまですが、まずは今回初めて読む方のために、前作までの流れを簡単にご説明させてください。

アルフィーは八歳の灰色猫。もともとは優しい飼い主にかわいがられ、何不自由なく暮らしていましたが、四年前その飼い主が急死してシェルターに入れられそうになったため、新しい家を見つける放浪の旅に出ました。生まれて初めて寒さや飢えに苦しむ日々を過ごすなか、たまたま出会った猫から複数の家を行き来する通い猫なる存在がいると聞き、二度と路頭に迷わないように通い猫になろうと決意します。そしてたどり着いたエドガー・ロードという通りで、DV男や育児ノイローゼ、慣れない異国での暮らしなど様々な問題を抱えて苦しむ住人の心を癒すことで、念願の通い猫になったのです。

とはいえ、みんなの幸せを願うアルフィーは、近所に人間不信の一家が引っ越してきたり、大事な家族のひとりが学校でいじめに遭ったりするたびに放っておけず、解決に向けて猫なりに奮闘をくり返します。そのあいだに危ない目に遭うこともしばしばで、みんなをはらはらさせるのですが、前作『通い猫アルフィーのはつ恋』ではスノーボールという彼女もできて幸せを嚙みしめていました。


それから二年、スノーボールとの関係も順調で順風満帆に思えたアルフィーの暮らしに、突然思わぬ別れが訪れます。すっかり打ちひしがれて食欲もなくし、鬱々と日々を送るアルフィーを見かね、飼い主が取った解決策は、仔猫を迎えることでした。

いまは自分のことだけで精一杯で、仔猫の面倒まで見る余裕なんてないと思うアルフィーでしたが、もともとの世話好きな性格もあって、危なっかしい仔猫を放っておけません。しかも、ジョージと名づけられた仔猫の愛くるしさは、天下一品だったのです。

やんちゃでいたずら盛りのジョージに手こずりながらも、親代わりとして教育係を務めるうちに、ジョージのいない生活が想像できないほど夢中になり、そうしているあいだに別離の傷心も徐々に癒えていくのでした。

ただ気がかりなのは、人間の家族がそれぞれ新たな問題を抱えていること。大切な家族のために常にハッピーエンドを追い求めるアルフィーは、問題を一気に解決する計画を立てます。けれどぜったいうまくいくと思った計画は、またしても予想外の展開を迎えてしまい、みんなを青ざめさせる事態に……。

おいしい食事と温かいベッド、甘やかしてくれる人間。野良猫になったときアルフィーが求めていたのはそれだけだったはずなのに、すべてを手に入れたあとも、アルフィーはのんびりぬくぬくしてはいられません。

みんなに笑顔でいてほしい。いまはこれが最大の願いになったのです。

なぜ人間は傷つけ合うのをやめられないんだろう——アルフィーは悩みます。そしてそんな人間たちを笑顔にするために、懲りずに努力を重ねます。

今回はみんなを助ける過程で、アルフィー自身も近くにありすぎて気づかなかった大切なものに気づきます。

これまでの二作を通してアルフィーのファンになってくださった読者のみなさんにとって、本書の最大の読みどころは、もしかしたらここかもしれません。どうぞお楽しみに!

二〇一七年六月

中西和美

訳者紹介　中西和美

横浜市生まれ。英米文学翻訳家。おもな訳書にウェルズ〈通い猫アルフィーシリーズ〉やプーリー『フィリグリー街の時計師』（以上、ハーパーBOOKS）などがある。

ハーパーBOOKS

通い猫アルフィーとジョージ

2017年7月25日発行　第1刷

著　者　レイチェル・ウェルズ

訳　者　中西和美《なかにしかずみ》

発行人　フランク・フォーリー

発行所　株式会社ハーパーコリンズ・ジャパン
東京都千代田区外神田3-16-8
03-5295-8091（営業）
0570-008091（読者サービス係）

印刷・製本　大日本印刷株式会社

定価はカバーに表示してあります。

造本には十分注意しておりますが、乱丁（ページ順序の間違い）・落丁（本文の一部抜け落ち）がありました場合は、お取り替えいたします。ご面倒ですが、購入された書店名を明記の上、小社読者サービス係宛ご送付ください。送料小社負担にてお取り替えいたします。ただし、古書店で購入されたものはお取り替えできません。文章ばかりでなくデザインなども含めた本書のすべてにおいて、一部あるいは全部を無断で複写、複製することを禁じます。

この書籍の本文は環境対応型の植物油インクを使用して印刷しています。

© 2017 Kazumi Nakanishi
Printed in Japan © K.K. HarperCollins Japan 2017

VEGETABLE OIL INK
ISBN978-4-596-55063-7

大ヒット！　ハートフル猫物語

通い猫アルフィーの奇跡
通い猫アルフィーのはつ恋

レイチェル・ウェルズ　中西和美 訳

飼い主を亡くした1匹の猫の、涙と笑いと、奇跡の物語。

世界を変えるのは、
猫なのかもしれない。

各定価：本体815円＋税
ISBN978-4-596-55004-0
ISBN978-4-596-55033-0